豪運

突然金持ちに
なったんですけど、
お金の使い方が
よくわかりません。

マリブコーク

CONTENTS

一章

なんの取り柄もないフツーの大学生、霧島《きりしま》あきら。

幼少の頃から運がいい子供だったとは思う。

商店街のくじ引きで旅行を当てたり、定期テストで張ったヤマが大当たりしたり。

でもあくまでも運がいいような気がする、といった程度。

運が悪いよりはいいだろというくらいにしか思ってなかった自分の幸運体質。

そんな霧島の日常。


（なんかいいことないかなー）

そんなつぶやきを頭の中で思い浮かべつつ、今日も大学の講義を受ける男、霧島こと私。

高校時代はそれなりに勉強ができ、それなりに要領が良かった私は、普段の成績から見れば御の字の関西の国立大学に進学した。

なんとなく外国に行きたいなどと夢を描きつつも、大学で語学をメインでやるのは楽しくなさそうだと思い法学部に進学した。それはいいのだが、覚えること、理解することが多すぎて、少し後悔をしている。

弁護士になるつもりもなく、法律関係の仕事に就くことも全く考えておらず、就活は大学のネームバリューでなんとかなるだろうと甘いことを考えている、どこにでもいる普通の法学部の2年生。

適当なサークルに入り、テストが近くなると過去問の入手に腐心し、何もない日はアルバイトに勤《いそ》しみ、貯金はそこそこでないよりはマシといった程度。

アルバイトでは塾の講師をしているが、難しい問題が教えられるわけでもなく、理系に強いわけでもなく、学習塾からの講師力の評価は良くも悪くもなく。当たり障りなく、生徒のカリキュラムをしっかり進めていく。最近の中高生には、面白みもなく無駄話もしないそのドライさがちょうどいいのか、逆に生徒からも親御さんからも評判は上々。上々というよりは、むしろ「やりやすい」という感想の方が近いかもしれない。程よくうっすらとした人気なためか、塾の教室長からは「就職してよ～」と言われている。もちろんそれを天職とも思っていないので、こちらも当たり障りなく躱《かわ》す。まぁ、もとより向こうさんもそんなに期待なんかしてないか。

趣味の旅行は半年に一回ほど行ければ行く。一人暮らしの生活にも慣れ、大学の手の抜き方も把握し、持ち前の要領の良さでうまいことやってるという自負はあるが、どうも刺激が少ない。

そんな4月の初旬。履修した講義を、いつも通り去年と同じ窓際最後列で受けながら、ぼーっと窓の外を眺めていると今後の私の人生を変える出来事が起きた。


いつものように、スマホをいじりながらテキストを広げ、窓の外を見ていた私、霧島。

4月の桜なんぞはとっくに散り落ち、やや殺風景となっている大学構内。

見ていても面白いものなんて全くないのだが、ぼーっとしているのが好きなのだろう。なぜか心ここにあらずといった風でつい見てしまう。

するとどうだろう。犬の散歩をしているご老人が通りかかった。

「そいえば、大学の中に普通に近所の人が入ってくるっていうことも、大学入るまで知らなかったなー」

と、益体もないことを考えていると、そのご老人が突然転んだ。

「うぉぉい⁉　まじか⁉」

田舎《いなか》育ちで、ご老人に囲まれ、かわいがられて育った霧島はその様子を見て見ぬふりなどできなかった。

そのご老人の犬も逃げた。

逃げたというか、そのご老人のことを放置して自分で散歩に行った。

「ダブルパンチ！！！！」

すぐに裏口から講義室を抜け出した霧島は、まず犬の方に向かった。

人が倒れていれば誰か他の人が助けることはできるが、犬にまでは気がまわらないだろうと思ったからだ。

幸い動物には好かれやすい体質ということもあり、外に出ると犬の方から寄ってきてくれた。

犬を連れてご老人のもとに向かうと、ご老人はまだ倒れていた。

いや、これやばいんじゃないか？

と思いつつ、ご老人に声をかける。

「おじいさん、大丈夫ですか‼　おじいさん‼　聞こえますか⁉」

意識がない。

本格的にやばそうだと思い、携帯ですぐに救急車を呼ぶ。

少し離れたところにいた男子学生を呼び、事情を話しＡＥＤを持ってくるように指示した。

内心で、予想外に大きな事態になっていることにドキドキしながら、自動車教習所で救急救命講座をちゃんとやっておいて良かったと感じていた。

救急車を呼んだ時から繋《つな》がっている電話で、救急救命の指示を受けつつ、四苦八苦していると救急車が到着し、その救急車に同乗し病院まで付き添う。

「講義どうしよう……」と、普段なら全く思わないことを考えているが、まぁそれはどうにでもなるか。と考えることを放棄した。

救急車の中では、救急隊員から状況など、様々なことを聞かれたが、あまり答えられることはない。

そうこうしているうちに、ご老人の容態は安定し、どうやら命に別状はないことがわかった。

病院に到着し、ちゃんと各種検査を済ませ、正式にお医者様から命に別状はないというお墨付きをいただくことができ、やっと一安心した。

帰ろうとすると、ご老人の意識が戻ったらしく、お礼を言いたいとのこと。

もちろん断るつもりは毛頭ないので、ご老人のもとに向かう。

「失礼します」

そう言ってご老人の病室に入る。

「おぉ！　君が霧島君だね！　助けてくれてありがとう。僕は心臓に持病があって、あそこで君が助けてくれなかったらおそらく大変なことになっていたよ。母校でもあるあの大学で死ぬようなことにならず、本当に良かった。ありがとう」

予想外に元気そうなご老人の様子に、私は多少面食らった。

「阪大ご出身なんですね、じゃあ大先輩だ。後輩として先輩を助けられたことを誇りに思います。お体に気をつけてくださいね」

「そういえば、自己紹介がまだだったね、僕は中村義秀《なかむらよしひで》と言います。一応会社を経営しているよ。お礼と言ってはなんだが、何が良いだろうか？　最近の若い子の好みは、恥ずかしながらよくわからなくてね。遠慮せずに言ってほしい」

「いや、気にしないでください。おそらく、誰でもあの場に居合わせたら、中村さんを助けたと思います。だから、どうぞお気になさらず！　でも、どうしてもというなら、お食事でもいかがですか？　貧乏大学生なもので、美味《おい》しいものとはとんとご無沙汰でありまして」

しれっと、食事を要求するあたりが図々《ずうずう》しいなと自分でも思う。

「若者はそうでなくちゃならんな。よし、ぜひ美味しいものをご馳走《ちそう》しよう！　日にちについては追って連絡するので、それでも良いかな？」

「やった！　ぜひお願いします！　それでは、くれぐれもお体に気をつけてくださいね！」

「そうだね、もう若くないし、くれぐれも体には気をつけて若い者には迷惑をかけないようにするよ」

「お食事楽しみにしていますね！　それでは失礼いたします」

病室を後にした霧島は、中村さんから頂いた名刺を眺めつつ、一食浮いたことを喜んで、食事に行くのを楽しみにしていた。

そんな事件から一週間ほどが経《た》ち、かつての大騒ぎも学生の心から忘れ去られ、いつも通りの時間が過ぎていた。

中村老人の話も忘れかけた頃、霧島の携帯に見知らぬ番号から電話がかかってきた。

はて、この番号は誰であろうかと思いつつ、電話に出る。

「中村ですが、霧島君かな？　もしよければ今日君とご飯に行けそうなんだが、今夜の予定はどうだろうか？」

「あぁ！　中村さん！　あの後お体の具合はいかがですか？　暇な大学生なもので今夜といわずに今からでも大丈夫ですよ!!　ぜひお願いします！」

「順調だよ、お陰様で。よし、そう来なくっちゃ！　じゃあ今日の7時ごろ迎えに行こうと思うのだが、大学でいいかな？」

「よかったです、何もお変わりないようで！　時間と場所はそれで大丈夫です。では7時に阪急の石橋駅のあたりでお待ちしております」

「よし、それではまた7時に」

「はい、それでは失礼いたします」

今日がバイト休みでよかったと思いつつ、社長さんの夜ご飯はなんだろうかと心を躍らせた。

授業が終わり、少し時間を潰し、コンビニや大学生協で雑誌をチェックしていると、そろそろちょうど良い頃合いになったので、阪急石橋阪大前駅へ向かう。駅前は車が入りにくいのでそこから少し阪大側に入ったところが待ち合わせ場所だ。

車好きの私としては、社長の車ってどんなもんだろうか？　と思い、「やっぱりLのマークの高級車だろうか？　いや、スリーポインテッドスターの高級車の代名詞たろうか？」など想像をあれこれと巡らせていると、声をかけられた。

「霧島君！　こっちだよ、こっち！」

声のする方に顔を向けた。

「そうきたか！」

私は中村翁《おきな》の乗ってきた車を見てそう思った。

そこには電車のようにながーい車があった。

そう、ロールス・ロイスである。

ロールス・ロイス社の歴史は英国に始まり、時代を超えて世界各国の首脳や、国家元首に愛されてきた、名車中の名車だ。

今では飛行機のエンジンなども作っているロールス・ロイス社だが、そこの車といえば世界最高級車の一つでもある。

「中村さん、すごい車ですね！！！」

ロールス・ロイスを初めて間近で見て大興奮だ。だって田舎にこんなすごい車に乗る人なんていなかったんだもん。

「まぁまぁ、そんなことはいいから乗って乗って！」

「失礼します！」

ドアを開け、乗り込む。

当たり前のように運転手がいることに、今更ながら恐怖を覚える。ド級の金持ちだ。

「すごいですね、この車」

「まぁ仮にも会社の社長だからね、色々とあるんだよ」

そう言って笑い飛ばす中村さんを見て、この人は実はとんでもない大人物なのだろうなと、月並みな感想を抱く。それと同時に、何をご馳走してくれるんだろうかという期待もどんどん膨らみを持っていく。

「今晩のメニューは、僕の行き付けのお寿司屋《すしや》さんでいいかな？　寿司が嫌いなら肉でもいいけど」

「ぜひ寿司で！　肉より魚派です！」

ご老人に囲まれ育っただけあって、私は洋食よりも和食派のヘルシー志向な若者なのだ。

「それでこそ、連れて行きがいがあるというものだよ。じゃ北新地《きたしんち》までいこうか！」

北新地だって！　初めて行くよそんなところ！

北新地なんて貧乏大学生にはとんと縁のない土地である。高まる期待に喜びを禁じ得ない。

「はいお願いします！」

車内では、なんともないような世間話をしつつ、店に着いた。

着いた店は、ただの大学生でも知っている一見《いちげん》さんでは到底入れないような寿司屋だった。

看板にでかでかと書いてある「さえ㐂《き》」の文字。

私は感動に打ち震えた。

「さ、さえ㐂……！！！まさかさえ㐂に来る日がこようとは……！！！　こんな普段着で来てしまった……！！！」

心の中の叫びである。

さすがに中村翁の前でそんな無礼な真似《まね》はできない。

連れてきてくれた中村さんに迷惑はかけられないからね。かなり気後れしつつも中村さんに連れられ中に入る。お店の中に入ると他にお客さんはおらず、静謐《せいひつ》な空間が広がっていた。

「もしかして……貸し切りですか？」

「もちろん！　霧島君は命の恩人なんだから。ざわざわしたところだとちゃんとお話しできないでしょう」

確かに貸し切りなら普段着だろうと作業着だろうとなんでもいいけども、中村さんの気遣いに余計に気後れしてしまいそうになる。気を取り直してカウンター席に腰掛ける。

中村さんは貸し切りでもカウンターに座る方が好きみたいだ。中村さんは大将と二、三言葉を交わして料理を持ってくるように伝えていた。

そんなやりとりを横目で見つつ、すでに意識は料理の方にシフトしており、さっきまでの気後れのことなんか忘れて、私の心は期待と気合でいっぱいになった。


さえ㐂でのお食事は一言で言うなら夢のような時間だった。

ネタは口の中でとろけ、シャリは口の中で解《ほど》ける。口の中で様々な喜びが融合され、後に残るのは至福のみ。

そんな夢のひと時だった。

日本でも有数の魚どころに生まれ、物心ついた頃からうまい魚ばかり食べてきたが、もはやそれとはわけが違うといった寿司を堪能した。

「仕事がしてある料理」とはこういうことなんだと実感した。

店を後にし、車の中で中村さんは私にこう切り出した。

「命を救ってもらっておきながら、寿司程度で恩返しができたとは僕は考えていないよ。でも話して思ったが霧島君にこれ以上の恩返しは逆に恐縮してしまうようだね」

中村さんは苦笑気味に話した。

「いや、まさにその通りで。たまたまあの場に居合わせただけの自分がこれ以上のものを要求することなんかできませんよ！！！」

「だとしても、妻もいないし、もちろん子供もいない僕にはその優しさが何よりもありがたかったんだよ。今僕が斃《たお》れてしまうと会社も、会社が関わっている仕事も何もかもが大混乱になってしまう。だから遠慮しないでくれていいんだけどね。だから、僕から君にこれを渡そうと思う」

中村さんが天涯孤独だということは、寿司を食べながらいろんな話をしているうちに知った。

仕事が楽しすぎたせいで結婚に興味が湧かなかったらしい。

自分が結婚について考えられるようになった頃には全てが遅すぎたとは本人の談だ。

混み入った話になるがパートナー的な存在は長年いるらしい。ただ中村さん曰《いわ》く、もはや妻というよりは相棒。

そう呼ぶ方がしっくりくるようだ。

そう言いながら中村さんは私に一つの腕時計を渡した。

私は、その渡された腕時計を見て驚愕《きょうがく》した。

「ろ、ろ、ろ、ろれっ、ろろろ、ロレックス……！」

「そう。これは僕がずっと大事にしている時計でね。幸運の時計だと思っているんだ。僕がまだ若い時に苦労してなんとか貯《た》めたお金で、このロレックスを買った。そこから運が回り始めて、僕は今の地位を築いた。だからこそ、命を救ってくれたお礼にこの幸運の時計を君にあげるよ。あ、僕にはまだ幸運の○○シリーズが、まだまだたっくさんあるから気にしないでね」

「そ、そんな！　いいんですか⁉　ほんとに頂いても⁉⁉⁉　こんな高価なものを⁉⁉」

「大丈夫だよ、僕は時計も好きで、他にもたくさん持っているからね。なんとなく霧島君とは趣味も合いそうだと思ってこれを選んだんだけど、霧島君好きでしょ？　これ。だからもらってくれないかな？」

「……わかりました。いただきます。もし、この時計のおかげで僕も中村さんと同じくらいの地位を築けたら、中村さんをお寿司に連れていきますね！　ありがとうございます！」

中村さんは、それでこそ僕の見込んだ若者だと、満足気に笑いながら私に時計を渡した。

車は石橋阪大前駅を過ぎ、車内での盛り上がりをよそに、バスのような長さのロールス・ロイスは私の家の近くに停車し、中村さんと別れた。

とんでもないものをもらってしまったと思いながらも、人助けはやはりしてみるものだなと感じていた。

同時に、誰かがこんな高級品をいただいたという話を他で聞いた時はいつも「そんなことあるわけないだろう」と思っていたが、自分の身に起きると途端に現実味を帯びて考えられる。

私の腕には先ほどもらったばかりのロレックスが輝いている。中村さんの電車みたいに大きなロールス・ロイスは遠く離れたがそれでもまだわかるくらい大きい。

この日から、私の豪運人生が始まった。


翌日、また学校で授業を受けていた私は、腕のロレックスを気にしつつも、幸運の時計の実力を試してみたいと思っていた。ふと財布を見ると一万円札が1枚だけ入っており、良いことを思いついた。

「よしギャンブルだ」

向かった先はパチンコ店。

大学1年の時、たまたま入学式で意気投合した友人に連れられてから、しこたま通った思い出がある。まぁ、その友人とはその後も長い付き合いになったのだが、あまりいい思い出ではない。お金が紙くずのように吸い込まれていき、それが帰ってくることは滅多《めった》にない。

昨日の飯代と考えればかなり安いものだと思い、午前中の授業が終わるとパチンコ店に行ってみた。

店に着くと、相変わらずうるさいなぁと思いながらパチンコ台を物色する。

昔はスロットばかりを打っていたが、一年も来ていないと知っている機種はほとんどなくなり、複雑なゲーム性を持つスロットは打ち方が全くわからない。最近増えた、画面の図柄がそろうだけというシンプルなゲーム性が魅力のパチンコを打つことにした。

台を物色して歩いていると、なんとなくこれかなと思う台があった。

物は試しとばかりに、なけなしの一万円札を投入し、打ち始めること数分、早速大当たりがきた。

幸先良《さいさき》いななどと思いつつ、打ち続ける。

大当たり、大当たり、大当たり、大当たり。

途切れることなく当たり続けていく。

まだ1万円のうち５００円しか使っていない。

このあたりで私はまだ腕時計のことを疑っていた。

「ロレックスだからと思ってつけてたけど、その幸運の効果はもしかして本物とか？　いやいや、まさかね。たぶん、こんなに出したらこの店に来ることはもうできないだろうからこのまま出せるだけ出しちゃえ！」

結局、私は閉店まで打ち続けた。途中店員が不正を疑い、何度もやってきて台をチェックしたがなんの異常もない。異常がないため、客を止めることもできない。玉は出続けている。それを見に客も大勢来ており、普段では考えられないほど店も盛況だったみたいだ。そのこともあり、店員は私を止めなかったのかもしれない。

最終的に私は20万発以上出して閉店を迎え、最終的に換金したところ90万円ほど手に入れた。

「とんでもねぇな、この腕時計……いや、私がバカヅキしただけか？」

思わぬ大金を得てしまった私は使うことが怖くなり、10万円を手元に残してあとは全て貯金し、少しばかり豪華な夕飯を楽しんだ。

人間、一度欲に火がつくともっともっとという気持ちが頭をもたげてくる。

家に帰り、寝床についた私はまだ興奮していた。もしかしたらこのお金を元手にもっと大きなことができるのではないかと考え始めていた。

次の日、大学の授業は昼過ぎで終わりのため、バイト先に連絡し、とりあえず、週に4日入っていたバイトのシフトを減らした。

塾講師のバイトはシフトの融通がききやすいと思い働き始めたが、今から何かをやるのに週に4日も潰されるのは厳しいと思ったからだ。

教室長に「(パチンコで儲《もう》かったので)新しい(儲かりそうな)ことをやってみたい」事情をフェイクを交えて話すと、協力してくれるということで、とりあえず今週いっぱいは日にちが空いた。

その空いた時間で、まず私は眠っていたネットの証券会社の口座を起こした。

大学入りたての頃、バイトを始めるにあたって、銀行口座を開設したがその時に勧められるがまま証券口座も開いていたのだ。で、せっかく口座もあることだしということで株式の売買をしてみることにした。

ネット証券のルールだったりやり方を覚えるのが一番めんどくさかったのだが、なんとか売り買いはできるといえるレベルに習熟した。

「よし、これからだな」

私は意気込んで昨日の80万円をそのネット口座に送金し、勝負ができる態勢を整えた。

株のことはなんにもわからなかったので、勘に任せて、80万円分を一社の新興のインターネット会社の株を買った。何をしている会社なのかは全く分からない。ただ直観に従って買ったのだ。

他にもたくさん良さそうな会社はあったのだが、なんとなく思いとどまって、それらの会社の株は買わなかった。

よくよく考えてみるともっと分散して買えばよかったかな……とも思ったが、勘がそうしろと言っていたのだからという、誰に対してなのかよくわからない言い訳をして、梅田《うめだ》まで買い物に行くことにした。

「せっかく得たあぶく銭なんだからパーッと使うか」

私の根っこは小心者なので、あれほどのパチンコの儲けを一気に買い物で使うなんてことはできない。

中途半端に大きな金を使うことに慣れていない。でもせっかく大儲けしたので、これからの季節に向けての服を買って、少しばかりの充足感を得ようとしたのだ。

梅田で晩御飯も済ませ、自宅に帰ってきた私は目論見通りの充足感に包まれていた。

買い物では靴とデニムとサングラスを買った。靴は前々から欲しかったＮＩＫＥのＡＩＲ ＭＡＸ、デニムも買おう買おうと思っていたが手が出なかったＫＵＲＯのデニム、サングラスはオリバーピープルズのものを買った。

特に、オリバーピープルズのサングラスは何年も前に雑誌で見かけてからずっと欲しかったもので、高すぎるがあまりビビって手が出せなかったものだ。自宅で買ったものをまた試着し、ファッションショーを開き、とても満足した。

まだそれでも手持ちの資金は数万円程残っており、まだもう少しは遊べそうだったので、友達に還元してやろうということで、同じ授業を取っている友達に連絡した。

私には、こんな時に連絡する、決まった友達がいる。同じ学部で、自分と同じように田舎《いなか》から進学してきており、似たような苦労を分かち合った仲の良い友達で、名前を清水《しみず》という。

「もしもし。清水か」

「おぉ、霧島ぁ。どうしたと？」

清水は大阪に来て一年経《た》つが、まだ抜け切らない九州の訛《なま》りで答えた。ちなみに私にパチンコを教えたのもこの清水である。

「ちょっとパチンコで当てたから明日飯行かん？」

「お、やるやん。明日予定空けとくわ、8時ごろでよか？」

「わかった20時な。梅田でいい？」

「了解、じゃまた明日な」

電話を切った私は満足して、風呂に入り、疲れを癒やした。

「いやぁ、まさかこんなに運が向いてくるとはねぇ。あんなに刺激がないない言ってたのが嘘《うそ》みたいだわ」

まだロレックスの実力を引き出したとは到底思えないが。

次は何をしようかと考え、ワクワクしつつその日を終えた。

株を買った翌日、大学は午後の二講目からなので、ゆっくり起きた霧島はワクワクしながら、パソコンを起動し、ネットを開き、株価のチェックをした。

「……は？　え、は、え、あ、？」

一瞬何が起きているのかわからなかった。

株価のチャートを見てみるとあり得ないほどの急角度で上昇を続けており、チャートを見ている現在もぐんぐん株価は上昇中。昨日の段階でストップ高を記録していた。

現在の価格ももうすぐストップ高というところで、全ての株を売ることにした。

「ストップストップ！」

ようやく売却操作を終えて何とか人心地付いた。

処理が完了した時にはストップ高になっていたが。

前日の80万円分の株はなんと現在の段階で、１２０万円近くまで上がっており、私は改めていただいた腕時計がとんでもない腕時計だと再確認することができた。

私はその約１２０万円を10万円分だけ普段使っている銀行口座に送金し、残りをまた株式投資に充てることにした。

「今度は分散していくつかの会社の株を買おう」

前回の投資で感じたことを生かし、様々な業種の株を買うことにした。

なぜか今日は昨日よりももっと勘が冴《さ》えている気がして、製薬会社と、家電メーカーと、大手の自動車会社の株を買うことにした。

特に製薬会社はなんかビンビン来て、たまにしか連絡しない親に頭も下げてお金を借りて、いけるだけ突っ込んだ。

株を購入した私はまた楽しみができたと思い、大学に向かう支度を始めた。

昨日買った靴とデニムを身に着け、幸せな気分のまま大学に向かう。

なぜか今日は大学の授業もすいすいと頭に入り、普段はしない質問までしてしまい、授業の担当教授から、いい切り口の質問だと褒められてしまった。

金銭的に余裕があると、ここまで気持ちが違うものかとびっくりしながらも、いつも通り授業を終えた。

約束の時間まではまだ時間もあるため、大学のパソコンルームで金儲《かねもう》けの方法を考えていた。

「このままやってたんじゃ資金が増えるまで全然時間がかかっちゃうなぁ」

なんとも生意気な悩みだが、心の中で1人ため息をつく。

しかし現状倍々ゲーム並みに資金が増えているのに、時間がかかるとはどうなのだろうか。

ほんの数日前までの私では思いもしなかったことを考えながら調べ物をする。

有名どころでいえば、宝くじや競馬などがあるが、調べていくうちに、大当たりしたらその両方とも情報がどこからともなく漏れてしまうこともあるとわかった。

会ったこともない親戚が出てきたり、知らない友達が増えたりするとはゾッとする話である。

しかし、お金を稼ぐということにおいて、これはしょうがないかもしれないなと思いつつもネットサーフィンをしていると、清水との約束の時間にちょうど良い頃となった。

約束の場所に向かうと、もう清水は来ており、私はお待たせと言いながら合流した。

「おう、おつかれぇ」

「はい、お疲れさんです」

なぜか大学生は疲れてないのにお疲れという挨拶を多用する。

「なんかパチンコで大きいの当てたらしいやん⁉　俺に奢《おご》るとかどういう風の吹き回しよ」

「まぁ清水も当てた時飯奢ってくれるし、金ない時に単発のバイト紹介してくれただろ。だからそれなりに感謝してるってことだよ」

そう、この清水、親分気質《かたぎ》なところがあるというか、宵越しの銭は持たねぇを地で行くような男で、よく人に奢りたがる。

気風《きっぷ》のいい男なのだが、粗野ではなく、どことなく育ちの良さを感じさせるところがある。

そういったところがどこかの政治家をほうふつとさせるが、学内に知り合いも多く、なかなかに顔が広いやつなのだ。

「あら、珍しかやん？　まぁそういうことでしたら遠慮なくしゃぶしゃぶでも行きますか」

清水の目が怪しく光り、容赦のないことを言う。

「高級すぎるとこはなしでよろしく」

そんなやりとりをしながら２人で難波《なんば》に繰り出し、大学生にとっては少しお高めの肉料理屋に向かい、友好を温めた。

そのあとは清水がお返しとばかりに霧島を連れてガールズバーに向かい、店員の女性に面倒くさい絡み方をする清水を見て笑いながら楽しい時間を過ごした。

２人は帰りの電車で、どの教授の授業は単位が楽だとか、来年のゼミはどこにしようだとか、大学でのくだらない日常を話しながら帰っていった。

その帰り道で、清水は私の腕に光る金の腕時計に気がついた。

「お、それロレックスやん？　どうしたん？　しかもアンティークのオニキスデイデイト」

「あぁ、これね。まぁ知り合いの人から譲り受けた。ダメ元でくださいってお願いしたら、もう古いし新しいの買う言い訳になるからって言いながらくれたんだよ」

どうやら私のロレックスはデイデイトと呼ばれるものらしい。

アンティーク市場でもかなり人気で、近年価格の高騰が著しいらしい。

価格は怖くなるのであえて聞かなかった。

「かぁ――！　羨ましか――‼　デイデイトもらうわ、パチンコ当てるわ、なんなん⁉」

清水もたいそう羨ましがっていた。

ここで、変にへりくだると、くれだのなんだのと、面倒くさいことになりそうだなと思ったので、

「いや、言ってみるもんやね、ほんまに。これのおかげで、いろんな運が回ってきてる気がするんだよなぁ？　もう俺の宝物だわ、絶対誰にもさわらせん」

と言うと、これには清水も同感のようで、触らせたら運が逃げるからやめとけと言っていた。

清水にはこれが良い刺激になったようで、俺もいろんなことに能動的にあたろうと抱負を口にしていた。

そうこうしているうちに先に私が最寄駅に到着し、それぞれの帰路に就いた。

家に着いた私は、明日は競馬場でも行ってみるかと思い風呂に入ったあと、スマホをぽちぽちいじりながら寝落ちした。

翌日。

私は8時に起床した。

大学に出かける準備をしている途中で、今日が土曜日であるということに気がついた。

土曜日か……。じゃあ中央競馬にでも勤《いそ》しんでみるか。

初めての競馬だしちゃんと競馬場に行ってみるか、せっかく早起きしたんだし。株も取引所開いてないから値動きないしな。

ということで、昨日の清水との食事の残り、財布に入っていた7万円程を持って阪神競馬場へと向かった。

初めての経験にワクワクしつつ、はやる気持ちを抑えて道中を急ぐ。

競馬場に着くと、ちょうど第2レースが終わったところで、今から第3レースの投票受付時間というアナウンスが流れていた。

お、ナイスタイミングだなと思い、中継と、スマホの予想を見ながらどの馬にしようかと考える。

とりあえず、これと思った馬を3頭選び、着順を予想する、3連単というものを買ってみた。

すると、そこそこに荒れたレースだったようで、100円が50000円ちょっと。つまり500倍。1000円分買った馬券が、いきなり50万円程になった。

（ここまでくるともはや恐ろしいな……。次は負けておいてここぞという時まで、幸運を取っておこう）

私は心の中でそうつぶやくと、集中せずに、適当に馬券を買い、存分に負けた。

結果、最初あった50万円程の勝ち分を40万円程まで減らし、運を酷使せずに休ませたお陰か、なんとなく運を補充できた気がしていた。

なんかやれる気がするといった感情だ。

不思議である。

結果として、私は大満足のまま阪神競馬場を後にしようとしたところで明日、東京でかなり大きなレースがあるということを知った。

周りのお客さんもなんか気合入れなきゃ！　みたいなことを言っている。

「今50万あるから、このまま東京まで行って一泊してやってみるか……」

私はフットワークが軽いところが自分の長所でもあると自覚していたが、一度考えるともうそのことしか考えられなくなるという短所も持ち合わせていた。

「明日の予定は特にないから行ってみるか」

そうと決まれば善は急げである。

阪神競馬場まで来たその足で新大阪駅に行き、そのまま東京に向かうことにした。

根が貧乏性な私は、グリーン車など畏れ多いと、指定席に座った。

自由席ではなく、指定席なのは、阪神競馬場での勝ち分で、少しでも時計を休め明日に備えて運を補充しておこうという考えに基づいている。

決して少し贅沢《ぜいたく》をしたかったわけではないはずだ。

新幹線で、行きしなに買ったちょっとした弁当を食べ、ゆっくりしていると、ホテルをまだ予約していないことに気がついた。

「ホテルも競馬場から離れてない方がいいから、競馬場は……。千葉じゃん……。最寄りは……JR船橋法典《ふなばしほうてん》……どこよ、これ……。東京駅から30分か……。じゃあ東京駅の近くのホテルにしよう。ちょっと奮発していいホテルにしようかなー。お、これ近いし聞いたことある。ここにしよう」

私が選択したのは、理想郷の名前を冠する、泣く子も黙る世界展開の外資系超高級ホテル「シャングリ・ラ」。

「1人17万か、余裕だな」

余裕だといいつつも予約ボタンを押す我が手は震えていた。

株もあるから大丈夫と自分の心を落ち着かせる。

そんなことを考えながらも、そのホテルをインターネットで予約した。

もちろん周りの人間には、変な人のように見えていたことは言うまでもない。


東京駅に着くと時間はもう21時を回る頃だった。

改札を出て、ホテルを探しつつ10分ほど歩くとそのホテルが見えてきた。

「噂《うわさ》に違《たが》わぬ高級感……。ちゃんとおしゃれしてきてよかった……」

ジーパンにスニーカーだが自分がおしゃれだと思う格好なのだからそれでいいのだ。

今更ではあるが、この間の寿司屋《すしや》の教訓もあり、服装には気を使っている。

少なくともいつ人に見られてもいいような格好はしておこう。と。

本日の服装は、以前購入したKUROの黒デニムに、SHIPSで買ったお気に入りのシャツを合わせ、一応春物のジャケットも着ている。ジャケットに関しては何年か前にユナイテッドアローズで買ったもので、買った当時はかなり背伸びをしているように見えたが、今では年齢が追いつき、よく似合っていると自負している。

奇《く》しくも、大学生御用達《ごようたし》ブランド四天王（自分調べ）のうち、3つをコンプリートしているが、似合っているため、良しとしておこう。

ちなみに靴も、この前梅田で購入したNIKEのものである。

エントランスに入ると、その高級感に圧倒されそうになるが、グッとこらえ、堂々とチェックインに向かう。

チェックインカウンターに近づくとベルスタッフが近寄り声をかける。

「こんばんはお客様、チェックインでございますか？」

「はい。予約していた霧島です……」

「かしこまりました、こちらへどうぞ」

初の高級ホテルにドキドキしつつも、滞りなくチェックイン作業を終え、部屋に案内される。

案内された部屋は、さすが高級ホテルと言わんばかりの高層階の部屋で、部屋から東京の夜景が一望できる。

喫煙者の私ではあるが、喫煙者の部屋は高層階にアサインされないという噂を耳にしたことがあったので、禁煙の部屋を予約した。

「こんな部屋に泊まれるのも、人助けをしたおかげかな……。中村さんには感謝してもしきれないな」

東京の夜景を見ながら心の中でそう思った。

とりあえずご飯食べよう、と思い直し、ホテルの中にあるレストランに向かった。

部屋を出てエレベーターで降りて、行ってはみたもののメインダイニングのレストランは、なんとなく気後れし、また、クローズの時間が迫っていたため、諦めてロビーラウンジにあるバーに向かった。

カウンター席に腰を下ろし、バーテンダーの方に食事がしたいと話をすると、レストランと同じメニューをこちらに持ってきてくれるということだった。

そこでも高級ホテルのホスピタリティの高さを感じた。

ちなみに、ホテルは全館禁煙だが、バーの中は分煙という形でタバコを吸うことができる。

私のタバコはアメリカンスピリットのオーガニックミントライトである。

愛用のＺＩＰＰＯのライターで火をつけ、注文した料理を待つ。

料理に関してはもはや言うことは何もないほど美味《おい》しかった。

しかし、中村さんに連れていってもらったさえ㐂《き》には及ばないな、などと大学生のくせに大生意気なことを思いつつ食を進める。

料理を食べていると、バーテンダーが声をかけてきた。

「こんばんは。ようこそ、シャングリ・ラへ」

「あ、どうも」

なんや、どうもって、もっと気の利いたこと言えや!!

と、体の中のリトル霧島が怒っていたことは私しか知ることができない事実だった。

「緊張されておられるようですので、お声をかけさせていただきました。ここは、お客様がゆっくりと過ごされる場所でございますので、どうかリラックスしてお楽しみくださいませ」

私は内心で感嘆の声を上げていた。

「なんて素晴らしいホスピタリティなんだ」と。

「こんな高級なホテルに泊まるの初めてで緊張してしまって……。でも記念だからと思って奮発してここに予約したんですけど、やっぱり泊まってよかったなって思います」

「ありがとうございますお客様。何も緊張されることはございません。むしろ我々の方がお客様方に何か粗相があってはならないと日々緊張しておりますので、お客様が緊張されておられると、我々までもっと緊張してしまいます」

なんとユーモアに富んだ返しであろうか……。

私は、またここに泊まりに来ることを心の中で約束した。

「そう言ってくださると、こちらも緊張がほぐれます……。心からここに泊まってよかったなと思いました。またここにも来たいと思いますので、バーテンダーさんのお名前を伺ってもよろしいですか？」

「ありがとうございます、お客様。私、このロビーラウンジのマネージャーをしております吉村《よしむら》と申します。お客様のお名前もお伺いしてもよろしいですか？」

「私は大阪から来ました霧島といいます。吉村さんのホスピタリティに感激しました。ここに泊まれて、このバーに来れて、あなたに出会えて嬉《うれ》しく思います」

「霧島様ですね。私もここで霧島様に出会えて嬉しく思います。バーの出会いは一期一会と申しますが、この出会いがまたありますように祈念しまして、私から霧島様に一杯プレゼントさせていただいてもよろしいですか？」

「本当ですか？　ありがとうございます‼」

大人の世界とはこういう世界なのか。

もっと大人になりたいぞ。私は。

「どうぞ、クローバークラブです。また会えることを願って、再会の約束という意味を込めて作らせていただきました」

もう抱いて！！！！！！！

私の心の中の女子大生が顔を出し始めた。

「なんとロマンチックな……。美味しいです、とても」

きっとこの時の私は《オンナ》の顔をしていたに違いない。

「ありがとうございます、霧島様」

そうしてロマンチックな夜は更けていった。

バーでの楽しいひと時を過ごし、店を出ると、ホテルのフロントで朝6時のモーニングコールを頼み、部屋に戻り、私は就寝した。

モーニングコールで、朝6時に起きた霧島は身支度を整え、ホテルのレストランで朝食を食べていた。

(こんな贅沢をしたからには絶対に勝って帰らないとな。頼むぞロレックス!)

心の中でロレックスに語りかける。

気のせいだとは思うが腕時計が一瞬輝いた気がした。

朝食を食べた後、震える手で現金を取り出し精算を済ませチェックアウトをし、東京駅まで歩いて向かった。

東京駅から船橋法典駅までは乗り換えなしで行けることはすでに調べている。

気合を入れ直して電車に乗り、船橋法典駅に着いた。

タクシーでもよかったが、さすがに電車で30分の距離をタクシーに乗る勇気はない。

船橋法典駅から中山競馬場までは地下通路で歩いて10分ほどだ。

かなり大きいレースが行われるということもあり、中山競馬場はものすごい人出だった。

中山競馬場には指定席があることはすでに調査済だ。前もって予約していた三階スタンドゴール前のAシートに向かう。途中迷子になって係員さんの助けを借りたのはご愛敬だ。さて、馬券を買うかという段取りとなった。

どうやら、今日のレースではＷＩＮ５という買い方ができるらしく、それは、指定された５つのレースの１着を当てることができれば配当金がもらえるという仕組みのようだ。

競馬場でＷＩＮ５を買うにはＵＭＡＣＡというものを使うらしい。

ＵＭＡＣＡとはＳｕｉｃａみたいな事前チャージ式のプリカを想像してもらうとわかりやすいかもしれない。

係員の方に、そのＷＩＮ５とＵＭＡＣＡとやらの買い方を聞き実践してみることにした。

私は、やり方が合っているのかどうかわからないが、腕時計に意識を向け、５つの数字を思い浮かべる。

しかし、何も思い浮かばず、やり方が違うのかと、ふっと気を抜いたその瞬間、５つの数字が頭の中に浮き上がってきた。

それをとっさにメモし、頭に思い浮かんだ順番に並べ、その通りに買うことにした。

「頼むぞ、ロレックス！」

この時私は神ではなく、ロレックスに祈る気持ちでその順番通りに２００円分購入した。

ＷＩＮ５の結果が気にはなるが、あえて気にしないことにし、その日の中山競馬場のレースを大いに楽しんだ。

せっかく競馬場に来たのだから、紙の馬券でも楽しみたく、マークシートで予想をして馬券を買った。

馬券の買い方にも慣れ、勝ったり負けたりを繰り返しながら、やっとやってきた第11レース皐月《さつき》賞《しょう》。

4月なのに？　と思わないこともないが、そういうこともあるのだろう。

「このレースは取りたい！」

強く思った私は腕の金時計をさすりながら心の中に問いかける。

「これだ！！！」

多分この時私は声に出ていたと思う。

なぜか絶対に来る馬がわかった。

確信に近いものがあった気がする。

震える手で買った三連単。

購入金額は10万円。

紙屑《かみくず》のように吸い込まれていく万札。

心臓の鼓動は鳴りやまない。

「買ってしまったものは仕方ない。勝てば天国。負けてもまだ次があるし、株もある。傷は浅いぞ。気をしっかり持て！」

心の中で自分をしっかりと鼓舞してレースの行く末を見守る。

馬たちがスタート位置につく。

ドキドキしながら見守る。

ファンファーレが鳴り響き、緊張感をあおる。

ガシャン！という音とともにゲートが開き、馬たちが一斉にコースを駆ける。

行け！行け‼声に出ていたかもしれない。

でもそんなことは良い。

この競馬場に詰めかけたたくさんの人間が馬たちを応援する奇妙な一体感が心地よい。

まぁこの応援には下心も多分に含まれているのだが。

そうこうしているうちにレースは一瞬で終わった。

いや一瞬ではなかったのだと思う。

集中しすぎてよくわからなかった。

「ふぅ……」

入れ込みすぎていて勝ったのか負けたのかもよくわからない。

「とりあえず当たったのかわからないけど換金しよう」

とりあえず換金機？　に買った馬券を突っ込んでみるとまさかのカウンター行きを案内された。

わけもわからないまま最終的に手渡された現金は約１０００万円。

わけがわからなかった。

何が起きたんだ？

紙袋に現金を突っ込んで、もともといた席に戻る。

紙袋を持っている私を見ておー！　という拍手が起こる。

周りを見ると他にも紙袋を持っている人がいる。おめでとうといった声も聞こえる。よくわからないがそういう世界らしい。

後で調べたが、この時の配当は1万円行くか行かないかだったらしく、約1万円×１０００口（1

口100円の10万円分）で約1000万円とのこと。

とんでもねえ世界だ。

WIN5を買ったことなどすっかり忘れて一日中楽しむことができた。

ホテルに泊まり17万円程減った手持ちはホテル代と交通費を鑑みても大きく黒字が出すぎる程度まで回復した。

回復というか爆増であるが。

その日の中山競馬場での勝率はまぁまぁと言ったところだった。勝ち額は大きく黒字だが。

そして、その日の最終レースが終わり、いよいよWIN5を換金する時がやってきた。

買っていたことも忘れていたが、パンツのポケットに入れていたUMACAに触れてやっと思い出したので、いよいよか、という表情で、払い戻し機へ向かう。

きっと当たっていると信じてUMACAをタッチすると画面には、「しばらくお待ちください」の文字が現れ、係員から、おめでとうございますという言葉とともに霧島は有人窓口に案内された。

またか！！　と思ったのは内緒である。

「あ、あ、あ、あたって、あたってしまった……！！」

と、心の中で叫びながら、平静を装い、

「は、はい……、どうも」

と、言いながら有人窓口でWIN5の馬券を差し出し、案内札をもらい換金を待つ。

案内札の番号が呼ばれると、別室に案内された。

なんでも当たり金額があまりにも高額なため、別室で受け渡しをするとのこと。

「い、いくらですか……」

「約4000万円です。配当は2000万円程で、かなり荒れたレースという訳ではないのですが、2口買っておられたので4000万円ですね、おめでとうございます」

もう放心状態だった。

係員はそう言って現金で4000万円を渡してきた。

係員から、取材の申し込みが多数きてますがどうしますか？　と尋ねられたが、

「大学生なのであまり目立つことは遠慮したいです」

と、取材を断った。

さすがにこんなに大量の現金を、そのまま持っていくことはできない。

競馬場で紙袋をもらいその中に札束を詰めた。競馬場の係員同行のもと、競馬場の裏口に呼んだタクシーまで連れていってもらった。

その際、皐月賞の時にもらった紙袋を持っていることもバレて、今日はとんでもない一日ですね！と一盛り上がりしたのはまた別の話。

タクシーに乗り込み運転手に、一番近くの、某青のメガバンクまで連れていってほしい旨を伝えた。

到着した銀行の窓口は当然日曜なので休み。かろうじて営業しているATMでできる限り預け入れる。

これだけではほとんど手持ちの現金が減らず、他にもいくつかの銀行ATMとちょっと前に民営化した某銀行のATMをはしごして、できる限りの金額を自分の口座に預け入れした。

努力の甲斐《かい》なく、数千万の現金を手元に残して待たせていたタクシーに戻った。私は運転手に次なる目的地を伝える。

「次は銀座までお願いします」

「かしこまりました。それにしてもお客さん、すごい金額だったね……。こっちまで緊張したよ……」

今できる限りの現金を運び終わったので、やっと運転手さんも安心したのか口を開いた。

「いや、自分もあんな金額見たの初めてですから、気が気じゃなかったですよ……」

「ですよねぇ……」

運転手とそんな話をしていると、1時間程で銀座についた。

運転手さんに面倒をかけたこともあり、少し多めに支払った私は、とりあえず、腕時計に感謝するために、腕時計のメンテナンス用品を買いに行った。幸いまだ19時を過ぎたところということもあり閉店間際ではあるが百貨店が営業していた。

百貨店で探してみると、どうもメンテナンス用品というよりも修理道具という感じだったため「なんか違う」と思った。

そこで、腕時計を保管するためのケースを買うことにした。

もし寝ている間に盗《と》られたら《こと》だぞと思ったからだ。

値段はそこそこ張ったが、いいものが買えたと思う。

そして、買い物が終わったところでまだ20時前ということもあり時計のためのものではなく、私は自分のものを買うことにした。

いきなりではあるが、私はルイ・ヴィトンというブランドにコンプレックスを持っている。

実は今銀座に来たのも、そのコンプレックスを解消するためと言っても過言ではない。

心の中で御託を並べつつも、いざやってきたルイ・ヴィトン。

店の出入り口には警備員が立っており、物々しい雰囲気を醸し出している。

おどおどする自分を隠しながら、胸を張り颯爽《さっそう》と店内に入る。

店員に声をかけられる私。

「いらっしゃいませお客様。本日はどのようなものをお探しでございますか？」

もしかして、自分がよほど場違いのように見えたから、見るに堪えなくて、助け舟のつもりで声をかけたのだろうか？　と思った。

「え、あ、はい。財布とバッグを自分用で……」

店員は、少し驚いたようだった。

しかしその驚きは一瞬のもので、すぐに営業用のスマイルを浮かべた。

「かしこまりました、それではまず財布からご案内いたしますので、どのような形がご希望ですか？」

「とりあえず、長財布で、どんなものがあるのか見せていただきたいのですが……」

余は長財布を所望する。

思っていた言葉とは違う言葉だが、ちゃんと意思を伝えることができた。

近年ではミニ財布が主流になりつつあるが、私は何となく「お札を折る」という行為が好きではない。

なので次に買う時は、やはり長財布がいいなと思っていたのだ。

今の私の財布は父のおさがりの二つ折りの札入れで小銭入れもついておらず、もう10年は使い込んだものだ。そして、先ほど口座に入れずに手元に残した数千万円は到底財布に入らないので、裸でジャケットの内ポケットやデニムのポケットに詰め込んである。

程なくして、店員の説明を受けた私は、かなり中身が入りそうなジッピー・ウォレットという財布と、ブリーフケース・エクスプローラーという名前の、財布と同じ柄のバッグを購入した。

二つ合わせて約60万円の買い物だったが、とても満足していた。

他にもこまごまとしたもの、イマジナシオンとラバーズという香水や、バッグ・財布と同じ柄のカードケース、大きなものだとLVスパイクというネックレスを購入し、総額では結局100万円ほどの買い物をした。

おそらく、ルイ・ヴィトンコンプレックスも解消したことだろう。

買い物を終えた頃にはルイ・ヴィトンの店も閉店時間をだいぶ過ぎていた。

閉店時間後も貸し切り状態で買い物を続けさせてくれたことに感謝しつつ、店を出る。

「そろそろ大阪に帰るか。財布も買ったし、バッグも買ったし。競馬は鬼勝ちしたし」

そう思い、財布に50万円、カバンにありったけの現金を詰め、入りきらなかった現金はでっかいヴィトンの紙袋に詰め込み、たくさんの戦利品を引っ提げて私は東京駅へと歩を向けた。

領収書

霧島　様　　ご宿泊代、お品代として

金額	シャングリ・ラ東京1泊	¥170,000
	LV　財布	¥120,000
	LV　バッグ	¥420,000
	LV　カードケース	¥70,000
	LV　ネックレス	¥230,000
	LV　香水（ラバーズ、イマジナシオン）	¥90,000
	決済	**¥1,100,000**

東京駅の八重洲《やえす》口から構内に入り、新幹線のチケットを買う。

今回は迷うことなくグリーン車だ。

券売機でグリーン券を指定するボタンを押す私の指は震えていたような気もするが、気のせいであろう。

初めてグリーン車に乗るなと思いつつ、新幹線のぞみのグリーン車の席に着く。

そこでグリーン車とはこんなにも快適性が違うのかと驚いた。

まず、グリーン席ではおしぼりがもらえるということに驚いた。慣れている人からすると当たり前かもしれないが、私は驚きを隠せなかった。

そして、座席の快適性が自由席とは天と地ほど違うことにも驚いた。なにより、車内が薄暗くホテルのようだった。

「グリーンでこれならグランクラスはどんなもんやろか……」

そんなことを感じ、さらなる贅沢《ぜいたく》を夢見て新大阪駅まで時速285キロで駆けていった。

新大阪に着いた私は「1日でものすごく疲れたな」と思い、迷わずタクシーで帰ることを選択した。

「新幹線でどこにでも行けるようにもっと都会寄りのところに引っ越そうかな。大学には、車を買って車で行けば良いんだし」

この時私はそんなことを思っていた。

しかし、それにしても私はお金の使い方をあまり知らない。

そのため車で通学するにしても、まず車を買うためには何が必要なのかなど全く考えていなかった。なので、自分が突然金持ちになった実感はなく、4～5000万円くらいの金を手に入れたからといって贅沢をするのはよろしくないと、堅実にも考え、今の手持ちの資金が10億円の大台に乗った時に引っ越しすることをとりあえず当面の目標とした。

この時私はまだ知らない。

手持ちの資金や資産が日を追うごとに倍々ゲームで増えていることに。

このままいけば、どんなに遅くとも来月には10億円を軽く突破している。

新大阪駅からタクシーで自宅まで帰ったあとはすぐに風呂に入り、倒れるようにベッドに入り泥のように眠った。

翌日、証券取引所が開くとほぼ同時に私は自身の所有する株式の価格を見た。別に毎日チャートを見る必要もないのだが前日と大きく変わっている数字に喜びを覚えてしまい、一日一回は確認してしまう。

もちろんありえないほど上昇しており、チャートを見ている現在も面白いほど朝から爆上げ状態だ。グラフを見て、なんか上がってるとしか思えなかった私は、取り急ぎ昨日口座に入金した金額をすべて証券会社の口座に送金し、それも投資の運用資金として使い始めた。

「自動車メーカーは買ったから、石油メーカーと、石油商社と、海運会社も買っとくか。あと優待ほしいから航空会社と……」

ぶつぶつと独り言をこぼしながら株式を買いあさった。

そこでふと気づく。

競馬で勝った分を運用資金に回したということは、当面の目標とした10億円は、もうすぐそこにあるということに。

「まぁいいか……とりあえず50億円までは株式売買で増やして、そこまでいったら配当をもらって生活する方針にシフトしよう……」

本気で運用している人からしたら微々たる額かもしれないけど、資金は潤沢にあるから、もし大暴落しても手持ちのお金を全て失うだけで済むように設定し、空売りなどはできないようにした。

株式を買いあさったあとは、身支度を整え、大学へと愛用のママチャリで向かった。

他の人から見れば、彼が数千万円もの資金を運用するトレーダーとは誰も思わないだろう。

淡々と授業をこなしつつ、1日を終える普通の大学生に見えるはずだ。

そんな平凡な大学生の仮面をつけた私は、授業を受けながらずっと、梅田まで行く足がないから車が欲しいなと思っていた。つまり結構な時間、授業に集中せず、うわの空で過ごしていた。

車好きの私は、自身の足となる車に関して妥協をするつもりはなく、しっかりと吟味した車を長く乗るつもりであった。

昼食をはさんで、ちょっと眠気がやってくる時間、たまたま、今日受けていたのは税法の授業だった。ここで私は気づいてしまった。

これまで大きな問題を忘れていたことに気づいたのだ。

税金の問題である。

そのことに気づいてしまうと、もういてもたってもいられなくなった。

授業を終えるとすぐにインターネットで評判のいい税理士を探し、税金の問題を解決するために奔走した。

どうやら淀屋橋《よどやばし》の方に株式や個人の租税問題に詳しい税理士がいるらしいとのことで、その税理士にアポイントメントを取り、さっそく事務所に向かうとそこでいきなり3時間ほど話し合った。

今思えば全くよく対応してくれたものである。

最終的に、私は投資会社を設立し、社長となることになった。

田舎《いなか》にいる両親にも話を通し、父母を会社の社員として雇うこととなり、親孝行もできそうだと満足していた。

もちろん父母としては寝耳に水の話で、たいそう面食らっていた。

幸い、私は成人していたため、割とスムーズに事が進みそうだということがわかり内心ではホッとした。

あとは税理士の指示通りの書面を用意し、その税理士と顧問契約を結び、頂いた指示通りのことをするだけである。

私の新たに設立する会社の社員（役員）となった母は心配しきりだったが、次のゴールデンウィークで帰省した時に詳しい事情を説明することで納得してもらった。

そこで屋号をどうするかという問題に直面したが、これは心の中ですでに決めていた。

社名は、全ての始まりである、ロレックスへの感謝の意味を込めて、「金時計」という名前にした。

ダサいとか言うな。

色々考えたけどこれがいいと思ったんだから。

そこまで決めて今後の方針を事細かに確認したところで税理士事務所を後にした。

ついでに車を下見したかったが、どうせ見るならもっと時間がある時にゆっくり見たいので、またの機会ということにし、タクシーで自宅まで帰ることにした。

最近タクシー移動が増えたなと思い、贅沢は控えなければと心に決めた。

やはり私の根っこは貧乏性のようだ。

それからしばらくして、税理士さんの指示通りの書面を集めて、奔走を続け、無事会社を設立することができた。継続して株式投資を続けていた私は一ヶ月ほどで、総資産50億円を突破した。

「一ヶ月で運用資金が100倍とかもう理解できない……」

運用高を見て私は、もう理解することを諦めていた。

そこまでいくと、もはやただの数字の羅列にしか思えないので、5億円ほど利益確定して現金化し銀行口座に送金し、残りの45億円と端数は長期で運用する株式ということにした。

今日は中村さんと出会ってから一ヶ月と少しが経《た》ったある日。

ある程度の現金を手にした私は堺筋本町《さかいすじほんまち》駅の近くに来ていた。

もちろん車を買うためである。

「いよいよ資金も50億円を突破したし、そろそろ引っ越しと車だな」

そう考え、5月の終盤の日曜日である今日、満を持してカーディーラーに来たのだ。

かねてより車の購入を考えていた頭の中はもう車のことでいっぱいだった。

大学生が乗ってても、大きく顰蹙《ひんしゅく》を買うことなく、なおかつ、自身の趣味に合致する車となると、ほぼほぼ車種は限られてくる。

まず考えたのは、メーカーで絞ること。

そうなるとメルセデス・ベンツ、BMW、アウディ、レクサスの四つに絞られた。

その中から一つを選ぶことに大変苦労したが、とうとう決めた。

思い立ったが吉日とばかりに大阪市中央区のあるメーカーのカーディーラーを訪れていた。

「ついに来たな」

目の前には輝くショールーム。

自身の目に美しく映るＬＥＸＵＳの文字。

そう、私が決めたメーカーはレクサス。

それもＳＵＶのフラッグシップＬＸシリーズの６００である。

トヨタのランドクルーザーの輸出モデルがこの車の祖であるが、私はその無駄に大きな車体に心を惹《ひ》かれ、購入を決意した。

ちなみに、今日はレクサスの店舗を訪れる前に、ちゃんと店に連絡しており、レクサスＬＸの試乗車を用意してもらっている。

店に着くや否や販売員の方に、電話で連絡しました霧島ですが、と伝えた。

「か、かしこまりました。霧島様でございますね」

少々驚いて慌てたような店員さんに申し訳なさを覚える。

「こんな若造がレクサス様の店に来てしまってすみません」と内心で恐縮していたが、対応してくれた、レクサスの販売員は、最初こそ驚いていたものの、すぐに持ち直し懇切丁寧に解説してくれ、私は素直にありがたいと感じていた。

ややあって担当営業の方がやってきて、どんな車なのか、詳しく教えてくれた。

ＬＸ６００にもエグゼクティブとオフロードとシンプルなもの（ここでは無印と表現する）があ

り、どれにするかは最後まで迷った。

「以上がレクサスＬＸの説明でございます」

試乗をしっかりと済ませ、思ったよりも運転しやすいことに驚いた。

「じゃ買います。ＬＸ６００の真っ白なパールホワイトで、オフロードを現金一括で買うので、オプションサービスしてくださいね？」

試乗の際に、担当してくれた営業の方と打ち解けることができ、このレクサスという店に非常に好感を持てた。

販売員の方にも多少のフェイクをこめつつ、どうしてこの若造がレクサスを買うに至ったのかを説明しており、それを聞いた営業さんからは羨望の眼差《まなざ》しを送られていた。

「はい、かしこまりました霧島様。それではすぐに手続きいたします」

この時私は知らなかったのだが、どうやら車を購入する時、車庫証明というものが必要らしい。

確かにどこで保管してどこで運用する車なのか証明する必要があるだろう。

ちなみに私は車庫証明などは全て実家の住所で登録した。

なので、一旦は実家で車を運用することになる。

もちろんこちらで新しい車庫を契約したら登録を変更して、今の居住地に戻すつもりである。こうして、私は納車まではまだ日があるものの新たな足を手に入れた。

私は車を購入したその足で、大阪市内でマンションを購入するためにショールームへ向かった。

読者諸兄には、ご存知《ぞんじ》の方も多いと思うが、レクサスＬＸとは、かなりでかい車である。

おそらく、国産車の中でトップクラスにでかい。まず普通の立体駐車場に停《と》めることはできない。

そのこともあり、とりあえず大阪で一番高級なマンションのショールームに来た。

車がちゃんと停められて、新大阪駅にアクセスが良く、住みやすい設備の整った家に引っ越したいから。

ショールームに着くと、事前に内見を予約していたということもあり、スムーズに案内される。

そこには実際の間取りと同じ広さのモデルルームが用意されており、販売員のセールストークを聞き流しつつ、立地や価格、広さなどは申し分ないということを改めて実感する。

「ほんの一ヶ月前はまさか自分がこんなことになるなんて思いもしなかったなぁ」

というありきたりな感想を胸に浮かべつつ、改めてしみじみと実感する。

「生意気なことを言って申し訳ないんですが、駐車場の広さはどれくらいのものですか？」

「とんでもありません、霧島様。当マンションは大規模な自走式の地下駐車場を備えており、ランボルギーニやフェラーリ、ロールス・ロイスなど、おそらく全ての車が駐車可能です」

レクサスＬＸごときで、うちでかい車なんですよみたいなドヤ顔晒《さら》してすいませんでした、という内心をひた隠しにして会話を続ける。

「なるほど、ではここにします」

「はい、かしこまりました霧島様。すぐに手続きの書類をお持ちいたします。マンションの完成は来年3月を予定しておりますので、入居予定日はまた追ってご連絡差し上げます」

こうして私はとうとう大阪に家を購入した。

もちろん現金一括で購入する。ニコニコ現金一括払いの男である。

「レクサスは最近人気ってこともあって早くても数週間くらいで納車って聞いたからとりあえず、

それまでは我慢だな」

またワクワクする楽しみができたと思い、早くも期待に胸を膨らませている。

せっかく大阪の難波《なんば》のあたりに来たということもあり、なんだか久々な気がして、買い物をして帰ることにした。

といっても、実際にはこれといって特に欲しいものがないため、結果として何も買わずに帰宅することになるが、それがわかるのはもう少し後の話。

家を購入したので、家具やら食器やらを物色したいと思って、店をめぐるが、よくよく考えてみると入居は来年のため、今買ってもしょうがないなと思いとどまり、近くのカフェや、セレクトショップをめぐり時間を潰すのであった。途中の本屋で買った車の雑誌を眺めながら、レクサスをどんな風に自分の快適空間にしようかと、ニヤニヤしながら思いをはせる。周りから見れば、不気味極まりないが、それを注意する人はどこにもいない。

そうこうしているうちに夕方を過ぎ、難波で食事を済ませ自宅に帰った。

レクサスの購入から約4週間。とうとう納車の日がやってきた。

LXはかなり人気ということもあって契約時に、もっとかかるかもしれないとは言われていたが、予想外にことがトントン拍子に進んで4週間で納車された。

工場からの出荷の日が決定したことで、その日に最も近い日曜日を納車日に選択した。

とうとう待ちに待ったレクサスが納車されるということもあって、私は納車前日から興奮が抑えきれなかった。とはいえいくら興奮していたといえども、もう20歳を超えた大人なので、私はぐっすりと熟睡し、納車日に備えた。

納車日当日、営業開始時間と同時くらいに購入店舗にやってきた私は、少し恥ずかしかったが、納車式というものを経験し、新車のＬＸを引き渡され、満面の笑みを浮かべながら、帰宅の途についた。

パールホワイトのレクサスは水垢《みずあか》がつきそうだなと思ったので、納車前に店舗に連絡し、車体にガラスコーティングとワックスをかけてもらっておいた。

仕上がった車体を見てそこにも大変満足していた。

そのまま帰宅するのもなんとなく味気ないなと思ったので、ドライブをすることに決め、とりあえず京都の方に行ってみることにした。

私はＬＸをカスタムするつもり満々であったのだけども、受け渡された新車のＬＸがあまりに素晴らしすぎたので、とりあえず、当面は純正の何もカスタムしていない、素のままのレクサスＬＸを楽しむことにした。今は味変の必要はないと思う。

私は京都に向かう車中で感動していた。このレクサスＬＸの乗り心地と、この素敵な車を手に入れることができた嬉《うれ》しさに、である。

大阪市内から京都中心部までは約一時間の旅である。車を手に入れたばかりの若者には少し物足りないかもしれないが、興奮したテンションそのままに長旅に出て、疲れて事故を起こすよりは良いだろうと考えていた。

そうして私は感動しっぱなしのまま京都市内に入り、かねてより訪れてみたかったとあるホテルに到着した。

京都には名建築や名所がたくさんある。

そんな京都において、ホテルは近年発展目覚ましいものがあり、素敵なホテルがたくさんある。

その中で私がどうしても一度行きたかったホテルがある。

何かの雑誌で一目見て感動したのだ。

嵐山《あらしやま》にある、翠嵐《すいらん》というホテルである。

私は翠嵐の回し者ではないため、あまり込み入った描写は避けるが、もし私が海外からのお客様をもてなすとしてどこに泊まってもらうかと問われれば、まず間違いなくこのホテルに泊まってもらう。

それくらい素敵なホテルである。

「またレクサスが初夏の京都に映えるなぁ」

私はホテルの駐車場で駐車係に車を預け、改めて車体を眺めて心からそう思った。

京都に着いたのがちょうどランチタイムであったため、ホテルのレストランで食事をし、嵐山の絶景を見ながらお抹茶をいただく。

「最高かよ……」

しみじみと心の声が出てしまった。

心からそう思いつつも、中村さんへの感謝を忘れない。

あくまでもこれは私の運を切り開いてくれた中村さんのおかげだ。

いつかもっと大きな人間になった時に絶対に恩返しをしようとまた決意を新たにした。

せっかく京都に来たということもあり、なんとなく京都を観光することに。

「京都に来たからには鯖寿司でしょ」

知っている人も多いかもしれないが、京都は鯖寿司が美味しい。地理的に海が遠かったということもあるのだろう。

そう思った私は八坂《やさか》神社の近くにある、鯖寿司の名店に車を走らせた。

運良く京都を訪れた時期が初夏ということもあり、走りの鱧《はも》を使った、鱧姿寿司の販売がちょうど開始された頃で、これ幸いとばかりに鱧姿寿司と、鯖姿寿司の二本を購入した。

車に乗り、京都市内を1人でぶらぶらと観光したのち、たくさんの八つ橋を自分への手土産《てみやげ》にして大阪の自宅に向かって走り出した。

京都市内から一時間ほどかけて大阪の自宅近くに戻ると、納車前にギリギリになってやっと見つけ契約した駐車場にレクサスＬＸを停め、購入した鯖姿寿司と鱧姿寿司を持ち自宅に帰った。

「後は家だな……！　楽しみすぎる……!!」

新居に入居したら中村さんを呼んでささやかなパーティーをしよう……。

さて、中村さん以外に誰を呼ぼうか……。

母さんには引っ越しを手伝ってもらうとして……。

そんなことを考えながら自宅で寿司を食い、１日を終えた。

領収書

霧島 様

お品代として

金額	LEXUS LX600 オフロード （オプション込み）	¥15,000,000
	マンション （大阪府大阪市本町）	¥210,000,000
	決済	**¥225,000,000**

レクサスの納車から1ヶ月ほど経《た》ったある日、毎日せっせと通っている大阪大学法学部ではある話題が持ち上がっていた。

大学の駐車場に、とてもいかつい車が停まっており、なおかつそれが学生所有のものであるという話題である。

その話を学内の友人から聞いた私は、

「やべぇ、十中八九俺の車じゃん」という感情を押し殺しつつも、

「へぇー、そうなんだー、ちなみにどんな車なん?」

と私は返した。

「なんか、レクサスのでっかい四駆らしい」

おー、なるほどなるほど。それは私の車ですね。

「そうなんや、めっちゃ高級車やん」と言いつつ平静を装った。

とにかく、その話を聞いたが、

「どうかバレませんように」

と心の底から祈っていた。

講義室で学生が、「あのレクサス乗ってみたいなー」などと言うのを聞くたびに、そういうことを言うやつは絶対に乗せないと心に固く誓った。

それからというもの、停めるところは法学部から少し離れた駐車場に車を停めるようにして、学生に、特に知り合いになるべくバレないように自動車通学をするようになった。

「知り合いやら顔見知りにバレて、車にいたずらなんかされたらめんどくさいしな」とポツリとこ

ぼす。

とは言うものの、季節は夏真っ盛り。大阪の夏は溶けるほど暑い。

わざわざ涼しい車で大学に通いつつ、学生にバレることを気にして法学部から離れたところに車を停《と》め、熱い太陽に照らされながら法学部に通うことなど、意志薄弱な私にはできるはずもなく、その計画は早々にリタイアした。

例年通りか、もっと暑いか、毎年感じているような気もするが。

そんな夏、ある計画を練っていた。

サークルにも入ってないし、ましてや部活にも入っていない私だったが、友人と旅行に行きたいなと思っていたのだ。

サークルをやめた一年の冬に彼女と別れ（むしろ同じサークルにいた彼女と別れた冬に、サークルを辞めたともいう）、そこから半年と少し彼女がいなかった。

しかし、最近になって少し様子が変わっていた。

たまたま同じ授業で隣に座った女子大生（まぁ大学で出会う女の子はみんな基本的には女子大生なのだが）と仲良くなり、そこから定期的に連絡を取り、良い感じの仲になりつつあったのだ。

その彼女は、名を結城《ゆうき》ひとみという。

私は、そのひとみ嬢と旅行に行きたいなと思っていたのだ。

ここで蛇足かもしれないが、私の容姿について説明しておこう。

一言で言うなら私の容姿は「普通」である。

取り立てて優れた容姿ではないが、10人が10人好印象を持つような、小ざっぱりとしていて優しそうな顔である。コミュニケーション上手で、話し上手。物事を少し気にしすぎなきらいはあるが、血液型はO型のためおおらか。しかし、その反面こだわりが強い部分もあるが、おおむねのことは許容できないほどではない。といったところの性格で、彼を初対面で嫌いという女性はまずいない。

しかし、本人から女性に対して積極的にアプローチすることはあまりなく、いい友達どまり。彼の周りの女友達たちは少し物足りなく感じているというのが現状である。

「さて、どうしたものかね。ひとみちゃんと旅行に行きたいけど2人だと警戒されるだろうし、かといって大勢になるのも嫌だし」

そんなことを考えながら、最近は過ごしている。

私は大勢で何かをするというのが苦手である。

文化祭など大掛かりな行事は苦にならないが、プライベートの時間を大勢で過ごすというのがどうしても好きになれないのだ。

「しかも旅行に行くってなったら十中八九金のことがバレてしまう……。大学生にもなると、彼氏のことを金で見るやつもちらほら出始めるしなぁ……」

実は私は前の彼女とは金銭的なトラブルで別れていた。

前の彼女はデート代は男が出して当然という考え方を持っており、そのことで度々衝突していた。

彼女がクリスマスは千葉にある某有名テーマパークで過ごしたいと言い出したため、金銭的な面で言い合いとなり、結果クリスマスを待たずして別れることとなった。

現在の私の総資産はすでに200億円を優に超えており、もうすぐ300億に届くといったところで、間違いなく阪大で1番の金持ちであった。

私は、うじうじしていても仕方ないと思い、とりあえずラインしてみよう、と連絡を取る。


Kirishima『ひとみちゃん今大丈夫?』

ひとみ『お、霧島くん。おつかれ。大丈夫だよ? どしたの?』

Kirishima『明日ちょっとご飯行かない? 美味しそうな和食屋さん見つけたから、どうかなって。』

ひとみ『お!! いいねぇ!! 霧島くんセンスいいからこれは期待大だね!!!』

色好《いろよ》い返事がスタンプと一緒に返ってきて一安心。

Kirishima『じゃあ、明日の最後の講義が終わったら一緒に行かない?』

ひとみ『OK!! じゃ一緒に授業うけよ!!』


「一緒に○○しよ」という文言に非常に弱い私はこういうことをナチュラルに言ってくるところがかわいいんだよなぁ、などと思いつつ、『わかった! じゃあまた明日よろしくね!』と、返事を返すと、『はーい!』と、元気いっぱいの返事がきて大きく安心した。

「とりあえずは一安心だな」

大学生が持つには大きすぎるお金のことを言うべきか言わぬべきか悩みつつ、とりあえずは車を見せてその反応を見てから決めようと結論を出した。

「明日のご飯楽しみだな。どこ行くか決めとかないと……」と考えながらその日の授業をこなしていった。

お誘いラインを送ったその翌日、結城ひとみ嬢と一緒に授業を受けた後は、

「俺今日車で来てるから、車で行こうか」

と、私の隣でちょこんと座って真面目に授業を受けている結城ひとみ嬢に伝えた。

ひとみ嬢は
「お、車？　飲めないけどいいの？　まぁ私はもともとお酒飲めないからいいけど」

と返事をした。

ここでひとみ嬢について説明しておく。

彼女は酒があまり得意ではない。

ひとみ嬢と知り合ってから、同じ授業を取っている仲間たちとみんなで飲み会をしたところ、ひとみ嬢は一切酒に手をつけていなかった。

話を聞くと、母親が酒に強くなく、自分もそうであろうとは思っていたが、調べてみるとアルコールに対して軽度のアレルギーを持っているらしい。酒を飲んでも得することはないとわかったためよほどでない限り飲まないと決めたとのこと。

その話を聞いた時は、ほんとかよとも思ったのだけど、たまたまその場に同席した他の女友達が、ひとみ嬢は酒を一口飲むと、すぐに両腕に蕁麻疹《じんましん》のような赤い斑点が出て具合が悪くなり帰宅したという話をしてくれた。

その話を聞いた時には、人によってそれぞれの体質があるから大変だなぁと思った。

ひとみ嬢の了解の返事を聞くと、

「全然気にしないでよ！　むしろひとみちゃんといるのにアルコールで感覚が鈍っちゃうのもった

いないでしょ」と返事をした。

そんな世間話をしていると駐車場に着き、私はいよいよ車の鍵を開けた。

「俺の車これね。乗って乗って」

何でもないようなふりをして、結城ひとみ嬢に乗車を促した。

「え、でっか！　てか、いかついなぁ！　あの噂《うわさ》になってる車って霧島くんの車だったのね」

私から乗車を促されたひとみ嬢は、そう笑いながら返事をし、楽しそうな様子を隠さず車に乗った。

「中も豪華やねぇ。しかも意外に綺麗《きれい》に乗ってるね」

ひとみ嬢は車の中を見回し、そう感心していた。

「意外にとは失礼だな。てかあんま見るなよ恥ずかしいから。こう見えても自分の道具は綺麗に大事に長く使う派なの」

「車の乗り方とか、車の中って、その人の人となりが出るよねー」

ひとみ嬢はからかうような口調で霧島との会話を楽しんでいた。

「せいぜい失望されないように、丁寧な運転を心がけまーす」

ひとみ嬢は、それでよろしい。と満足げな返事をし、２人を乗せた車は出発した。

ここでさらにひとみ嬢について補足説明をしておく。

ひとみ嬢は一言で言うならかなりの美人である。話を聞くと芸能事務所にスカウトされた回数も一度や二度ではないらしい。そして背が割と高い。身長は大体１６０㎝後半といったところで、私とは15㎝ほどの差がある。ちなみに私は１８３㎝と高身長だが、猫背のためそれほど威圧感はないと思いたい。

さらに、胸が大きい。服の上からでもその大きさがわかるほど胸が大きい。本人はそのことがコンプレックスであるらしく、胸の大きさがわかるような服を着ることは少ない。背の高さも相まってか、胸が強調されることはほぼないが、友人の清水曰《いわ》く、最低でもFはあるとのことである。

そのような高スペックをお持ちの結城ひとみ嬢は、自分の容姿の見せ方をよくわかっており、派手な装飾の服装を好まず、シンプルな服装をしている。

以上のことから結城ひとみ嬢はさぞかしモテるのだろうとお思いだろうが、その推察は100パーセント正しいとは言えない。

彼女は確かにモテるし、人付き合いもいいが、誰かと付き合っている、誰かと付き合ったという話は霧島も清水も聞いたことがない。

自称阪大の情報屋の清水でさえ聞いたことがないとなるとおそらく本当に誰とも付き合ったことがないのだろう。

清水曰くお付き合いをお断りする時の決め台詞《ぜりふ》は毎回、「気になっている人がいる」とのことであるらしく、清水はその結城ひとみ嬢の気になる人が誰なのかを探すことに躍起になっているようだ。

私は清水から聞いた、この話を思い出しながら、阪大のマドンナ結城ひとみ嬢を助手席に乗せ和食店に向かっていた。

「そういえば今日行くのはなんて名前の店？」

ひとみ嬢にそう問いかけられた私は、

「いわいっていうお店だけど知ってる？」と答えた。

「知らないなぁ。でも多分、店の名前に店主さんが自分の名前使うってことは自信あるんだろうね」

とひとみ嬢は霧島に返事をした。

「そう考えたことはなかった。でも、確かに自分の名前だろうし、そうなんだろうな。俺も相当期待してる」

そう返事をした私に結城ひとみ嬢は満足げにうなずいていた。

車でお店に向かい、少しの道路の混雑を経て1時間足らずで目的の店に到着した。

「雰囲気のある店構えですなぁ！」

結城ひとみ嬢は興奮して私の同意を求めた。

「でしょ？　これは1回行っとかないとなって思って、同じ和食派のひとみ嬢をお連れしたんですよ！」

と私もやや興奮したように結城ひとみ嬢に返事をする。

店に入ると、

「予約していた霧島です」

と店主に告げる。おかみさんがカウンターの内側から出てきて、

「霧島さまですね、お待ちしておりました」

と告げ2人を個室に案内した。

おかみさんは2人を案内するとドリンクの注文を取り個室を後にする。

「ここ相当高そうだよ⁉⁉⁉⁉　私あんま持ってきてないよ⁉⁉⁉⁉」

ひとみ嬢は慌てて私にそう告げてくるが、私は「大丈夫だ問題ない」と返事をするのみである。

「まだ彼氏でもないっていうのもあるだろうけど、おそらく本気で払えるかを心配してるっていうとこもポイント高いな」などと、生意気なことを考え飲み物と料理を待った。

いわいでは基本的にコース料理しか提供していないため、注文を取りに来るということがない。

箸の進み具合を見に来ることはあるが、個室客へは店側からの声かけは滅多《めった》にない。

結城ひとみ嬢と他愛《たわい》もない話をして戯れていると、最初の料理が運ばれてきた。

鱧《はも》とスッポンを使った先付けで、夏らしく、とても素晴らしい味付けだった。

「ほぉぉ……鱧……。あと、煮汁はすっぽんやね」

「そうやねぇ、鱧食べると夏って感じするなぁ」

「確かに！　特に京都の方行くと祇園祭《ぎおんまつり》と鱧の組み合わせめっちゃよく聞くもんね!!　京都の川床で鱧食べたいなー」

「もうすぐ祇園祭だし、京都まで行く？」

一緒に行きたいなという淡い期待を込めてそういたずらっぽく聞いてみる。

「いいねぇ！　ガソリン代と高速代は私出すから行こう！　そのかわり鱧代は奢《おご》ってくれたまえ」

ひとみ嬢はおどけてそう言った。

こういう天真爛漫《てんしんらんまん》なところに惹《ひ》かれるんだよなぁ。

「ガソリン代と高速代より鱧代の方がよっぽど高くつくわ！」

私がそうが突っ込むと、ひとみ嬢は、

「冗談だよ、鱧代払うくらいのお金は持ってるよ」

と笑いながら言っていた。

（嫌な雰囲気にならずにお金のことをちゃんと話せるっていいなぁ）

過去の経験があるだけに、心の中でしみじみとそうつぶやく。

私はひとみ嬢に対する評価をまた一段と引き上げた。

楽しい時間は早く過ぎるもので、コースも順調に進み、あとはデザートを残すのみとなったところで、２人の会話は恋の話になっていた。

「ひとみ嬢って美人だしモテるでしょ。なんで誰とも付き合わないの？」

「そりゃ心に決めた人がいるからよ」

「それって俺知ってる人？」

「まぁ、そうだろうねぇ。てか、私のことより、霧島くんはなんで誰とも付き合ってないのよ」

「今露骨に話逸《そ》らしたよね、まぁいいけど！　自分は、最近プライベートが忙しかったし、彼女と別れてからすぐに誰かと付き合う気にもならなかったし。なにより話が合うかわいい子が一緒にご飯食べてくれるから女の子には困ってなかったからかな？」

「え、かわいいって私のこと？　いやぁ、周知の事実ではあるけど、改めて言われると照れるなぁ」

「アホか！　まぁそんな感じよ。で、結局気になる人って誰なん？　教えて！」

「結局そこに話戻るのね。まぁ、ヒントを出すなら？　そろそろ気づけよって感じかなぁ。こーんなかわいくて素敵な女の子が普通２人で個室のご飯屋さん行きますか？　って感じかな」

「ぬかしおる」

苦笑気味にふとひとみ嬢の顔を見ると、おふざけ一切なしの至って真面目な顔でこちらを見つめていた。

「え。まじ？」

「まぁ。うん、まぁ。まじよ。こういう感じは想定してなかったんだけどなぁ……。まぁ大まじやね。そもそも大学入ってから2人でご飯行ってるの霧島くんだけやし」

「え、あ、え？　あの、え？　あっとー、え？」

私はひとみ嬢の返答を聞き、取り乱した。

「さてさて、これで誰かわかったよね？　最近教授たちからの覚えもめでたい、頭の良い霧島くん」

霧島は恐る恐る尋ねる。

「わ、私ですか？」

「あぁ、やっと気づいたかね、霧島くん。年度変わって何回も隣の席座ってちょこちょこ会話して、アプローチしてたのに全然気づかないよね君。どうせ最近仲良くなったとか思ってたんでしょ？」

「すいません……結城さん……」

「で？　どうなのよ？　こんないい女にここまで言わせてなんの返事もなしかね？　え？　霧島くんよぉ？」

ひとみ嬢に発破をかけられ、私は腹を括《くく》り、こう切り出した。

「あのー、俺と付き合ってください」

にんまりとするひとみ嬢。

「その、あのーっていうのがいらない。もう一回」

ひとみ嬢は、自分から最初に気持ちを白状させられた恨みか、自身が満足いくまで何度もリテイクを要求した。

5回目くらいの告白でやっとOK判定をもらうことができた。

それでも評定でいうと「可」らしい。

「ありがとう！　でも、ひとみちゃん、なんで俺のこと気になってたの？」

「顔はある程度優しそうであればどうでもいいんだけどさ。清潔感あるし、背高いし、服装も私好みだったんだよね、まず。でも他の男子みたいにがっついてこないし、私がアプローチかけても目もくれないし、もうそうなったら意地だよね。こう見えて、いい女の自信あったし。でもさ、そうなるともう手遅れなのよ。気づいたら目で追ってるし、霧島くんのこといっつも考えてるし」

予想外の高評価に霧島は驚き、

「いやありがたいことで。こんないい女の代表みたいなひとみちゃんに目をかけてもらえたなんて……不肖霧島、感涙にむせぶの巻……」

上がったテンションでよくわからないことをつぶやく。

「何言ってんだか……。まぁでも、これから恋人同士として、よろしくね？」

「もちろん！　こちらこそどうぞよろしくお願いします」

こうして晴れて恋人同士になった2人だったが、いわいでの会計は、

「恋人になったことだし」

と全額私が出そうとすると、絶対に半分は出すと、ひとみが譲らず、結局私が多めに出す割り勘ということになった。

領収書

霧島　　様　　お食事代として

金額	いわい(2名)	¥40,000
	決済	**¥40,000**

帰りの車中でひとみが俺に尋ねた。

「せっかく恋人になったんだから呼び名変えてもいい？」

私は運転しながら答える。

「お、いいねぇ、なんかアイデアある？」

「きっくんとか？」

「バカにしてる？」

「うそうそ。じゃああきらくんって呼んでもいい？」

ひとみは、私の下の名前であるあきらで呼びたいようだ。

「その呼び方初めてだわ。大歓迎よ！　じゃあ俺もひとみちゃんのことひとみって呼んでもいい？」

「いいねぇ、私彼氏できたことないからその呼び方新鮮！！！」

結城ひとみ嬢はしれっと大きな爆弾を投下してきた。

「嘘《うそ》⁉⁉　できたことないの⁉⁉　こんな見た目しときながら⁉⁉⁉」

「私中高一貫の私立の女子校で、大学は京大目指してたからそんな暇なかった。言い寄ってくるやつはいくらでもいたけどね。結局受験の時はビビってワンランク落として阪大入ったんだけどね」

「あったまいー……すごー――……。でもそれなら仕方ないかもな」

「でしょ？　んで大学入って、生活にも慣れたらちょっと物足りないかもなーって思ってた時に霧島くんと出会って、この前なんかすごいこと質問してたじゃん？　それ聞いて、あ、この人頭いいと思って仲良くなりたいなって」

私はロレックスに心から感謝した。

「なるほどねー。あ、ひとみの家まで送るけど、家どの辺？」

「さらっと呼び捨てにすんなし、照れるじゃん」

ひとみは照れながら俺に家の住所を教えた。

「ごめんごめん。かしこまって言うのもなんか恥ずかしいから。なんか、いいね、こういうの」

「なんかきもい」

そんなやりとりをしてるとひとみの家に到着した。

「めっちゃ豪華じゃん……」

「別に私が建てたわけじゃないし、親がすごいだけよ。ほんと親には感謝してますって感じ」

「金銭感覚しっかりしてそうだし、価値観も俺と合いそうだな。改めてこの子が彼女になってくれてよかった」

「いや心の声全部出てるから」

霧島はそう思い、しっかりしてるなぁと感心していた。

「えっ」

「えっ？」

どうやら全部出ていたらしい。

「じゃあ今日はありがとうね、あきらくん！　また明日学校で‼」

「はい」

それはもう私は満面の笑みで、デレデレしながらひとみに答えた。

「その顔キモい！　じゃあおやすみー！」

「おやすみなさーい」

ひとみを送った後、自宅に帰る道中で、

(なんだかんだでひとみと付き合うことになってしまった。まぁこれで夏の予定は決まったし文句なしだな。ありがとうロレックス)

と心の中でつぶやいていた。しかし、またロレックスが輝くかと思ったが、今度はロレックスは輝かなかった。

「これまでロレックスのおかげの時は、何かしら第六感に訴えかけてくるものがあった気がする。でも今回はそれがない。ってことはもしかしてこれはロレックスのおかげではなく……?」

また新たな疑問も生まれたが、まぁでも何にせよ感謝をすることは大事だから感謝をしておこう。私はそう結論づけた。

家に帰ると、「人生何があるかわからんな」などと考えつつ、風呂に入り就寝した。


結城ひとみ嬢と付き合うことになった翌日、大学に行くと、自称阪大の情報屋清水に捕まった。

「時に霧島くん。何か私に隠し事があるのではないだろうか」

霧島は心当たりがありすぎて挙動不審になってしまった。

「え、あ、え? なんのこと? え?」

「ネタは上がっとっちゃん。心当たりがあろうもん」

自分の胸に手を当てて聞いてみたが、心当たりといえば昨日のことしかない。

「えっとー、結城ひとみちゃん?」

清水の顔が険しくなる。

「認めるっちこつでよかね？　まだあるやろ？」

霧島は恐る恐る切り出した。

「車……？」

顔がさらに険しくなる清水。

「そいも認めるっちこつでよかね？」

「……はい。てかなんで清水そんなに情報早いんだよ‼」

途端に清水は得意げになった。

「阪大の情報屋なめたらいかんってことたい。ていうか車は多分お前のやろなって思いよった。で？　なんか言い残すことは？」

「車に関しては、うまいこと、なんとか話が広まりすぎないようにお願いします……」

清水はニヤニヤしながらこう言った。

「まぁ俺らの仲やけん、その件に関してはうまいことしといちゃー」

感極まって清水にすがりつく。

「清水さん……！」

清水は霧島を払いのけると、

「気持ち悪いったい。そがんばれたくなかったら、最初から俺に言うとけばよかったっちゃん。なんで言わんかったとや？」と言った。

「いや、あんまり詮索されても俺も言いにくいし、お互い変な感じになるかなって」

「どーせ株かなんかで当てたっちゃろ?」

「鋭すぎるやん。なんで?」

「そもそも俺らみたいな大学生が車買えるほど儲《もう》けるとか株くらいしかなかろうが。最近なんか社長と知り合ったって言いよったやん。それでなんか教えてもらったんかなって」

「まぁそんなところよ。法的にグレーだからあんま言いたくなかったんよ」

実際にはグレーでもなんでもなく、勘で買った株がたまたま当たっただけなので圧倒的にホワイトなのだが、そうぼかしておく。それにしても清水の推理力はすごいな。

「そんなことより結城さんよ！　なんでそんなことになっとーとや⁉⁉⁉」

ひとみの話を思い出した清水は突然ヒートアップした。

「いや、なんか、向こうが興味持っててくれたらしくて……。そのよく断り文句に出てた例の『気になる人』って俺のことだったみたい」

私がそう言うと、清水はなるほどねといった感じで、

「やっぱりそーったいねー。結城さん見よったらわかるもん。まぁ俺は貧乳派やけん結城さんに興味ないけど」と。

清水は貧乳派らしい。こいつとは一生わかり合えないかもしれない、と霧島は思った。

「知ってたんなら教えてくれよ！」

「いや、そういうのって情報得てするものやないやん?」

「まさにその通りで……」

正論を返されぐうの音も出ない。

「まぁ、うまくやれや。俺は応援しといちゃー。困ったことあったら格安で相談乗っちゃーけん、またね！」

「ありがとう清水……！」

今後清水との付き合いは長く続いていくのだが、この時ほど清水のことをかっこいいと思ったことはないのは秘密である。私は清水と一通り茶番を演じた後、自分の授業に向かった。

「あ、あきらくんおはよ！　隣来る？」

「お、ひとみおはよ。じゃあ隣で受けようかな」

この2人のやりとりを見た講義室内の学生たちはざわついた。

曰《いわ》く阪大最後の優良物件がなくなった。

曰く阪大のマドンナが入居した。

曰く霧島の野郎……！

など、阿鼻叫喚《あびきょうかん》とまでは言わないまでも、なかなかに大きな騒動となった。

2人は予想外の周りの反応に驚いたが、悪乗りしたひとみが私の腕を取り肩にもたれてみせた。近くにいた阪大生はもろにその衝撃をくらいその場で膝から崩れ落ちた者もいた。大講義室から泣きながら走って出ていく者もいた。

「ひとみやりすぎ」

びっくりして唖然《あぜん》としているひとみにそう声をかけた。

「いや、まさかここまでとは。でもまぁ、こんな美人を彼女にしたあきらくんはもっと誇っていいよ」

そんなこと言って許されるのはこの美貌があるからだろうなと思いつつも、

「光栄にございます、ひとみ様」

とおどけて言った。授業が終わると、2人とも空きコマだったためそのまま大学内のカフェに行き暇を潰した。そこで話すのは他愛《たわい》もないことばかりだったが、ひとみにすれば初めての彼氏ということもあり、会話の全てが新鮮であり、私からすれば、話すほどひとみのことを知れて、とても楽しい時間だった。2人で昼食を共にし、私は午後の講義に向かいひとみは大学図書館に向かった。私もひとみも毎日が楽しくてしょうがない。心身が満たされ、特に楽しいことがあるわけでもないがひとみも嬉《うれ》し気《げ》な様子で、まずは一旦それぞれ別行動を開始した。

午後の授業を3つこなした私は自慢の愛車、レクサスLXで買い物に来ていた。

ひとみも誘ったが、どうやらすでにバイト中らしく返事がこなかった。

少しの寂しさを感じながらも、私はおそらく大阪で最大の自動車用品店に来ていた。

「車の中が少し殺風景なんだよな」

そう考え、車内の芳香剤や、ルームミラーなどをそのカー用品店で買い、車の中を少し快適にアレンジした。

「これでよし」と、満足したところで、ドライブがてら難波《なんば》方面に車を走らせた。

戎橋《えびすばし》周辺を流していると、スーツケースを販売するリモワの店が近くにあることを思い出し、車を心斎橋周辺に止めリモワストア大阪心斎橋に向かった。

店に入ると、いらっしゃいませと店員に声をかけられる。店員は、何か気になるものがございましたらお気軽にお声掛けくださいませ、と告げると業務に戻った。

実は私はスーツケースマニアである。

そんな私はスーツケースに多大なるこだわりがあるため、内心で「声をかけないでくれるのは正直ありがたい」と思うとスーツケースを物色し始めた。

「今度は丈夫で長く使えるものがいいな」と、自身の使用する壊れかけのスーツケースを思い浮かべた。

店内を適当に見ていると、一つ気に入った商品を見つけた。

クラシックキャビンという商品で36Ｌサイズのものだ。飛行機の機内持ち込みが許可されるサイズでありながら重厚感を醸し出しており、何より持ち手が革巻きなのが素晴らしい。アルミ素材のシルバーの輝きが物欲をくすぐる。

「買いだな」

店員を呼んで購入する旨を告げた。

そして、物欲が止まらなくなった私はもう一つ、発色の良さに惹《ひ》かれ、グロスグリーンのポリカーボネート製のエッセンシャルチェックインMという60Ｌサイズのスーツケースの購入を決意した。

そしてとどめとばかりに、チェックインＬのアルミニウム製のスーツケースも購入した。色はチタニウムカラー。

３つで約70万円。スーツケースにしてはかなり高額ではあるが憧れのスーツケースを買えて私は大満足だった。

会計を済ませると、店員に、車を店の前まで回してくるのでしばらく見ていてほしい旨を伝え、車を取りに向かった。

車を店の前まで回し、店員から3つのスーツケースを受け取り後部ハッチを開け、積み込む。私のレクサスLXは2列シートの5人乗りタイプなので、荷物はいくらでも積み込むことができる。

そうこうしているうちに夜の8時ごろとなり、家に帰ることとした。

帰宅途中にスーパーに寄って食料を買い込むことも忘れない。大荷物になってしまい、かなりの苦労を伴ったが、なんとか自身が住むアパートに荷物を運び終えた。

こんな時は「早く新しい家に引っ越したいな……」と心から感じてしまう。

今日購入したスーツケースを部屋に置いて思ったが、大きなスーツケースが3つも部屋にあると、意外と圧迫感がすごい。そして、スペースを無駄にしてる感がすごい。

とりあえずスーツケースは3つとも車に乗せておくことにした。

ひとみ以外を乗せることもないのでまあいいだろう。

「とんだ二度手間だな……」

またエレベーターで3つの空スーツケースを車に詰め込み、駐車場に車を停《と》め、また家に帰った。

家に着き、荷物を運び終えたところで一服した後、料理を作る。

「簡単なものでいいか……」

そう考え、手早くパスタを茹《ゆ》で上げ、市販のパスタソースを絡め、あっという間にディアボロ風のパスタを完成させた。

「うん、うまい」

別にディアボロ風のパスタソースが特に好きというわけではないが、スーパーで買い物をした時にたまたま目についたため今日はディアボロ風のパスタと相成った。

ご飯を食べ終え、ゆっくりしているとひとみから連絡があった。バイトが終わったとのことである。何でもないことなのだが、ひとみとラインをできることが嬉しくなり、今日の出来事をひとみにラインで伝える。こんな時間を過ごすことができるのがとても幸せで贅沢《ぜいたく》であることを噛《か》み締《し》めながらパソコンを起動し、インターネットで持株の推移をチェックした。

以前は朝チェックしていたが、資産が安定し始めてからは長期保有を前提とした株式売買にスタイルを変更したため、夜にチェックするようになった。

数日前にチェックした限りでは、総資産額でいえば約300億円だったが、今チェックしてみると、以前よりもかなり大幅に株価が上昇しており、資産額はほぼ400億円まで上昇していた。

「25％アップか……。まぁアメリカの個人投資家よりは現実的な資産額だろ。1兆まで増えたらいよいよやばいかもしれないな」

もはや増えすぎた資産については考えることを放棄し、そのまま運用を続けることにした。

株価をチェックしながらひとみとラインで世間話をしている時に、私はひとみを旅行に誘った。

これこそが今年のメインイベントである。

Kirishima『旅行に行こう。夏休み。』

ひとみ『お、いいね、どこ行く?』

Kirishima『夏と言ったら海でしょ。沖縄もいいけど、台風もあるし、人多いし海外とか行きたいな。』

ひとみ『そうなると私が厳しい。』

Kirishima『じゃあ熱海《あたみ》。』

ひとみ『なんで熱海？』

Kirishima『海かつ温泉。』

ひとみ『異議なし。』

Kirishima『じゃあ日にちは、テスト終わった次の日から1泊くらいでよろしい？』

ひとみ『泊まりか！　どれくらいかかるんだろ？』

Kirishima『家賃とか色々クレジットカード払いにしてるんだけど、そのポイントがえぐい貯《た》まってるから、それ使おうかなーって。だから実質タダよ。でも高速代除く。』

ひとみ『なるほどね、てかそのポイント使ってもらうのも悪いよ。』

Kirishima『ほぼ1年半、貯まってることさえ知らなかったポイントだからね。最近気づいたってことは今使いなさいってことでしょ多分。』

ひとみ『そうなのかなぁ……。まぁあきらくんがそう言うなら……。じゃせめて高速代は私に出させて！』


これを聞いて、金銭感覚しっかりしてる子でよかったなと思いつつ、『じゃ、悪いんだけど高速代はひとみにお願いしてもいい？』と伝えた。

すると、すぐにトーク画面上に『任せておきなさい、結城ひとみの経済力を舐《な》めるなよ！』などと文章が踊り、かわいらしいスタンプと一緒に息巻いていて、思わず苦笑いした。

ひとみと旅行の約束をした後どこに泊まろうかとインターネットで情報を集め始めた。こうしてまた幸せな1日は更けてゆき、また新しい1日が始まろうとしていた。

領収書

霧島　様　　お品代として

金額	RIMOWA	クラシックキャビン	¥240,000
	RIMOWA	エッセンシャルチェックインM	¥160,000
	RIMOWA	チェックインL	¥280,000
	決済		**¥680,000**

二章

「熱海《あたみ》に行きます」

「はい」

そんな会話からスタートした、8月上旬のある日。

定期テストが終わり、張り詰めたものがふっと解き放たれるのは、この2人も例外ではない。

私はテスト終わりで自分たちをねぎらう意味も込めて、かなり高級なホテルを予約していた。それは、かの有名な星野リゾートが展開する高級ホテル。界 熱海（なお現在はより素晴らしくなるために改装中）である。

「星野リゾート、1回泊まってみたかったんだよなぁ」

と、ホテルマニアでもある私は考えて予約した。

「それでは出発しましょう」

そう言いながらひとみはETCカードを差し出した。

「ひとみ、ありがとう。ちなみに、車で今回は熱海まで行くので5時間の移動と考えています」

「ひゃー、5時間！　思ったより長旅やねぇ！」

「車買ったから、ちょっと長旅に挑戦してみたくて」

私の言葉に納得の表情のひとみ。

「そいえば、この車自分で買ったの？　買ってもらったんでしょ？　親御さんお金持ちなの？」

「いや。自分で買ったよ。これを買うために頑張って貯めた」

なんとなく自分が稼いでいるということを大っぴらにするのもはばかられ、資産のことがバレないように少しの嘘《うそ》を交えながら、そう話した。

「そうなんだ！　でも最近羽振りいいよね。スーツケースも私が知ってる高級なやつ３つも買ってたし、しかもバイトもしてないし」

そう。私はバイトを辞めていた。

４月にシフトを減らしたが、資産が10億を突破した頃に辞める旨を塾に伝え、５月いっぱいで塾講師の職を辞していたのだ。その５月もほとんどシフトには入っていなかったが。

「まぁ、これまで貯めた分もあるし、ネットで色々稼いでるからねー」

私は少しぼかして答えた。

「ネットビジネスかー。なるほどなぁ。羽振りがいい人は羨ましいですなぁ！」

「そういう結城《ゆうき》さんこそあんな豪華なファミリー向けマンションに住んでおきながら、人の羽振りがどうのこうのよく言えますなぁ」

もうすでにひとみの家には何度か訪れていた。しかし、なんとなくタイミングが合わずに、まだお泊まりはしたことがなく、この旅行が初お泊まりとなる。

「まぁあれは自社物件だから。実家が箕面《みのお》の方でちっちゃい不動産屋さんやってるんだよね。そのおかげであんないいマンション住めてます」

「なるほどね、じゃあ正真正銘のお金持ちってことか！　いやぁ、羨ましい限りで」

総資産400億の大学生がよく言うよな、と内心で思いながらひとみとの会話を楽しんでいた。

時期的にまだ盆休みに入ってないということもあり道は比較的空いていた。

レクサスLXに搭載されているクルーズコントロールもその真価を十分に発揮し、存分に活用することができた。

「クルーズコントロールって便利だよなぁ。アクセル踏まなくても自動でスピード維持して進んでくれるんだもんなぁ」

「あ、それ知ってる。うちの車にもついてる」

「いい車乗ってんねぇ」

「うちの親は金持ってるからねぇ」

そんな他愛《たわい》もない会話を楽しみつつ、途中のサービスエリアで何度も休憩を挟んで、とうとう熱海が近づいてきた。沼津インターチェンジを降りたあたりで、ひとみが霧島《きりしま》に尋ねた。

「今回泊まるホテルは？」

「界 熱海」

「お、星のやつ？」

「そうそう、お星様の」

そう答えた霧島の言葉にひとみは期待と興奮を隠せないようだった。

ひとみは楽しみだなぁ～としきりにつぶやいていた。

朝7時過ぎに大阪を出発し、現在は昼の12時を少し過ぎたあたりで2人はホテルに到着した。

2人が泊まる本館の駐車場に入るとすぐに係員がやってきて、運転席側の霧島に声をかける。

「本日はようこそ、星野リゾート 界 熱海へいらっしゃいました。お客様のお名前をいただいてもよろしいでしょうか?」

「予約しておりました霧島です」

「失礼いたしました、霧島様。お荷物がございましたらお預かりいたします」

別に失礼ではないのだが、高級なところではこのような物言いをすることが多い。私調べだが。

そんな感想を持ちつつ、「ありがとうございます」と返事をする。

車をエントランス前の車止めに置き、後ろの荷物スペースからご自慢のリモワとひとみのトランクを取り出す。積む時もしかしてと思ったけど、ひとみのトランクはグローブ・トロッターだった。

やっぱり裕福なんだなぁ。

私は二つの荷物を係員に渡す。

「とりあえずチェックインの手続きだけしておきたいのですが」

「かしこまりました。ではご案内させていただきます」

係員はそう告げ、案内を始めた。

チェックインカウンターに着くと、フロントのスタッフによって、宿帳はすでに用意されており、ようこそ霧島様と声をかけられ、またしてもホテルのホスピタリティに感激していた。案内する際に係員がインカムでフロントに伝えていたようだ。

「高級ホテルのホスピタリティしゅごい……」

チェックイン手続きをした私たちは荷物を預け、昼時ということもあり食事を兼ね観光に向かった。行先は伊豆《いず》半島ジオパークだ。

「龍宮窟《りゅうぐうくつ》っていうのがあるらしくて、そこ行ってみたいんだよね」

「よしそこ行こう」

ひとみは即決で返事した。

伊豆半島ジオパークに着いた2人は、龍宮窟に向かい、大地のハートを鑑賞したり、海の青さに心奪われしばらく呆然《ぼうぜん》としたりしていた。

「ほんとに神秘的な空間だったね……」

「でも夏休みだからか、ちょっと人多かったね」

2人は笑い合いながら伊豆半島ジオパークを探検した。

観光を終え、ホテルに戻り、案内された部屋を見てひとみが大騒ぎした。

「は⁉⁉⁉　え⁉⁉　広⁉⁉⁉　しかも最上階⁉⁉⁉」

「結城さん。こちら。絶景」

「あら、絶景。ってそうじゃなくてさ！！！！」

「まぁ気にすんなよ。ゆっくりしようぜ」

「は、払えるかな……」

「お前は金の心配ばっかりだな」

「まぁそりゃ、あきらくんだけに払わせるわけにもいかないし、そういう女と思われたくないし。ちゃんと金勘定できる女アピールしときたいし、お母さんからもそう言われてるし」

非常に好感が持てる考え方なのはいったん置いておくとして、聞き流せない重大な事案がさらっとひとみの口から語られた。

「え、ひとみさんお母さんに俺のこと話したん⁉⁉」

「うん、やっと付き合えたって話したら、ちゃんと先のことも考えてるなら金勘定がちゃんとできる女ってことアピールしときなさいよって。まぁ曲がりなりにも、うちも資産家だから、お金に関しての教育は結構小さい頃から受けてるんだよね」

「そうかぁ。じゃあ近いうちにご挨拶行かないとなぁ。そういえば実家どこだったっけ？」

「あ、言ってなかったっけ？　家は芦屋《あしや》の六麓荘《ろくろくそう》だよ」

「それらの話を総合すると、ひとみの家はかなり昔からの資産家で、大金持ちということがわかった」

「まぁでもこのことはみんなには内緒ね。こんな美人で大金持ちってわかったら、いよいよなんかされちゃうかもわからないし」

「はいはい」

この全身からあふれ出るオーラを持つ、素敵な彼女なら自分の秘密を打ち明けてもいいかもしれないなと思っていた。部屋着に着替え、そんな世間話をしていると仲居さんが夕食を持ってきてくれた。

「お、晩御飯きたよ。予約してくれてたの？」

「そうそう。20時くらいに持ってきてくださいねって」

界 熱海《あたみ》本館では部屋食が楽しめる。

2人は熱海の海産物に舌鼓をうち、大いに食事を楽しんだ。

食事も進み、デザートが来たところで私はひとみに秘密を打ち明ける決心をした。

「さっき、ひとみ、資産家っていう秘密を一つ話してくれたじゃん？　だから俺も一つ秘密を打ち明けようかなって思ってさ」

「なになに、かしこまっちゃって。言うてみ、言うてみ？　お姉さんが聞いてあげる」

「歳《とし》変わらんだろうが。実はさ、俺かなりの資産家なんだよね。親じゃなくて、俺が」

「は？　おぉ、そんで？」

「ぶっちゃけ総資産４００億くらいあって、現金でも口座に10億くらいある。ほんで、本町《ほんまち》駅近くにマンション買った。そのマンション来年3月完成で入居予定」

「ちょっと待って、情報多すぎ。てか資産やばすぎだし現金多すぎ」

「あれ、あんま驚かないのな？」

「確かに学生にしちゃ、というか個人資産としてはかなり多いけど、そんな身を持ち崩すくらい驚くほどでもないでしょ。多いといっても結城家の総資産とは0が二つくらい違うし」

「結城家しゅごい」

ひとみのその話を聞いて逆に私の頭がくらっとした。

「０二つって尋常じゃない。兆じゃん。え、兆っていくら？　え、一万円札が何枚？　は？　六麓荘？　大邸宅じゃん」という疑問が頭の中をぐるぐるする。

ちなみに先ほどひとみが言っていた芦屋の六麓荘町とは日本有数の最高級住宅地で、家の敷地面積など自治会によって細かく決められている、セレブの集う町。日本のビバリーヒルズとも呼ばれる。

「まぁ会社の資産も含めてって感じだけどね。マンション開発とか販売とかもやってるし。あきらくんが買ったマンションも本町なら多分うちが販売・施工に入ってるやつだと思うし、私もそこに住もうかなと思ってた」

まさかのご近所さんになる人近くにいた。いや、まだなると決まったわけじゃないけど。

「いや、でも話してよかったわ。肩の荷が下りた感じ……」

「私もさっき実家の話しした時肩の荷が下りた感じしたよ。やっぱお金の話って大事だし、そういう価値観が合うか合わないかって結構気になるよね」

「そうだよね。特に元カノとはお金のトラブルで別れたから、そういうことにナーバスになってたんだ。しかも俺は昔からの金持ちじゃなくて、株で一山当てたタイプの成金だからさ」

「私は、うちみたいな昔からのいわゆる『名家』よりも成金の方が好きだよ。話が面白いもん」

私は自分の秘密が打ち明けられたことに安心していた。それにお金の出所を説明できたことで後ろ暗いことはしてないということが説明できてよかったと思っていた。

お互い話したいことを話し合った2人の間にふと沈黙がおちる。

「……ねぇ、一緒にお風呂……入ろっか……」

「え?」

「何回も言わせないで!! お風呂入るの!」

うぉ、まじか……やべぇ、どうしよ。

「わ、わ、わ、わ、わかった! じゃあ先に入ってるから!」

なんとも初々しいカップルである。

「い、勢いで誘っちゃったけどどうしよ……」

先に入ると言って内風呂に向かった霧島の背を見送りながら、ひとみは羞恥心で悶《もだ》えていた。

「つ、つまり、そういうことだよな？　そういうことなんだよな？」

もちろん私も動揺を隠せないでいた。

私とて女を知らぬわけではない。

しかし、今日の相手はこれまでの経験などなんの役にも立たないような相手である。

私がどんな策を講じようとて、それは幼稚園児が世界チャンプクラスのボクサーを一発ＫＯしようと頑張るのと同じことだ。

浴室に入った私はとりあえず全身を、真っ赤になるほど洗った。

ひとみが入ってきたのは、霧島が真っ赤になった後だった。

「お、お邪魔します。え？　なんか赤くない？」

ひとみはバスタオルを巻いて入ってきたが、その美しさは隠されるどころか、隠されているからこそ際立って感じられた。

派手すぎずに品良く染められたつややかで美しい髪。

真っ白な肌。ほのかに赤く色づく美しく整った顔。その全てが完成された美を体現していた。

「あ……」

「なんとか言ってよ……綺麗《きれい》とか。綺麗とか。綺麗とか」

「き、綺麗です」

言わせてみたけどこれはこれで恥ずかしい。

ひとみは顔を赤くして自爆した。

これ以上先に言及してしまうのは２人にとって（この小説が消滅してしまうという意味で）あまり良いことにはならないと思うのでこのくらいにしておく。


チュンチュン……

雀《すずめ》の声で目を覚ました私は、これが朝チュンか……などとどうでもいいことを思い浮かべながら目を覚ました。

隣には嬉《うれ》しそうな顔で、眠っているひとみがいる。

幸せだなぁ。

きっと嬉しいことがここ最近で立て続けに起きた私はもう頭のネジがなくなってしまったのだろう。

ひとみを起こして、朝食を部屋に持ってきてもらった。

「朝も夕もお部屋食なんだね」

ひとみは満足そうな顔でうなずいていた。

「今日のご予定は？」

とひとみが尋ねる。

「初島《はつしま》とかも良いかなと思ったんだけど、その楽しみはまた今度にとっておこうかなって。実はちょっと遠いんだけど東京まで行きたいなと思ってて。そこでお願いしたいことがあるのだよ」

俺のその言葉を聞いてひとみは小首をかしげてかわいらしい表情をしていた。

「と言いますと？」

「服がない」

「服がない⁉⁉」

「いやね、ちょっといいとこに行くことが増えたんだけど、その『いいとこ』に着ていく服がないんだよ……だからおしゃれ番長のひとみの横にいてもおかしくない男にしてください！」

私は恥を忍んでひとみに頭を下げた。

移動距離もそこそこあるので、なかなかハードスケジュールだが、ひとみは嬉しそうに「了解！」と元気よく返事をした。


部屋で朝食を取ったあと、少しゆっくりしたところでチェックアウトして車を出し、東京に向かった。

「今日は何が欲しいとかは決まってるの？」

「スーツ！　せっかくだからいいスーツとか靴とか買いたいなと思ってさ。ひとみの意見も聞きたいし」

「なるほどね。では存分にコーディネートして差し上げましょう」

「ありがとうございます」

このひとみのかわいさにはニンマリだ。

熱海から東京は思ったより近く、２時間と少しで到着した。

東京に着くと、ひとみの指示でまず銀座のＧＵＣＣＩに向かった。

「ここではセミフォーマルくらいの、ちょっとおしゃれなジャケットとパンツを買います」

「お、おおぉん」

なぜかひとみの雰囲気がガラッと変わっており、なんか思ったのと違うと感じた私はうまく返事をすることができなかった。

店頭に着くや否や店員さん方がすっ飛んできた。

「いらっしゃいませ、結城様」

「こちらの霧島さんのジャケットとパンツを」

「かしこまりました」

なぜか場慣れしている風のひとみにみんなが動かされ、私は自分が何かの材料にでもなったのかと思うほど全身のサイズをくまなく調べられた。

この時私は「あ、吊《つ》るしを買うんじゃなくてオーダーするのね」と少しばかりビビっていた。生地や形、刺繍《ししゅう》などを2人で選択し、完成までは約2ヶ月ほどかかるとのこと。

「続いてはブリオーニに向かいます」

またしても監督のようなひとみ。

「はい」

私は返事をするのでいっぱいいっぱいだった。ブリオーニに着いた結城監督は私にこう告げた。

「ここではフォーマルを仕立てます。ドレスコードありのパーティーにも出席できるレベルのフォーマルなので、タキシードと、もう一つ普通のブラックスーツね」

「はい！」

私は新兵か？

「いらっしゃいませ、結城様」

ここでも顔役のひとみ。私はもう怖いよ君が。

「こちらの霧島さんにタキシードとフォーマルをビスポークで」

後から聞いたがビスポークとはフルオーダーのことらしい。

お客さんと要望をじっくり話す＝be spokenということでビスポークらしい。

先ほどの店に続き、簡単に挨拶を交わした2人の間にはもはやプロのような空気感が漂っていた。

プロに言葉はいらない、とその空気が告げていた。

じっくりと話すんじゃないのかよ。

「ちなみにブリオーニはタキシードに自信ありのメーカーだから、期待していいよ。例の殺しのライセンスを持ったスパイもここのスーツを愛用してるの」

楽しげに笑うひとみだが、私にダブルオーのライセンスでも持たせる気であろうか。

ブリオーニでスーツをビスポークオーダーした2人は足早に次の店に向かった。

「続いてはダンヒル銀座本店です」

「ダンヒルまで行くとなんかよく聞くから馴染《なじ》みやすそうだな！」

この時何も知らなかった私はこれで気持ちが楽になると思っていた。

「さて、どうだろうねぇ？　ここでもオーダーメイドで作るから、普通のダンヒルとはわけが違うよ。日本でこの銀座本店だけでしかビスポークでオーダーできないんだから！」

「早くも暗雲立ち込める」

「スーツはここで終わりだから頑張って！」

「はい……」

「ようこそ、結城様。本日はお父様ではなくこちらの……」

「こんにちは、木村《きむら》さん。そうです、私の自慢の彼氏が、男前のスーツをオーダーしたいと」

先ほどとは打って変わって外行きの笑顔を浮かべるひとみ。

「あの小さかった結城様が……。わかりました、この木村が誠意を込めて作らせていただきます。結城様は是非サロンでお待ちください」

「では、お願いします。じゃ、あきらくん、サロンで待ってるね」

私は心細さを感じたが、先ほどまでの店とは対応が少し違うことに気がついた。

私はひとみに手を振り別れた後でその木村さんと話をした。

「結城家とは古いお付き合いなんですか？」

私が木村さんにそう尋ねると、

「はい、今の旦那様が普段着られるスーツは全て私が作っております。ひとみ様のスーツやドレスも私が担当を……。申し遅れました、ダンヒル銀座本店 オーダースーツの部門を担当しております、リシュモンジャパンの木村と申します。このお店で今は後進の育成をしております」

そう言って木村は霧島に名刺を渡した。リシュモンはダンヒルやカルティエ、モンブランを展開する世界的な企業グループだ。木村さんはすごい人だった。

「あ、すいません、霧島です、本日はよろしくお願いいたします」

木村は霧島と世間話をしながらも採寸の手を止めることなく、霧島が気づいた時にはすでに２人は生地やラペル、切羽、ボタンの選択に入っていた。

霧島はダンヒルで夏用冬用の各スーツと、冬用のロングコート、スーツ用のシャツ、ベルトを購入した。

スーツとコートに関しては現物が届くまでまだまだかかるとのことだった。だが霧島がたくさんの品物を衝動買いしたのは、木村の人柄に惚《ほ》れてのことだった。

「外資の会社で上り詰めるだけあるわ……」

と、内心でつぶやき、心地よい時間を過ごせたことに感謝した。

私とひとみは木村に感謝をすると次の場所に向かった。

「次はちょっと歩いて丸の内まで！　靴を買いに行きます！」

ダンヒルで気を良くした私は上機嫌で返事をした。

着いた店はジョンロブ丸の内店。

「じょ、ジョンロブ……。俺でも知ってる最上級の靴メーカー……」

結城監督は大丈夫、大丈夫と言いながら店に入る。

「おや、いらっしゃいませ結城様。本日はお父様ではなく、素敵な方をお連れで」

またも店員と仲よさそうなひとみ。

「そうなんです。彼を一流の男にしてあげてくださいな」

ここでも外行き笑顔。すこいなぁ。

「なるほど！　それでは腕によりをかけてオーダーを取らせていただきます！　それでは今日はよろしくお願いしますね」

そう言って私の靴を脱がせにかかり、サイズを取り始める店員。

よろしくお願いしますと答えるのが精一杯だった。

結局私はジョンロブで靴を4足買った。

タキシード用の黒の内羽根ストレートチップのフィリップと呼ばれるモデル、そして、夏用のローファーであるロペス、モンクストラップのウィリアム2、そしてウィリアム2のブーツである。

後から知ったけど、タキシードに合わせるのはオペラシューズが正式なんだってな。

教えてくれた人ありがとう。

どの店の会計も100万円を超えたが、とてもいい買い物ができたと満足していた。

「前まではKUROのデニムやNIKEのスニーカーでとんでもなく贅沢《ぜいたく》したつもりだったたんだけどな」

時間もすっかり遅くなり、夜の8時ごろに私たちは晩御飯を取ることにした。

レストランは丸の内にあるロブション。運よく予約が取れたのだ。

「今日はとてもいい買い物ができた。ありがとうひとみ」

「よくよく考えたら今日一日でレクサス一台分くらい買っちゃったね。私もあきらくんを連れ回しすぎちゃったから、ちょっと反省……。その代わりといってはなんだけど、私からプレゼントがあります！」

そう言ったひとみは一つの紙袋を霧島に差し出した。

「いや、いいのに。てか、自分が買いたくて付き合ってもらったのに」

「まぁまぁ、中見てよ、これ」

霧島はひとみから渡された袋を開けると箱に入ったネクタイが出てきた。

「マリネッラが5本……!!　ちょ、おま、え？　ちょ……まじ？」

「まじ。ていうか、あきらくんブランドに詳しいよね。付き合ってから何もプレゼントとかしたことなかったし、スーツ買ったからいい記念だなって思って」

思わぬ高級品のプレゼントに、驚く私を見て心底楽しそうに笑うひとみ。

説明しよう、マリネッラとは世界最高級のネクタイを作っているイタリアの会社で、そのネクタイはまさに芸術品ともいえるほどの仕上がりで、巷《ちまた》では世界最高のネクタイともいわれるのだ。

価格帯は2万円台後半から3万円台後半といったところ。

ひとみがプレゼントしてくれたネクタイは、今日購入したどのスーツにも合いそうで、ダンヒルでサロンに向かった時から、すでにひとみの手の内であり、まるで全て仕組まれていたことのような気になった。

さすがは名監督の名采配である。

ただやられっぱなしなのも面白くない。ここいらで私は反撃を試みることにした。

「実は俺からもプレゼントがあるんだ」

「え、ほんとー？　嬉しい！」

まだ余裕の笑みを崩さないひとみ。

しかし、私がプレゼントの箱が入った緑の紙袋を取り出した時にその笑みは凍りついた。

「ま、まさか」

「そう、そのまさか。俺とお揃《そろ》いだよ」

私はロレックスの紙袋を取り出した。

ひとみは震える手で時計を取り出しつぶやいた。

「わ、私が欲しかったレディデイトジャスト28のピンクゴールド……」

「俺の腕時計見ていつもロレックスいーなーとか言ってたから買っといた。ほんとはお揃いにしたかったんだけど、俺のデイデイトってレディースモデルないんだよね。だからなんか良いのないかなって探してたら、いいの見つけちゃってすぐ買っちゃった」

実際デイデイトをそのまま女性がつけているのもごくたまに見かけるが、ひとみにはなんか違うと思ったので、文字盤が少し小さいレディースモデルを選んだのだ。

昨今ではロレックスは品薄なのに、たまたま見つけられて、しかもこの旅行の日に間に合ったのは奇跡と呼ぶほかない。

「高かったでしょ……？　こんなのもらっちゃっていいの……？」

「まぁ。それなりよ。てかひとみの家だとロレックスなんて珍しくないでしょ？」

「いや、私がつけてるのセイコーだし。その価値がわかるようになった時に、必要があれば買ってあげるって言われてたんだけど、大学入った時にアウディ買ってもらっちゃったから……」

そう、ひとみはアウディに乗っている。正にブルジョアジーである。

「あぁ……あれね。でもまぁ、喜んでくれてよかった！　実はこっそり腕のサイズも測って買ったから多分今つけてもぴったりなはずだよ」

「あ、ほんとだ！　すごい！　すごいすごい！　なんか、もうすごい！」

こんなに喜んでくれてよかったな。

「また機会があればなんかプレゼントしよ」

反撃は大成功で私は大満足だ。

ひとみは喜びすぎて語彙力が低下していた。

2人は大喜びのまま、興奮冷めやらず東京から大阪までの長丁場の旅を始めた。

ひとみは嬉《うれ》しそうに腕のロレックスを撫《な》で、1時間おきくらいに自慢してくるし、そんな益体もない話をしていると、あっという間に6時間が過ぎて、車はひとみの家に着いた。

「よし、着いた。荷物下ろすか」

「ありがとう！」

そう言って、ひとみのマンションのエントランスに車を停《と》め、ひとみのトランクを下ろした。

「泊まってく？」

「いや、ひとみも着替え洗ったり、部屋掃除したり、親御さんに連絡したり色々忙しいでしょ？だから、今日はやめとく。俺も買ったもの片付けたり、服洗濯したりひとみを家に連れてこれるように綺麗《きれい》にしないといけないから」

「気にしなくていいのに！　じゃあ私もあきらくん部屋に入れられるように綺麗にしとくね」

「よろしく」

とりあえずは1人で部屋にお土産《みやげ》や荷物を運び込むのは骨だろうということで、大量のお土産の大半をひとみの部屋まで運び、解散した。

私も手狭な自宅マンションの前に車を停め、熱海《あたみ》土産と、自慢のリモワのスーツケースを下ろし、部屋に運び入れた。

スーツと靴で軽く1000万円以上使ったが、その大半はまだ出来上がっていないことは幸いだった。

もし出来上がって引き渡されていたら部屋はもはやクローゼットだけの機能しかなくなってしまう。

自分の部屋に入り、荷物を置いた私は、とりあえず株価のチェックをした。

「……軒並み爆上げしてる……。最初ほどの倍近い爆上げではないけど、運用額がでかいぶん、上がり額がしゅごい……」

資産運用額はもう500億円に届こうとしていた。

元はパチンコで稼いだ約100万円だと思えば、とんでもないことである。

「そろそろ違う投資先も考えてみるかな……。ていうか、来年の税金がマジで怖い……」

所得税や府民税、健康保険、年金などの税金・社会保障関係は、今年から親の扶養から外れたため、自身で支払う必要がある。そんなことに戦々恐々といった感じで、パソコンのブラウザを閉じた。

「バイトもないし、毎日彼女と遊ぶわけにもいかないし、夏休みってなんか暇だな……」

車でも買いに行ってみようかな……。

手狭な我が家ではあるがインテリアをもっと充実させたい。そんな私だが来年の3月には新しい家に引っ越すため、なかなか新しい家具を買えないでいた。

「買うにしても広さの寸法がわからないんじゃあ買いようがないよなぁ……」

早く新しい家に引っ越したい私であった。とりあえず明日はゆっくりしよう。

大学生の夏休みは長い。霧島の夏休みはまだ始まったばかりなのだ。

領収書

霧島 様

ご宿泊代、お品代として

金額	界 熱海 2人分 1泊	¥300,000
	グッチ	¥1,100,000
	ブリオーニ	¥1,600,000
	ダンヒル	¥2,400,000
	ジョンロブ	¥5,800,000
	ロブション	¥50,000
	決済	**¥11,250,000**

翌日、起床した私は、朝食をとろうと思ったが、
食料の類いは熱海で買ってきたお土産しかないことに気がついた。

「まあこれでいいか……」

買い置きしていたコーヒーを淹《い》れ、箱根森のバウムの封を切り、それを朝食とすることにした。

「さて、今日は何しようかな」

大学生にしては（大人を含めたとしても）、かなりの大金を持っている私。

しかし、その実はほんの最近お金を手にしただけのただの学生である。

であるがゆえに、ガソリン1リットル当たり6㎞という、自車の燃費が気になっていた。

車を動かせば毎回のようにガソリンを給油する必要があり、なおかつハイオク燃料しか食べませんと言われた日には、さすがの大富豪の私でも少し考えるものがある。

なにせ、一度ガソリンを満タンにすると燃料代だけで軽く数人の渋沢さんが殉職するのである。

「なんか燃費のいい車探してみるか」

そう考えた私は、身支度を整え、駐車場に向かった。

ちなみに、本日の服装は、グレーのニューバランスのM１５００に、白のデニムを合わせ、上はネイビーに金ロゴのシンプルなラルフローレンのTシャツを着ている。ビームスとのコラボモデルだ。

お気に入りのオリバーピープルズのサングラスも忘れない。

私は、とりわけ猛暑日が続く最近、そんなラフな服装が気に入っている。はたから見れば、少しブランド好きな？　普通の大学生に見え、大富豪にはまるで見えないだろう。

「梅田やら難波《なんば》まで行くなら、ついでに服も買っとくか。先にコンビニ行ってお金おろしてガソリンスタンド行かないと……」

駐車場に行く途中にあるコンビニでとりあえず50万円おろしてみた。

ちょっとした夢だったんだよ、ＡＴＭの限界までおろしてみるの。

「感覚がいよいよ普通じゃなくなってきた気がするな……」

なんのためらいもなく上限いっぱいの札束をＡＴＭから取り出して思う。

愛用のジッピー・ウォレットに入るだけぶち込み、残りは車のセンターコンソールに収め、ガソリンスタンドに寄ってから車を梅田方面に走らせた。

まず私がやってきたのは梅田のハービスに居を構えるＧＵＣＣＩ。

「ここは駐車場がついてるのがありがてえ」

そんなことを考えながら、ＧＧミニクロスボディバッグ、コットンのシャツ、コットンジャージーのＴシャツを色違いで2枚、同じくコットンジャージーのポロシャツ、バギーデニムを買った。

爆買いである。会計は見ていない。

会計の際に、店員がしきりに、新作情報などの配信サービスを登録することを勧めてくれたので会員登録をしておいた。支払いはペルソナＳＴＡＣＩＡアメリカン・エキスプレス・カードで。この前阪急でお買い物をしたときに作っておいたのだ。他にも私は、インターネット証券で株式を購入しているが、リスクの分散という観点から、運用資金が増えた時に自己名義と会社名義で複数の銀行に口座を開設していた。

その際に行員に勧められるがままクレジットカードを作り、今ではメガバンク全社のクレジットカードと、ダイナースクラブという、アメリカン・エキスプレスの信用度・ステータスを上回るクレジットカードを保有している。

これまで使っていた口座直結のデビットカードからはやっと卒業した。ついでに駐車券の処理を店員にしてもらうことも忘れない。

会計を済ませた私は、地下にオリバーピープルズの店があることを思い出し、店に向かう。

店に入ると店員さんから挨拶をされたが、それに気づかないほど一つの商品に私の目はくぎ付けになった。

普通の色付きサングラスなのであるが、フレームは色付きのクリアで好みのデザインど真ん中であったため即決で購入。グレゴリー・ペックというモデルらしい。小さな頃に両親が見ていた古い映画に出ており、私が憧れた名優の名を冠しているのも縁を感じた。サングラスを自分の顔の形にフィットするように調整し、会計を済ませるとそのままかけて店を出た。


「さて、次はどこに行こうかね」

次に向かう場所を考える。適当にドライブをしていると思い出した。

「夏だしサンダルが欲しい」

サンダルといえばここでしょう！　ということで心斎橋のビルケンシュトックに来た。

車はいつも停めている長堀の駐車場だ。ここは収容台数が多く、料金もそれなりで、大きい車にも優しい広さなのでいつも利用している。

店に到着した私は、店員からの挨拶を受けつつお目当ての商品を探した。

かねてより私が欲しかったのはオイルドレザーを使用したタイプのボストンというモデルだ。昔は雑誌などで見ているだけだった。お目当てのモデルを見つけた私は、これこれ！　と思いつつブラックのサンダルを買おうとしたが、その隣に色違いの同じ形のものを見つけた。

　そのタバコブラウンという色の色味と珍しい名前に心が惹《ひ》かれて、そちらもブラックと合わせて購入した。さらについでとばかりに、部屋履き用・普段履き用としてもう2足、チューリッヒというモデルのブラックとキャメルも購入した。

「これで夏のサンダルは問題なしだな」

　私は満足した。昼食も取らず、動きっぱなしで少し疲れてきたのでどこかでお茶したいな、などと思いつつ、歩きながら店を探す。

　アーバンリサーチやＺＡＲＡの近くを歩いていると、ふと気になってもう少し堺筋《さかいすじ》の方に向かって歩いてみた。

　するとほんの少し進むと、ステーキ屋さんが見えた。

　ステーキのことを考えると唾液が口の中いっぱいに込み上げてきて、生唾を飲み込んだ。

　迷わず店の中に入り、店員さんに人数を1人だと告げ、カウンター席に案内された。

　前菜から宮崎牛のローストビーフが出てきたり、魚介も出てきたり、もう最高すぎるランチだった。

　メインディッシュは150gの宮崎牛ロースのステーキが出てきた。久々にがっつり肉を食べるけど、肉が溶けるってこんな感じなんだーなどと思いつつ箸を進める。

「最高すぎる、これで6000円でおつりが来るとか絶対また来る」

ランチで6000円は普通に考えてかなり高いが、そんな誓いを立てて店を後にした。

「さて、次はどこに行こうかね」

こう考えた私は、とりあえず買った4足のサンダルを車に置きに行った。

車に向かっている途中で大丸の前を通った。ちょうど入り口のドアが開いて、中の冷気が漏れてくる。涼しい。

「あ、車屋さん行くんだった」

一番の目的をやっと思い出して駐車場まで戻って車を出し、車屋さんに向かう。

燃費をどうこう言うんだったらハイブリッドかな……。

国産はレクサスがあるので、今一番考えているのは外国車だ。

ただ、アウディはひとみと被《かぶ》るのでパス。となるとベンツかＢＭＷか。

いっそ電気自動車という手もあるか。それなら今の車よりはよほど燃費がいいだろうと思い、車を梅田のメルセデス・ベンツショールームに走らせた。

「ちょっと待て！！！」

車を走らせていると、たまたまポルシェのショールームの前を通ったがその時天啓が降りてきた。

「ポルシェだ！」

エコな車といえば電気自動車。エコロジーが叫ばれる昨今、なんとポルシェでは電気自動車のスポーツカーを販売している。すぐにハンドルを切って、ポルシェのショールームに車を停める。

「タイカンに乗りたいんですが試乗できますか？」

「承知いたしました。本日届いたタイカンがございますのでそちらをご案内いたします」

今日、届いたばかりの新車に乗れるとは運がいい！　そう思いつつ案内を受ける。

「かしこまりました、ありがとうございます」

「ではこちらへ」

たまたま私についてくれた営業さんに案内されたガレージで、タイカンの現物を初めて見た私は感動した。流麗なフォルムに何とも言えないブルーのボディとアクセントとして主張するホイールのゴールド。まるで一つの芸術品のような車だ。

かつて憧れたスーパーカーが私の理想を体現してそこにあった。

「それでは運転席にどうぞ。こちらがこの車の鍵です」

鍵を受け取り、スタートボタンを押してエンジンをかけた。

その車の静かな咆哮《ほうこう》に驚いた。

「思いのほか静かですね」

「そうですね、アイドリング中などはほぼモーターの音しかしない状態に近いですね。オーナー様も驚かれる方が多いです」

初対面の彼女のその内装が上品なことにも驚いた。

ピュアスポーツカーとは言いつつも、気品のある内装。

しかし見せかけだけの上品さではなく、ドイツ車らしく、実用性も重視されている。

「これはすごい……」

タイカンはスポーツカーであるため高速道路での高速域走行も試乗を許された。高速走行をしてみると、市街地走行とはまた違った一面が顔を覗《のぞ》かせる。低重心が故の張り付くようなコーナリング感。そして、高速走行中の安定感。

満足していた。私は心が満たされるのを感じた。

「これいくらですか？」

「現在霧島様が運転しておられます、この車と全く同じもの、同じ装備ですと３１３２万円でございます」

試乗を終え、ショールームに戻った私は、１分ほど悩んで購入した。

この車ももちろん一括払いである。

納車までは約１週間とのことだ。

購入手続き中、このタイカンターボＧＴの駐車場がないことを思い出し、どこかホテルの地下駐車場を借りることはできないかと、梅田周辺のホテルを調べた。

すると、ホテル日航大阪では、月極《つきぎめ》というか定期券駐車場を契約できるらしく、早速契約した。

タイカンの車庫証明はその駐車場で取得した。

ちなみに駐車場の月々の契約料金はクレジットカード決済にした。

経費精算などに使用しているメガバンク発行のＪＣＢカードについては、カード会社から「カードのステータスを上げてほしい」とのことで、ザ・クラスのカードになっており、ダイナースクラブに関しても、税理士さんの勧めと紹介もあり、プレミアムカードとなっている。

ちなみにタイカンは個人名義のザ・クラスで決済した。

カード集めが趣味になった私の次なる目標は、航空会社のステータスの獲得だ。

あるメガバンクでクレジットカードを作る時に、ＡＮＡマイレージカードの機能を追加したカードを作った。

そのマイレージクラブのステータスをとりあえず一番上まで上げることが当面の目標である。そのためにこの夏休みに長距離海外旅行に行くことを画策しているが､それはひとみにはまだ秘密だ。

やっとのことで全ての手続きを終えた私は、ヒルトン大阪で1人寂しくディナーを済ませ、大満足で家に帰った。家に帰ると自身の持つ株式の資産はめでたく500億円を突破していた。

「まぁ、1人だけどお祝いということで」

今日の散財を霧島はお祝いという言葉で片付け、心の棚に上げておくことにしたようだ。

今日GUCCIで買ったバッグに、私がいつも持ち歩いている7つ道具、つまりスマホ、イヤホン、車の鍵、タバコ、ライター、財布、小銭入れがわりにしているリモワでもらった小さな袋を入れた。

リモワの袋は大量にスーツケースを買った時にお店からもらった。

そして買った服についてはクローゼットに片付け、大満足のまま眠りについた。もともとクローゼットにあったもう着ない服は入りきらないのでスーツケースに入れて車に載せておく。

タイカン購入の契約を結んでからは、ひとみの帰省前にデートをした時に、タイカンの最上位モデルを買ったことを告げると､「私も連れてってよ!」などと怒られたり、清水《しみず》と飯会を開いたりして、納車の日を心待ちにしていた。

清水との飯会を開いた時に初めて知ったことだが､実は清水はかなりのいいとこのご子息らしい。

それを聞いた私は、だからレクサスにもそれほど動じなかったのかと1人納得した。なんでも清水は九州ではかなり名の知れた名家出身で、一族から政治家や実業家を多数輩出しているらしい。

地元の経団連にもかなり幅を利かせており、清水曰《いわ》く、家柄は良いが育ちは悪いとのこと。

どこかで聞いたセリフだなと思いつつとりあえず聞き流した。

そして、とうとうタイカンの納車の日がやってきた。

ワクワクしながら店に着くと、案内されたガレージには私が注文した深いグリーンのタイカンGTが佇《たたず》んでいた。

まるでそこだけ別世界のようだった。

しかし、これが自分のものだとまだ実感するには至っていなかった。

レクサスに比べればかなりささやかな納車式の後、タイカンに乗り込むとエンジンスイッチをオン。静かなエンジン音を響かせ、ワクワクでショールームを後にした。

せっかくなので慣らし運転も兼ね、大阪環状線に上がり、アクセルをふかした。

静かだが、確実に加速していくタイカン。その非現実実感が私を大きく満足させた。

「こりゃやめられんな」

私はつぶやいた。

領収書

霧島　様　　お品代として

金額	GUCCI　ポロシャツ	¥165,000
	GUCCI　シャツ	¥110,000
	GUCCI　Tシャツ 2着×単198,000	¥396,000
	GUCCI　バギーデニム	¥176,000
	GUCCI　バッグ	¥264,000
	オリバーピープルズ　グレゴリー・ベック	¥44,000
	ビルケンシュトック　ボストン 2足×単20,000	¥40,000
	ビルケンシュトック　チューリッヒ 2足×単20,000	¥40,000
	ポルシェタイカンGT	¥31,320,000
	決済	**¥32,555,000**

三章

先日、タイカンの納車の儀も無事済ませ、今日の私は愛してやまないリモワのアルミのスーツケースをレクサスに詰め込み、サンローランのリュックサックに手近なものを放り込んで車上の人となった。

サンローランのリュックサックは昨日購入したので今回が初登板となる。きっと先発ローテに組み込まれるのは間違いない。

海外旅行に行くから、ちょっとしたバッグが必要という免罪符を片手に喜び勇んで購入に走った。

もちろん後悔はしていない。

今日はこのまま伊丹《いたみ》空港まで向かい、そこから成田空港、そしてかねてより計画していた海外旅行に向かうつもりなのである。マイル修行も兼ねてね。

自分で言うのもなんだが、幸い私の語学力は非常に高い。

大学を選ぶ際には外国語学部と法学部で悩んでいたほどで、外国語に自信があるし、外国に対しての心理的ハードルも低い。

大学に入学して一年目に無理やり受けさせられたＴＯＥＩＣでは９００点台を叩《たた》き出《だ》し、一般教養の英語の授業は教授から、テストさえ受ければ授業に来なくてもいいと言われた。

そういう背景もあり、お金もあるので、私が今回向かうのはラスベガスだ。

せっかくの休みだし海外に行こうと思い、これまで一度も行ったことがない地域で、エンターテインメント性に溢《あふ》れ、なおかつ英語圏に行くという条件を考えた際、一番最初に浮かんだのがラスベガスだった。

それに加えて、マイレージカードのステータスを上げたいという思いもある。むしろこっちが第一目的かもしれない。なので今回はひとみは同行していない。

ラスベガスに行くにあたり、私は一つ自分に条件を課す。

第一目的地であるラスベガスまでの旅行資金は前もって支払い済。そのうえで約16万円だけ（1000ドル分）は財布に入れて持っていき現地の可処分資金とするが、それ以外は自身の口座のお金を使わないということにした。

つまり、ラスベガスでもし稼ぐことができれば、そのまま違う国もしくは違う地域に海外旅行をすることができるし現地の滞在も豪華なものになるが、もし稼ぐことができなかった場合はそのまま日本に強制帰国というルールを課すことにした。

このルール上、帰りはどうなるかわからなかったので、行きは贅沢《ぜいたく》に行こうと思い、ファーストクラスのチケットを購入した。

そのため、国内線の移動もプレミアムクラスでの移動となり、伊丹、成田、サンフランシスコの全空港でファーストクラスラウンジが利用できる。階段を上り、スイートラウンジの入り口をくぐるとカウンターがあり、そこで搭乗券を見せると入室が可能となる。

ソフトドリンクやアルコール類が無料のラウンジを歩き、至れり尽くせりだなと思いつつ、適当に空いている座席に座る。

スイートラウンジではマネケンのワッフルが食べられると聞き、密《ひそ》かに楽しみにしていた。

私はお目当てのマネケンのワッフルを食べつつ、オレンジジュースを飲み、ラウンジのＷｉ－Ｆｉ環境を利用して、Macbookを開く。道中であっても、現地でも株価のチェックはしたいのだ。

ちなみに私は飛行機に乗る前にアルコール類は摂取しない。アルコールと急激な気圧変化で頭が痛くなりやすくなると信じているからだ。時々片頭痛が出る私にとっては天敵だ。誰に何と言われようとこのポリシーは変えるつもりがない。

初めて国内線のファーストクラス（プレミアムクラス）に乗る私は、さすがファースト、やはり座席が広いと感じ、国内線でこれなら成田─サンフランシスコ間の移動はどうなるのだろうとさらに期待を膨らませた。

そうこうしているうちに、あっという間に成田空港に到着した。

成田での乗り換えでは2時間ほど余裕があるため、成田空港の国際線ＡＮＡスイートラウンジに向かう。

「やはり、東京は違う」

成田のラウンジは伊丹よりもさらに綺麗《きれい》でたくさんの種類の軽食もあり、携帯電話が充電でき、伊丹と同様にのＷｉ－Ｆｉも利用できたので、文句なしのラウンジであった。

しばらくすると、優先搭乗の時間となり、ファーストクラスの座席に座る。

今私が乗っている、このサンフランシスコ便の使用機材はトリプルとも呼ばれる機体、ボーイングＧ７７７－３００ＥＲというらしい。

その機体のファーストクラスの座席は、さすがはファーストと言わんばかりのプライベートな半個室が用意されていた。

半個室の自分の座席を見た時、「これがテレビで見たファーストクラスの座席か……」と驚愕《きょうがく》した。ファーストクラスの座席には、メガネ置きや、無料のソニーのノイズキャンセリングヘッドホンがあり、これは本当に必要なのか？　と思う設備もたくさんあったが、「これがファーストクラスなのだ、この余白が贅沢なのだ」と妙に納得していたら、飛行機は離陸し、30分ほどしたところでCAさんにウェルカムドリンクをいただいた。

アルコール類は取らないつもりだったが、これくらいなら記念にと思い少しのシャンパンを注文した。

夕食の機内食ではクリュッグのシャンパンが提供された。

CAさんからの心遣いも一流で、お水も一緒に出してくれた。

何も言ってないのに！

選択メニューから和食を選択した私は、本格的な懐石料理を食べた。ご飯を食べてしばらくすると小腹がすいてきた。地上であれば深夜ともいわれる時間かもしれないが今日は旅行だからいいだろう。私は一風堂の味噌《みそ》ラーメンを食べた。

「なんでこんなになんでもあるんだよ」

ついそんなことをつぶやいてしまった。

そしていよいよ就寝といった頃にCAさんがやってきて、おやすみの準備をと言いつつ、座席を寝る体勢に整えてくれ、簡単なベッドが出来上がった。

簡単にとは言いつつも、寝具は東京西川、そしてナイトウェアもファーストクラス用に誂《あつら》えられたパジャマが提供されている。

ＣＡさんがベッドメイクをしてくれている時に話をしてくれたのだが、成田空港にはファーストクラスか最上級マイレージ会員のダイヤモンドメンバーの乗客限定のチェックインカウンターがあり、そこはカウンター番号から通称Ｚ屋敷と言われているらしい。

チェックインするだけでおしぼりをいただけ、そのままスイートラウンジに案内され、そこで至福のひと時を過ごすのがハイステータス会員の嗜《たしな》みなのだそうだ。

感心しきりで話を聞いているとあっという間にベッドが完成した。ありがとうございますと伝えたところで、なぜか、その若くて美しいＣＡさんから名刺と連絡先をいただいたが、その真意に気づかず、「さすがはファーストクラス。ＣＡさんはお客さんに対して責任を持っているということなんだろう」と見当はずれの結論に達し、１人勝手に納得していた。

快適なファーストクラスのベッドで眠りについた私が目を覚ますと、そろそろ朝食といった頃だったので、今度は洋食をチョイスした。

さすがに、夜のフルコースほどのものではないが、痒《かゆ》いところに手が届くもてなしであり、非常に満足した。

快適な空の旅を堪能し、サンフランシスコでの乗り換えを経て、いよいよラスベガスに到着した。

預けていたスーツケースは無事受け取ることができ、ほっとしたところで空港の到着口を出ると、そこにすぐスロットマシーンがあることに気づいた。

「さすがはカジノの街……血が騒ぐ……」

高校の修学旅行以来、久々の海外でテンションが上がっていた。

空港を出てタクシーを捕まえると、予約したホテル名を運転手に告げた。

「パラッツォ・リゾートホテルまでお願いします」

「お兄ちゃん英語うまいね！　韓国？」

「英語は慣れてますから。あと、韓国じゃなくて、日本です。日本から20時間もかけてきました」

「そいつは申し訳なかった。最近は韓国からのお客さんが多いから、お兄ちゃんもそうかと思ったよ。ラスベガスには観光かい？」

やっぱ最近は韓国の人も多いんだな、と思いつつ、

「はい、観光ですが、自分がどこまでやっていけるか試してみようと思って、全財産持ってきました」

「そりゃいい！　男はそうでなくちゃ。うまくいったら帰りも指名してくれよ！」

気のいい運転手にあたったことを幸運に思いつつ、はったりとジョークを交えながら運転手と会話を重ねる。そんな楽しい会話をしていると、すぐにホテルに着き、料金を払ってホテルに入る。

宿泊カウンターで予約名を告げ、チェックインし、ベルスタッフに荷物を持ってもらいながら部屋まで向かう。

ラスベガスのパラッツォ・リゾートホテルは全室スイートでありながら、なかなかに宿泊料金は安い。カジノで収益を上げているホテルなので、宿泊代から無理に取る必要がないのだ。

ベルスタッフにチップを渡し、荷物を部屋に広げる。

今からラスベガスのカジノを楽しむということもあり、この旅行のために購入した、ジョルジオアルマーニの夏用のセットアップに着替えることにした。

財布の中にはあらかじめ準備しておいた1000ドルが入っていることを確認し、ホテルの中にあるカジノに向かった。

とりあえず軍資金を増やすかとばかりに、財布の中の米ドルを全てカジノチップに換金した。

1000ドル分のチップを手にした私は迷わずルーレットへ。

席に着くとディーラーから挨拶をされ、軽く会話を楽しんだ。手始めに私は用意したチップの500ドル分を偶数に賭けた。愛用の幸運のロレックスに願いを込め撫《な》でる。

そうすると球はちゃんと偶数に入り、賭け金の2倍を手に入れた。

「よしよし、幸先《さいさき》いいよ！」

この時点で手持ちは1500ドル。

次はもう少し賭けの範囲を狭めようと思った私は、真ん中の一列に先ほどと同じ500ドル分を賭けた。

するとやはり球は真ん中に入り今度は3倍の賭け金を手に入れた。

この時点で2500ドル。ウハウハである。

次はどこにしようかと考える私は嫌な予感を感じ取った。

なんとなく後ろの首筋がピリピリして、無意識に左手首をさする。

500ドル分のチップを先ほどと同じ賭け方で、一番右端の列に賭けた。

するとルーレットの球は私の賭けた列とは全く関係のないポケットに落ちた。

惜しくもなんともない。

しかし、負けた瞬間、首筋の違和感は収まった。

「どうやっても負ける運ってことか……」

最近の私は、勝負の時には大まかにではあるがロレックスが伝えたいことを察することができるようになっていた。

そうして運を味方につけつつ、順調に勝ちを拾い、時々負けて、元手の1000ドルチップがいつの間にか1万ドルになっていた。初めての結果としちゃ大満足だ。

「よし、今日はこのくらいで」

新参者が勝った負けたするのはよくある光景とはいえ、ルーレットでなかなかに大勝した私の周りにはいつの間にか人だかりができており、老齢の紳士や淑女にシャンパンをたくさんご馳走《ちそう》になった。

「楽しくて、いい場所だな」

外国人のオープンなコミュニケーションに癒やされて、勝ち取ったカジノチップを換金して現金を得ると、ホテルの一階に見つけた、コンビニのような売店で食事とおやつと飲み物を大量に買い部屋に戻った。

ついでとばかりに部屋に戻る際に、フロントに寄り、延泊処理を申し込んでおく。

チェックインの際は2泊だけの料金を先に払ったが、現金でもう2泊分ほど追加するつもりだった。しかし、さっきのルーレット運用分がポイントを稼いでくれたようで、無料で延泊してくれた。よくわからなかったが、カジノで遊ぶとポイントが貯《た》まる。そういうシステムがあるようだ。嬉《うれ》しい誤算に気持ちを躍らせ、無事延泊できた私はトータルで最低でも4日間は勝負し続けることになった。とりあえず酷使した頭を休めるためにシャワーを浴び、翌日に備えて就寝することにしよう。

昨日の勝負でそこそこ勝った私だが、ここまで調子よく勝つと税金が心配だ。カジノスタッフに聞くと、代行してくれるサービスがあるらしく、もちろん加入させてもらった。

「昨日はパラッツォで勝ったから今日は違うところで昨日より大きく勝ってやろう。とりあえずラスベガスに来たんだからベラージオだな」

そう考えた私は、自身の泊まっているホテルを出てベラージオに向かった。

パラッツォからベラージオはさほど離れてはおらず、ストリップ通りを南に歩けば数分で右手に見えてくる。しかし惑わされてはいけない。歩いてみてわかったが、見えてはいるものの２㎞弱ほど距離があるためか、結構遠かった。

「これがベラージオ……」

その豪華な雰囲気に呑《の》まれかけていたが、そこはさすがＷＩＮ５で大きく勝った男、すぐに己を取り戻すと、堂々とカジノに向かう。

昨日と同じようにパスポートで身分証明と年齢確認を済ませると、また昨日と同じようにルーレットの台に座った。

唯一昨日と違うのは、そのレートだ。

昨日座ったルーレットは最低レートのルーレット。

今日座っているのは最高レートのルーレットだ。

左腕のロレックスを撫でながらさてどこに賭けようかと考えた。

回るルーレットをぼーっと眺めていると、なんとなく赤に入るイメージが湧いた。

逆にどうしても黒が入る結果を想像することができない。私は確信を持って赤にオールイン。昨日の勝ち分も含めて持っていた現金全てをチップに交換し、その1万ドル全部を赤に賭けた。

ディーラーは一瞬驚いていたが、さすがはプロ、それほど珍しいことではないのだろう、すぐに平常通りに戻った。しかしギャラリーはそうはいかない。

アメリカではただでさえ若く見られる日本人の、その中でもかなり若いこの霧島《きりしま》という男が、いきなり1万ドル分も賭けたのだ。一発で全部賭けるということは資金に余裕があることの裏返しでもある。隣に座っていた美しい北欧系の女性からは、ねっとりとした妖艶な笑みでじっと見つめられ、後ろに立っていた豪快そうな南米系の男性からはシャンパンをプレゼントされた。

そうしている間にベットが締め切られた。

ある者は祈るような気持ちで、ある者は確信を持って、ルーレットの球が入るその先を見つめる。

ルーレットが入ったのは、もちろん赤。

その卓が小さく沸いた。見事2万ドルを手にした私。心の中でガッツポーズをする。

しかしあくまでも余裕を崩さない。

「平常心平常心」

次も先ほどと同様にどこに落ちるか考える。

今度は、色はわからないが、若い数字がくるような気がした。

私は前半に、その中でも36ある数字の中で1~12までの数字が来ることに賭け、チップを置いた。

賭けた額は手元に5000ドル残して1万5000ドル分。当たれば3倍。

卓の周りの人は驚いていた。

さっきシャンパンをくれた後ろの南米系の男性からは、賭け金を上げてさらに倍率も上げてくるとはディーラーを挑発してるのか？　と聞かれた。

確かにそう取られても仕方がないということに初めて気づいた。しかし初めてのカジノ経験中の私はそんなこと知りもしなかった。恐る恐るディーラーを見てみると、ディーラーの顔色は先ほどと変わらない。しまった、単にからかわれただけか。それとも彼なりの緊張をほぐすジョークか。

周りからは期待のこもった熱気が伝わってくる。

そしてベットを締め切られ、にわかに熱気づく卓の客とギャラリーの期待を乗せたボールが、ころんと入ったのは五番。

卓は先ほどよりも少し大きく沸いた。

南米系の男性から興奮気味に肩を叩《たた》かれ、隣の北欧系の女性からは手を握られ、空いていた逆隣にはドイツ系と思われる大柄な美しい女性が座ってそのままウインクをされた。

私の手元には5万ドル分のチップが積まれた。

「おもしろくなってきた……！」

私はネットの数字を追いかけるマネーゲームよりも、ディーラーと勝負をする現実的な金のやりとりの方が好きなのかもしれない。私はロレックスがなければこの大きな勝負の舞台に立つことすらできなかった、と改めてロレックスに感謝し時計を撫でた。

次の数字は何にしようか、そう考えた時、ディーラーの首筋に汗が一筋流れるのを見た。

「もしかして動揺してるのか……？」

チャンスとばかりにディーラーをじっと見つめ、ボールがルーレット卓に投げ入れられるのを待った。

いよいよ、もうすぐベット締め切りという時が来た。

「オールイン、16〜21」

たくさん増えたチップを前にズッと突き出す。賭け方は2ラインに並んでいる6つの数字に賭けるラインベット。当たれば6倍。

ディーラーは明らかに動揺した。

ギャラリーからは言葉にならないざわめきが生まれた。

後ろの南米系の男性も、右に座る北欧系の女性も、左に座る女性も固唾《かたず》を呑んでその勝負の行方《ゆくえ》を見守った。

ボールは17番に入った。6倍だ。

私は30万ドルもの大金をほんの1時間ほどで手に入れた。この勝ちでなんとなく波が生まれた気がした。気づけばたくさんのギャラリーに囲まれている。

南米系の男性からは、なんて肝が据わってるガキなんだと気に入られ、両隣の2人は卓を立ち私の肩にもたれかかった。ドキドキしつつも考えるのをやめない。

ここまでくればもう行くしかない。私は腹を括《くく》った。

その次の勝負でも先ほどと同様に締め切り時間ギリギリでベットした。

賭け方もさっきと同じ、オールインだ。

しかしその倍率は違う。

これまでにないほど明確な一つの数字のイメージが浮かんできた私はその数字に賭けた。その数字は6。一つの数字に賭ける時の倍率は36倍である。

ボールが止まるのを待つディーラーの手は震えていた。

私も自身の首を伝う一筋の汗を感じていた。

両隣の女性はもはや霧島の腕にしがみついていた。

卓の周りには、私がベットした数字をコールするたくさんの人がいる。

ちょっとした祭りのような熱気をはらんだその異質な空間が不意にしんと静まりかえった。かわいらしくコロンという音とともにボールが入ったポケットの数字は、私がベットした数字、6。

先ほどとは比べ物にならない大きな歓声。

なんてこった。こんな短時間で1080万ドルを手に入れた。

顔色を悪くして交代したディーラー。

そこで初めて私は息ができたような気がした。

自分がどんな状況にいるのか気づき、一つ息をついて、南米系の男性を見た。彼は品のあるスーツをビシッと着こなし、2人の女性を侍《はべ》らせている私の倍、4人の美しい女性を侍らせていた。その南米系の男性は、名をダニエルというらしい。

「気に入ったよ、東洋のサムライボーイ」

言い回しがなんとなく古臭いが、ワイルドなのに人懐こいその彼の笑みで「気に入った」と言われれば、私も悪い気はしない。

「ありがとう。知らない人たちだらけだったけど、みんなのあったかい空気で、味方がいると思えたから大きな勝負に出られたよ」

さすがにチップが多くなりすぎたので、カジノのスタッフに1080万ドル分の大量のチップを交換用の高額チップに換えてもらう。

先ほどまで大量にあったチップが大きさは変われど、ビスケットのようなカード1枚と数枚のチップに変わってしまったことに驚いた。

すぐに換金しに行こうとして、ダニエルに止められた。

「VIPルームを取ってある。ちょっと話をしないか?」

何をされるのかとビクビクしてどうしようかと思っていると、スタッフから耳打ちをされた。

「ダニエル様はカジノをいくつも経営されているカジノ王で、信用できる方です。それに日本びいきの方ですので、怖がらなくても大丈夫ですよ」

そう告げられ、警戒しつつも、そのダニエルからの謎の誘いを受けることにした。

専用のエレベーターでVIPルームに案内され、その華やかさに驚いた。

たくさんの見目麗しい女性に囲まれ、噂《うわさ》には聞いたことのあるドンペリのゴールドがキンキンに冷えた状態で、船のような大きいワインクーラーに、黒ひげ危機一発もかくやと言わんばかりに刺さっており、その部屋から見るフロアの景色もカジノ全体を高い位置から見渡せるようになっていた。

「俺はダブルオーのイギリス男のつもりはないんだがな」

私はダニエルにそう言うと、ダニエルは笑いながら、それなら俺はCIAか? と言う。

「若いニイちゃんが、あの平和な日本で、どうやってそんな太い肝を培ってきたのか、話を聞かせてほしいんだよ」

「まぁ日本では毎日5億ドルの金を動かすトレーダーをやってる。1000万ドル程度で動じるような肝じゃ、そんな勝負を毎日なんかできっこないさ」

私は少し虚勢を張って話を盛って答えた。ほんとは株もあまり動かさず寝かせているだけのくせに。

ダニエルは目に見えて驚いて、

「そんな戦争みたいな毎日なのか⁉ 日本は平和な国だと思っていたが」

「日本はニンジャ、カミカゼの国だぜ？ 心は毎日戦場さ」

あまりに驚くダニエルが面白いものだから、私も気を良くしてまた話を少し大きくして話してしまう。

「まだまだ日本は奥が深いということか……。日本のことを知れば知るほど大好きになるぜ！ おい、霧島。お前のことは兄貴と呼んでもいいか？」

「歳《とし》はだいぶダニエルの方が上だろ⁉ イーブンの兄弟ということで行こう。俺もダニエルもブラザーということでいいじゃないか！」

何かの映画で見たような五分の兄弟というヤクザのしきたりを思い出し、ダニエルに伝えた。

「兄弟、五分……。ヤクザ……。Ｏｈ……ジャパニーズマフィア……！ そんな考え方があるんだな！ やっぱり日本はまだ知らないことばかりだ！ ありがとう、ブラザー！ 何か困ったことがあったら是非連絡してくれ！」

こうして私はダニエルと五分の兄弟となり、連絡先を交換し、ベラージオのＶＩＰルームで打ち解け、食事を共にした。

カジノという戦場で打ち解けた二人の間には妙な絆《きずな》のようなものができ、私は久しぶりに深酒をしてしまい、ダニエルもそれは同じだった。

南米男のステレオタイプなイメージに違《たが》わず、ダニエルは驚くほど酒豪だった。日本では酒豪のことをザルというが、そのザルを超えるダニエルはまさにワク（枠）と評するにふさわしかった。

しかし私も負けてはいない。全く飲めないひとみとは正反対で、私はとにかく酒に強い。実は私は大のビール好きで有名である。

それも近所の酒に強いおじさんレベルで有名なのではなく、大阪の繁華街では「霧島さんお断り」の店があるほどビール好きで酒に強い。調子が悪いと翌日頭痛がするのだがそれでも飲む。

私と清水《しみず》が2人で3時間飲み放題の店で、その店にある在庫のビールサーバーの樽《たる》を全て空にしたという噂もある。もっともその噂の出所は清水自身なのだが、私が大学で友人に噂の真相を確かめられた時はほとんど清水が飲んでいたという、よくわからない言い訳をした記憶がある。

ダニエルは、大酒飲みを見てきた私が驚くほど酒が強い。

飲み始めてしばらくすると、VIPルームに入った時にはあれほどあったドンペリの山はとうになくなり、追加で2人に投下されたクリュッグのクロ・デュ・メニルという燃料も早々に尽きた。カジノ側からは「もうこれで潰れてくれ」と言わんばかりに大量のサロンが出てきた時には、私は逆に狂喜乱舞し酔いがさめ、用意させたダニエルはどうだと言わんばかりの顔をしていた。

なぜサロンという名を持つシャンパンが出てきた時に狂喜乱舞し、カジノ王ダニエルまでもがドヤ顔をしていたのか。それはサロンのシャンパン自体の希少性にある。

サロンのシャンパンは原材料となるブドウの出来が相当良くないと製造されず、この100年で36回しか製造されていない。そのため、購入ルートも限られ、購入できたとしても、素人《しろうと》が手に入れる頃にはいろんな店を経由するため莫大《ばくだい》なプレミアがついているというわけである。

無敵モードに入った私がサロンをゴクゴク飲んでいる時に、とうとうダニエルは倒れた。ダニエルの最後の言葉は、「やっぱり俺の兄貴はジャパニーズサムライだったぜ……」というあまり意味のわからないものだった。

それを見届けた私は、自分のグラスのサロンを一息で飲み切ったところで、ぷつりと緊張の糸が切れ、ダニエルと同じように酔い潰れて寝てしまった。

目を覚ますと、最後に確認できた時刻から5時間ほど経過しており、場所も自分が酔い潰れたVIPルームのままで、ダニエルはまだ寝ていた。

先に出るので、メッセージを残そうと思い、カジノのスタッフに紙とペンをもらったのだが、渡されたペンがモンブランであることに気づき、「VIPルームクオリティしゅごい」と、どうでも良いことを感じながらメッセージを書き終えた。

部屋を出て、チップを1080万ドルに換金すると、先ほどまで自分たちがいた部屋の使用料を払おうとしたが、カジノのマネージャーに固辞されてしまう。

しかし私もダニエルから兄貴と呼ばれたこともあり、引き下がれない。

「これがジャパニーズサムライの流儀だから受け取っておきな」と、カッコをつけて40万ドルを置いてその場を後にする。

マネージャーが「もらいすぎです！」と叫んだため、私はみんなでうまいことしておいてくれと言葉を残してベラージオを去りパラッツォに戻ろうとすると、ベラージオからの厚意で、残りの現金の1040万ドルはホテル側でアタッシュケースを用意してくれ、宿泊しているホテルの部屋に届けてくれるということになった。

パラッツォに戻るとロビーが騒がしくなった。

するとパラッツォの支配人らしき人がいそいそと出てきて私に声をかけた。

「パラッツォのGMを務めておりますジェイコブ・モートンと申します。昨日はベラージオでお楽しみだったご様子で」

まさかそのことを知られていると思わなかった私は驚いた。

「ダニエル様から連絡があった時には驚きました。当ホテルのお客様の中にも、昨日のベラージオでの霧島様のお姿を見ておられた方もたくさんいらっしゃるようです」

「なるほど、だからこのざわめきなのか」

「左様でございます。当ホテルといたしましても、そのような男の勝負を繰り広げられた霧島様からお金をいただいて泊めているとあってはカジノホテルの名折れ。どうぞ心ゆくまで何泊でもなさってください。勝手ながら、霧島様のお部屋も当ホテル最高グレードの部屋にアップグレードさせていただきました」

「そんな！　いいんですか⁉」

「もちろんでございます霧島様。もともとラスベガスにはコンプカードという制度がありまして、カジノをたくさん利用していただいたお客様には宿泊費やショーの代金、食事代などさまざまなサービスがございます。そのサービスを利用したと思ってくだされば」

なんか初めて聞いた時にはよくわからないシステムだったが今ならよくわかる。こういうことか。

部屋のドアを開けてその豪華さに一瞬呆《ほう》けたが、気を取り直し、部屋まで案内してくれたベルボーイに１００ドル札をチップとして渡した。

ベルボーイは大喜びで、感謝の気持ちを表し部屋を辞した。

部屋に入るとリビングにはルイ・ヴィトンの大きなトランクケースが10個置いてあった。

まさかと思い、ケースを開けると現金がぎっしりと詰まっていた。

「ラスベガスってすげー！！！！」

ルイ・ヴィトンのトランクと現金を愛《め》でているとスマートフォンにダニエルからの連絡が入っていたことに気づく。ダニエルに電話を折り返す。

「霧島です。ダニエルか？」

「よう兄弟！　昨日は先に寝ちゃって悪かったな！　部屋代も払ってくれたみたいじゃねぇか！　ベラージオのマネージャーが必死に感謝の言葉を伝えてくれたぞ！　さすがは俺の兄貴でジャパニーズサムライだな！」

ジャパニーズサムライという言葉を気に入っているダニエルはことあるごとに言っている。

「お詫《わ》びといっちゃなんだが、今日は買い物行かねぇか⁉」

「気にしなくていい。今度飲む時は俺が先に潰れるかもしれないからな。でもいいねぇ、買い物行こうか！　俺はパラッツォに泊まってるから迎えに来てもらってもいいか？」

「了解！　じゃまたあとでな！」

「ＯＫ！」

そう会話を締めくくり、身支度をする。ダニエルの小気味よいしゃべり口調が耳に残る。

私は熱めのシャワーを浴び、体にわずかに残ったアルコールを抜くと、以前購入したＧＵＣＣＩで身を固める。抜かりない男霧島、オリバーピープルズのサングラスも忘れない。

準備を済ませ、ホテルのラウンジでお茶をしつつダニエルを待っていると、ホテルのドアマンが駆け寄ってくる。

「霧島様、ダニエル様がご到着です」

「ありがとう。すぐ向かいます」

そう言ってドアマンに１００ドル札を握らせた。部屋のベッドの上にも１００ドルをちゃんと置いてきたよな、と思い返しながらエントランスに向かう。ドアマンに挨拶されてエントランスを出ると、ダニエルが昨日と同じ人懐こい笑みを浮かべながらオープンカーの運転席から手を振っていた。

「れ、れ、れ、レヴエルトスパイダー……」

説明しよう。

レヴエルトスパイダーとは２０２３年にランボルギーニ社から発表されたばかりのハイパフォーマンスハイブリッドカーだ。最高出力は１０１５馬力。お値段は何と６６００万円からという化け物価格。

「すごい車だな……」

「一応、市販車になる前の車を特別に譲ってもらったんだ。俺が今一番気に入ってる車だよ」

朗らかに笑いながらダニエルはとんでもないことをさらっと言う。確かにまだオープンカー仕様のレヴエルトは世に出ていないはずだもんね。

「よし、まずは時計から買いに行くか」

「悪いが、時計は俺が今つけているこの時計以外つけるつもりはないんだ。思い入れのある大事な時計でね」

「そうなのか。それは意外だな。じゃあ、服でも買うか！」

そう言ってダニエルはシーザーズ・パレスに連れてきてくれた。

「ここは？」

ラスベガス初心者の私は尋ねる。

「シーザーズ・パレスというんだが、ここに隣接してる、フォーラムショップスっていうのがショッピングモールになってる。ここにある店は基本的にはラスベガスで一番いいものを取り扱っている。だからここに来た」

「なるほど。じゃあなんで俺たちはフォーラムショップスじゃなくて、ホテルの方に来たんだ？」

「いいものがあるということは人がたくさん来る。だから人混みがめんどくさいから、ホテルの方に持ってきてもらうんだよ」

私は絶句した。金持ちとはこういうことなのか……と。

シーザーズ・パレスの最上級スイートに案内された私たちは部屋に入るとサロンのシャンパンが2つワインクーラーに入った状態で置いてあり、2人専用のホテリエが待機し挨拶をしてきた。私が驚いているとダニエルは慣れた様子で、

「じゃあいつもの通りに」と言った。

そこからは怒涛《どとう》の展開だった。

フォーラムショップスに店を構える高級店のマネージャークラスのスタッフが、店の商品の中で、イチオシのものを一通り持ってきており、私たちにプレゼンを始めた。

その中でごく少数いた、私に対して「なんだこいつは？」といった目を向けたマネージャーのブランドは商品のプレゼンをする前に帰らされた。

「こちらは俺が兄貴と慕う日本の友人だ。その友人に失礼な目を向けるスタッフはラスベガスに必要ない。店についても今後対応を考える」

そんなことを言うダニエルに、心の中で私は感動していた。

カジノやホテルをいくつも経営しているだけあって、ダニエルの視野は広い。

結局その日、ルイ・ヴィトンやシャネルなどダニエルがプレゼンの許可を出した店のマネージャーが勧める品を一通り、約5万ドルずつくらいを全ての店から購入した。

購入した商品を全て大阪の現在の自宅に届けてもらうように手配したところで料金を支払おうとしたら、ダニエルが「俺につけておいてくれ」と信じられないことを言い出した。

「正気か⁉　ダニエル！」

霧島はダニエルに掴《つか》みかからんばかりの勢いでダニエルに向き直るとダニエルは「ブラザーと出会えた記念さ」と笑いながら言う。

「金で買えるものは大したものじゃない。金が満たされると、今度はそれ以上に価値のあるものが見えてくる。特に人との出会いや、日本では『縁』って言うんだっけか？　それは金で買えるものじゃない。この素晴らしい出会いに感謝を」と、言いながら、ダニエルは私と乾杯した。

翌朝といっても昼を過ぎた頃だが、パラッツォの自室で目を覚ますと、はっきりしない頭で、「どうやって部屋に帰ったんだっけ……」と思い出そうとしていたが、結局時間の無駄だとわかったので、考えることを放棄した。

ベッドから起き上がり、リビングに行くと相変わらずそこに鎮座する、現金がぎっしりと詰まったルイ・ヴィトンのトランク。

そりゃ現金が104kgもあるんだもんな。

ご丁寧に、ダミエ・グラフィットとモノグラムを同数ずつ揃《そろ》えて、その中に現金を詰めてくれている。

昨日、販売に来ていたスタッフによると、アルゼール80という商品名らしく、通常の市販品の中で一番大きいトランクだということを説明してくれた。値段を聞くと、こっそり、2万ドルくらいですと教えてくれた。それが今私の前に目の前に5箱ずつ、合計10箱鎮座している。この大量の荷物をどうしようかと考えていた。

もし、このまま二カ国目に行くにしても、荷物が多すぎるので、とりあえずダニエルに相談することにした。

ダニエルのアドバイスによると、現地に銀行口座を作りそこに預けるのが一番楽で手っ取り早いらしい。

「なにより、俺がついていけば顔が利く」と言っていた。

ということなので、ダニエルを連れて、というより、ダニエルに連れられて、ダニエルの車で早速バンク・オブ・アメリカに向かい、口座を開設した。当たり前だが、海外に来ているので、パスポートなど個人証明書類などは持ってきており、そのおかげでとてもスムーズだった。

なによりダニエルが付き添ってくれていたのがありがたい。

そのまま銀行に１０００万ドルを預けた。

残りの約40万ドルは次の場所に向かうための航空券や、ちょっとしたお土産《みやげ》を買うために取っておいた。

余りとはいえ６４００万円近い現金である。扱いには注意したい。

残るは10箱のルイ・ヴィトンの空のトランクだが、これもルイ・ヴィトンの店舗に持っていき、箱を用意してもらってから、日本に送ってもらうことにした。

「ダニエル、ありがとう。俺はこの出会いをおそらく（豪快すぎる思い出として）一生忘れない。ぜひ日本に来て、俺に日本を案内させてくれ」

「俺の方こそまさか日本人のブラザーができるとは思ってなかったよ。大好きな日本に、大好きな日本人のブラザーができて、俺の方こそ、この出会いに感謝している。来年の秋くらいには、日本に行く予定だから、ぜひ案内してくれ。日本の夏は暑すぎるから夏はカナダかロードアイランドのニューポートで過ごすんだ。秋頃そっちに行った時にはぜひとも京都を案内してくれ」

「任せとけ！　俺は京都の近くに住んでるから、いくらでも案内するぞ！　待ってるからな！」

そう言って２人は拳をぶつけ合った。

「いいホテルだったなー」

絶対また泊まりに来よう。次はひとみも一緒に。ちなみにラスベガスで約15億勝ったことをひとみに電話で報告すると、「私も行きたかった！」とかなり怒られた。

翌日、チェックアウトのためにフロントに向かうと、担当してくれたスタッフに、モートンGMからですと、手紙を渡された。

その手紙には、神のご加護を！　というメッセージとラスベガスから香港までのファーストクラス航空券が同封されていた。

「ラスベガスって本当にすげぇ……!!」

最後の最後まで圧倒されっぱなしだった。

買い物や食事、日本の口座への送金、様々な手を駆使して所持金をなんとか1万ドル未満にして、税関の申告から逃れ、私は一路マカオへの経由地、香港に向かった。

領収書

霧島　様　　旅行代として

金額	伊丹〜ラスベガス ファーストクラス航空券（片道）	¥1,850,000
	ベラージオVIPルーム代	¥64,000,000
	お土産	¥1,200,000
	決済	**¥67,050,000**

「おぉ、なんか中国の香りがする」

ラスベガスから飛行機に乗り、サンフランシスコで乗り継いで、いよいよ香港に到着した。飛行機を降りた私は、香港国際空港フェリーターミナルにそのまま向かい、高速船でマカオに向かった。少しすると、ついにマカオに降り立つことができた。

マカオまでは、最低でも約1時間おきに高速船が出ており、香港から日帰りでマカオに行く観光客も少なくない。

そのおかげか、飛行機で来た観光客はそのまま空港で船に乗り換えてマカオに向かうことができる。

ラスベガスからの移動時間は待ち時間も含めて約20時間である。

しかし、ほとんどの時間はファーストクラスの機内におり、かなり快適に寝て過ごしていたので、新幹線で移動したくらいの労力しか使ってないような気がする。

「とまぁ、マカオに来たわけなのだが……」

マカオの町並みは、知識として知っているそれよりもかなり綺麗《きれい》で活気があった。

お気に入りのリモワのスーツケースを引きつつ、船着場を出てタクシーを見つけ、とりあえずホテルに向かうことにした。

「リッツ・カールトン・マカオまで」

「かしこまりました」

私のやや粗野なアメリカ英語に対して、返ってきたのは流麗なイギリス英語、いわゆるクイーンズイングリッシュだった。

多少面食らったが、よくよく考えてみれば香港は少し前までイギリス領、マカオは元ポルトガル領だったなと思いつつ、私としてはあまり得意ではない話し方に内心では少し辟易《へきえき》した。

ザ・リッツ・カールトン・マカオに着いた私は、もう慣れたもので、なんの気負いもなくドアマンに挨拶をし、51階のフロントロビーに向かう。

「予約してないのですが、空き部屋はありますか？」

「こんにちは、ようこそリッツ・カールトンへ。はい、お部屋をご用意することは可能でございます。お部屋のタイプはいかがなさいますか？」

「なんでもいいです。あなたのオススメの部屋で構いませんよ」

ザ・リッツ・カールトン・マカオの部屋は全て80平米を超えており、マカオの中でも部屋のクオリティといい価格といい、かなりラグジュアリーなホテルの部類に入る。

それを知っている私は、あえてオススメの部屋を聞いた。

「でしたらこちらのカールトンクラブスイートのお部屋はいかがでしょう？　もちろん名前の通りスイートルームになっており、なおかつクラブラウンジへのアクセスが可能ですので、景色も利便性もよろしいかと」

「でしたらそこで。2泊したいのですがおいくらですか？」

「ありがとうございます。こちらのお部屋が、現金でのご利用でしたら、2泊デポジット料金込みのご案内で2万香港ドルでございます」

「約40万円か」

私は早速バンクオブアメリカのデビットカードでそのまま支払い、ベルボーイに荷物を持ってもらい、部屋に向かった。一通り設備の説明を受け私の心は大歓喜していた。

「ラッキーなことにシャワートイレだ……！　バスルームも総大理石で言うことなしだな！　部屋もリビングルーム付きだし、最高！」

ウォークインクローゼットの奥にある荷物置き場にだんだんと余白が少なくなってきたスーツケースを置き、勝負服に着替え、早速大人の遊び場に向かうことにした。

ザ・リッツ・カールトン・マカオは統合型リゾート、ギャラクシー・マカオの中にある。

この中のリッツ・カールトンに泊まるか、競合しているJWマリオット・ホテル・マカオに泊まるか迷ったが、憧れのリッツ・カールトンという名前に惹《ひ》かれ、もしここが空いてなかったらJWマリオットにしようと思っていた。

部屋を出て､戦の前にまずどこかで食事をしようかなーと思いながらロビーフロアに降り立った。美味《おい》しそうな匂いにつられそうになるが、ホテルの高級ご飯は勝ってからにしようと、グッと気を引き締める。

そのままロビーフロアを通過し、エントランスを出るとすぐ横にカフェが。

私は、カフェなら日本にもあるし、マカオといえばポルトガル料理だな、と思い、ギャラクシー・マカオ一番人気（私調べ）の店、GOSTOに向かった。

GOSTOに入り、店員に一人であることを告げ、適当に持ってきてくれ、と頼むと、すぐにエビのソテーやシーフードリゾットが運ばれてきて、舌鼓を打った。

突然のダンスタイムもあり、なかなかに楽しい時間を過ごした私は気持ちが昂《たかぶ》るのを感じた。

「腹ごしらえも済んだことだし、よし、ここからが俺の時間だ！」と訳のわからないことを思いつつ、カジノに向かう。

最終的にはスカイカジノというところで勝負したいなと思い、とりあえず手持ちを増やすことを考える。

今の手持ちは、持ち込んだ米ドル約1万ドルを香港ドルに両替した分の約8万香港ドル。

とりあえずこれを切りよく50万香港ドルにすることを今日の目標とした私は、GOSTOの店員さんにどこのカジノがオススメかを聞いた。

「ここはラスベガスじゃなくて、統合型リゾートなんだから、カジノがたくさんあるんじゃないんだよ。一つの大きなカジノがあって、そこでみんな楽しむのさ。もちろんVIPはその限りではないけどね！」

「そうなんですね！　教えてくれてありがとうございます！」

どうりでここはカジノ大国なのにカジノへの行き方がわからなかったわけだと思い、案内されたカジノへと向かう。

無事見つけることができたカジノエントランスで、身分証明書を提出し、メンバーズカードを作成すると、いよいよカジノへ。

私はラスベガスではVIP扱いをされたが、このマカオのカジノではまだまだ一般ユーザーである。

そのため、まずは一般フロアで、ちまちまと軍資金を増やすことにした。

とりあえず、ラスベガスでの作法に則《のっと》り、軍資金を全額専用チップに換え、バカラのテーブルへ。

バカラは、プレイヤーとバンカー（胴元）に分かれ、配られたカードが9に近い方が勝ちという箇単なゲームだ。

勝てば2倍という単純なゲームだからこそ、ハイローラーにも愛され、ヨーロッパではルーレットがカジノの女王とされるのに対し、アジアのカジノではこれがカジノの王様と呼ばれている。アジアのカジノ好きの間では主流なゲームなのだ。

卓についてからは勝ったり負けたりを繰り返しつつ、ロレックスの力を借り、この倍々ゲームで、早々に10万香港ドルを稼ぎ出した。

コツは、小さく負けて、大きく勝つこと。

それからも勝負を重ね、私が20万香港ドルを稼ぎ出したのはそこからわずか1時間後のことである。これくらいまで大きくなると、あとはもう雪だるま式に増えていく。

10万が20万に。

20万が40万に。

40が50に、50が90に。90が170。170が300！

数時間もするとあっという間に、日本円にして6000万円を稼ぎ出してしまった。

気づけば周りは黒山の人だかり。

しまいには、次の勝負をしかけようとした私のもとに、マネージャーがやって来た。

「お客様。これ以降のベットは、周りのお客様もおられることですし、VIPフロアでいかがでしょうか？　私共の方でお席を用意いたしましたので、ぜひ」

私はひとみから、できるだけむしり取ってこいと言われていることもあり、その申し出を受けた。

結論から言うと、VIPルームでも大暴れした私は、マネージャーに名前を聞かれた。

「霧島あきらと申します。現在カジノ旅行中でして」

「ら、ラスベガスの鬼……」

なんだそのダサい二つ名は……と思いつつ、その話の出所がダニエルであると知った。

いや、言われるまでもなくわかった。

このネーミングセンスはダニエルしかいない。

まぁ、ここでの話もダニエルに届くんだろうな、と思いつつ、自身の稼いだ、人の背丈ほどもあるカジノチップの山を見た。ラスベガスでひりついた勝負を繰り広げ、肝が元よりさらに太くなった私は、バカラと言う名の倍々ゲームで最終的に約1億香港ドルを稼いだ。

「まぁどっかの社長は100億以上溶かしたって言うし、これくらいもらっても大丈夫だろ。それより日本での申告がめんどくさそうだな……」

私の金銭感覚はもはや麻痺《まひ》しつつあった。

せっかく大儲《おおもう》けしたはいいのだが、ラスベガスの時のように、口座を作って、お金をどうこうして……というのは、もうしたくない。

なのでカジノのスタッフに、勝ち額から税金分を引いてもらったのだが、それで残った金額が今手元にあるこの1億香港ドルである。

とりあえず私は、端数のうち100万香港ドルだけ現金でもらうと、残りの大金を日本円に換金するために、日本にも支店のある銀行発行の小切手で受け取った。

香港ドルは最高額紙幣が1000ドル札であるため、100万香港ドルといってもその大きさは、日本円の、1000万レンガと大体同じサイズである。

結構でかいなぁと思いつつ、併設されているホテルの紙袋をもらい、現金を無造作に突っ込み、自分1人では怖いのでカジノのスタッフとともに宿泊するリッツ・カールトンに帰る。

エントランスで2人のスタッフに礼を言い、チップとして1000香港ドル紙幣を1枚ずつ渡す。

ロビーフロアに入ると、カジノからもうすでに連絡が入っていたらしく、GMが出迎えてくれた。

「こんばんは、霧島様。私は当ホテルのGMを務めております、ジャック・ウォンでございます」

GMは、にこやかに流暢《りゅうちょう》な日本語で声をかけてきた。

タクシーの時と同様、思いもよらない言語に多少面食らったが、やはり日本語での接客はありがたい。

「ありがとうございますGM。そろそろ日本語が恋しいと思っていたので嬉《うれ》しいです。どちらで日本語を？」

「父が横田に勤めておりましたので、私は小学校から高校まで日本で過ごしました。そのあとはアメリカに帰って大学に進学したので、ずっと英語ですけどね」

横田とは横田基地のことである。

なるほど、お父さんが米軍関係者の方なのね。

私が納得している中、ウォンは世間話を続け、自然な仕草で私を部屋までエスコートした。

押し付けないホスピタリティが、やはり一流のホテルマンは違うな、と内心で舌を巻いていた。

部屋の前に着くと、ウォンはどうぞごゆっくりお過ごしくださいと一言残し去っていった。

部屋に入ると、現金が入った紙袋から中身を出し、半分の50万香港ドルを、ドレッサーの引き出しに備え付けてあるセーフティボックスに入れた。

残り半分の50万香港ドルを財布とポケットに突っ込んで、「とりあえず買い物にでも行くか」とホテルを出てショップ巡りを開始した。

ギャラクシー・マカオの中には世界の名だたるブランド品店が所狭しと並んでいる。

「とりあえずバッグでも買うか」と思い立ち、その立ち並ぶブランド品店を片っ端から巡っていった。

結局持っていった50万香港ドルでは足りなくなり、ある程度のところからホテルの部屋付けにしてもらい買い物を楽しんだ。

結局全部で１００万香港ドルほど使って、ブランド品を買い漁《かあさ》り、実家の住所に送りつけておいた。きっと親はびっくりするだろう。

買い物をし終わったあとで、リッツ・カールトンのメインダイニングである『麗軒中餐廳』でディナーを食べた。

ちなみに、漢字が複雑で、読み方はわからないのだが、ライヒーンと言えばこの店を指すということだけはわかった。

中華料理店というと、大量の中華料理が所狭しと並ぶ光景を想像するが、やはり高級店だけあり一味違う。ここでは品良く少量が並べられた。

サービスも、よく目が行き届いており、素晴らしい時間を過ごすことができた。

もちろんここの料金も部屋に付けておいた。

腹を満たした後は部屋の総大理石造りのお風呂でゆっくりとし、ルームサービスでヴーヴクリコイエローラベルとつまみを持ってきてもらい、マカオの夜景を眺めながら悦に入っていた。

バスローブをまとい、ヴーヴイエローを手に待ち、マカオの夜景を見つめる自分の姿を、スマホカメラのタイマー機能で写真を撮り、ひとみにそのまま送ってみたところ、「悦に入りすぎててキモいし、1人でその写真を撮ろうとしてタイマーセットして頑張ってるのがもっとキモい」との返信が来た。

ちょっとショックを受けたが、それもまた良いと思いつつ、マカオの1日目が終わった。


気持ちの良い目覚めからマカオ2日目の幕が開けた。

今日の私には相棒が2つ追加された。昨日買い漁ったもののうちの2つである。

一つはフェンディのクラッチバッグだ。ホテル内の移動や、カジノへの移動など、ちょっとした移動が多いので、その時の見栄えを少しでも良くするためにクラッチバッグを買った。小さめの持ち歩きやすいバッグはすでに何個持っているかわからないがこういうのはいくつあってもいい。セレリアクラッチバッグというもので、見た目の割に中々の収納量を誇り重宝しそうだ。

もう一つはルイ・ヴィトンで、黒のモノグラム柄のチビ財布である。

なんか最近流行《はや》ってるらしいし、あの大きい財布を持ち歩くより便利そうだなと思って買ったものだ。ジッピー・ウォレットはデカすぎる。使ってみて初めて分かった不便さだ。

ひとみにこのチビ財布の写メをラインで送ってみたところ、かわいいとのお褒めの言葉をいただいた。

セレリアに携帯、デカ財布、チビ財布、タバコ、財布に入りきらなかった現金を入れ、まずクラブラウンジに向かった。

朝食を取るためである。

レストランの朝食より、少し豪勢で、サービスはもっと良い、クラブラウンジの朝食を楽しんだ私は、昨日とは違うカジノに向かった。

そう、ザ・ベネチアン・マカオだ。

ギャラクシー・マカオからベネチアン・マカオは歩くと20分くらいなので少々かかってしまう。車で向かうことにしよう。

フロントでタクシーを手配してもらい、ベネチアン・マカオに向かった。


ベネチアン・マカオに着くと、その威容にワクワクしてきた。

呑《の》まれるのではなくワクワクできるということはベラージオやシーザーズ・パレスでの経験が生きているようだ。ベネチアン・マカオは、ベネチアの名を冠するだけあって、やはり運河に囲まれている。そもそも、ベネチアン・マカオのカジノは大きさとして世界最大であるので、運河のデザインにも映えるというものだ。中に入ると、さすがの私でも少しビビった。

もう天井から壁から、何から何まで豪華すぎるのだ。

さすがに場違いなんじゃないかとも思ったが、今日の私は、ベネチアン・マカオを潰す勢いでむしり取りに来ている。気を取り直して、カジノのメンバーズカードを作成し、入場した。

さてどこに座ろうかと物色していると、すぐに、黒服のマネージャーが現れ、ＶＩＰルームに案内された。

「こんにちは、霧島様。私はマネージャーのファンです。昨日あなたがギャラクシー・マカオのカジノで大勝負をなさった話は伝え聞いておりますので、是非ともＶＩＰルームへ。また、ラスベガスのダニエル様からもお話を伺っております。当ホテルの姉妹ホテル、パラッツォにご宿泊いただいたことも、モートンから伺っております。いつもご利用ありがとうございます」

「ありがとうございます。姉妹ホテルとは知りませんでした。知ってたらここに泊まったのに」

「よろしければお部屋をご用意いたしましょうか？　今でしたら、オーナー専用の部屋が空いておりますのでご案内できますが」

ファンは冗談めかしてそう言った。

「もしこのカジノを買収できるくらい勝ったら泊めてもらいますよ」

私も、そう冗談を交えていると、ＶＩＰルームに到着した。やはりＶＩＰルームというだけあって、ミニマムベットがとんでもなく高い。１枚２０００万円なんていうチップもあるようだ。

ファンに連れられＶＩＰルーム（ルームといってもフロア全体がＶＩＰ専用なのだが）に入ると、ホールがにわかにざわついた。

「こちらには霧島様の昨日のご活躍やラスベガスでのお話をご存知《ぞんじ》の方もいらっしゃるようですね」

ファンがそう言うと、逆に考えてみればそれはそうだなと思っていた。何せここ数日でとんでもない大金を稼いでいるのだ。伝わっていない方がおかしい。ダニエルの友人ということもあり大目に見てもらってる感が多分に否めない。一応稼いだ金は、稼いだところの周辺でかなり使っており、経済を多少回してきたという自負はあるが、いかんせん勝ちすぎた。

しかし、今日はその数日の稼ぎとは比べ物にならないくらい稼ぐつもりでいる。

ホテルのエントランスや、カジノの調度など見て、遠慮する気持ちが吹っ飛んだのだ。

「こりゃ相当持ってるぞ」と心の中で気合を入れる。

「とりあえず、今日は一日粘ってかなり稼ぐつもりなので、できるだけたくさんの現金を用意しといてくださいね」

私はニコッと笑って言う。それを聞いたファンの顔もにっこりだったが首筋に流れる一筋の汗。私じゃなきゃ見逃しちゃうね。とりあえず私は、自身が一番得意であるルーレットに向かった。

ルーレットの空いている卓に座るや否や、約１００万香港ドルを全てチップに換えて、ベット締め切りのギリギリで一つの数字に10万香港ドルを一点賭けした。

迷うそぶりも見せない。こういうのははったりが大事なのだ。

ディーラーは青ざめていたし、卓もざわついていた。

もちろん私が勝つ。

いきなり３６０万香港ドルを手にする。この時点で日本円にして７２００万円ほどか。

あとはもう黒赤で気ままにチップを置くだけの作業だ。もちろん置くタイミングは間違えない。相乗りされないようにギリギリで賭ける。

手持ちの半分を賭けていくのがいつものスタイルなので、回を重ねるごとに手元の軍資金は１・５倍されていく。

２時間ほどで５０００万香港ドルを突破した。

もちろん、全勝しているわけではない。いきなり半分近く持ち金が減ることもあるが、トータルで見ると１００万香港ドルが50倍、５０００万香港ドルになるまでに３時間かからなかった、ただそれだけのことだ。今私の手元には２０００万ドルチップが2枚と１０００万ドルチップが１枚の計3枚がある。あとは端数がちらほら。

ルーレットは次で最後にしておこう。

次はどこにしようかなとディーラーを見るだけで、もう他のディーラーは青ざめてしまう。私は稼ぎながら思った。話を聞いてみると、このVIPルームで、1000万2000万くらいの金が動くことはザラらしい。

カジノに入ると同時に個人情報を調べ上げられ、手持ちがなくても銀行がいくらでも融資してくれる。もちろんカジノが儲けるために。

つまり、カジノは、私たちからむしれるだけむしり取るつもりで商売をしている。

1億ドルやら2億ドルの端金《はしたがね》じゃない。10億ドル、20億ドルの話だ。

マカオ全体の収益なんかは数千億ドルにも上る。

そんなことしてるのは、裏を返せば、自分たちから取れるもんなら取ってみろよってことだろ？

だから私がむしり取れるだけむしり取って、経済どんどん回してやるよ！

もはや止まらない。もう変なスイッチが入っているのだ。

私は3枚の高額チップと端数のチップを、ベット締め切りギリギリでまた賭けた。

もちろん勝つ。あっという間に1億だ。

日本円で20億ちょっと。気持ちいい。

とうとうディーラーが交代した。変わったディーラーが好戦的な目でこちらを見てきたので、私も好戦的に笑った。

じゃらじゃらと増えた端数チップまとめてディーラーにくれてやり、席を立った。

ディーラーは勝負しないの⁉　とばかりに目を白黒させていたが、バカにされたと思ったのだろう、掴《つか》みかからん勢いで私のもとにやってきた。

しかし相手にしない。多少の意地悪はあったが、それ以上に流れの変化を感じ取った。首筋がチリチリするのだ。アヤがついたとでも言うのだろうか。プレーしたいと思えなかった。すぐに違うスタッフに警備員を呼んでもらい、そのディーラーの相手を任せた。

私の手元には5枚になった2000万香港ドルチップがある。端数分の枚数が減って移動しやすくなった。

そしてルーレットの次に座ったのは昨日大勝ちしたバカラだ。これも運のみのゲームなため、理論上勝ち続けることが可能である。今の私には運が最大限に味方についているのだ。

あれよあれよという間に5枚のチップが50枚ほどまで膨れ上がった。

1億が10億に。通貨単位は香港ドルだ。日本円にすると200億円。一つ一つの勝負で見れば負けることもある。しかしトータルで見れば、気づけば手元には2000万ドルチップが山ほど溜《た》まっていた。そこからもどんどん張る。チップはどんどん膨れ上がる。賭けるレートも上がる。途中でディーラーは何人も代わったし、ギャラリーもできていた。

ふたを開けてみるとどうだろう。なんと1日で最高額チップの5000万香港ドルチップが920枚。460億香港ドルも稼いだ。日本円にして約9200億円。これに焦ったカジノ側。さすがに総支配人が出てきた。出てくるのが遅すぎである。

ごめんなさい、勘弁してください、460億香港ドルも払えません。ということなので、「1億香港ドルだけください」と言っておいた。恐る恐る「残りは？」と聞かれた私は、こう答えた。

「ここの経営権で手を打ちましょう」

こうして私は勝ち分を株式で支払っていただいたのでベネチアン・マカオの保有する株式のすべてを譲り受けたと同時に、同社のいわゆる代表取締役となり、弊社最大の株主かつ個人筆頭株主にもなった。なお、このニュースは業界に激震をもたらした。

そのあとは、ラスベガスのダニエルにも連絡し、ベネチアン・マカオを所有するラスベガス・サンズ（シンガポールにマリーナベイ・サンズを持つあのサンズグループだ）のお偉いさん方を呼び、上を下への大騒ぎになった。

そもそも、実際に私がカジノの経営者としてのノウハウを持っているわけではないので、現金がなければ資産でいいという意味でそう言ったということを経営者サイドにもちゃんと伝えた。すると向こうも胸を撫《な》でおろしたようで、カジノを乗っ取られるかと思ったとのことである。

いろんな大人たちが右往左往し、顔色が悪くなったり元に戻ったりするのを見て、気の毒に思え、悪いことをした気持ちになったので、このベネチアン・マカオの収益を上げまくって、1年でなんとかしてあげようと思った。ちなみに、約1年後、私の様々な改革という名の思い付きを実行したベネチアン・マカオは過去最高収益を叩《たた》き出《だ》し、マカオのカジノを全て吸収し、それに伴ってラスベガス・サンズも過去最高益を記録した。

余談であるが、霧島あきらはこの当時のことをまさか、そんなことになるとは思ってもみなかった。と回顧している。

そして翌日の朝。

「俺、カジノ経営することになった」

「アサイーボウル吹いた」

私はひとみに事の顛末《てんまつ》を報告した。

カジノで爆勝ちしたこと。それでそのカジノの経営権を獲得したこと。そのため、自分がサンズの役員になったこと。その結果、月に何度かはマカオに行くことになったこと。そのために関西国際空港に霧島あきら専用の飛行機、ビジネスプライベートジェットが用意されたこと。そのプライベートジェットに乗れる人数であれば友達を何人連れてきても良いと言われたこと。絶対に留年しないでくれと言われたこと。

ベネチアン・マカオのオーナー専用スイートが霧島あきら専用スイートに変わり、事務所兼家として使ってほしいと言われたこと。全てを伝え終えた時、ひとみは私にこう言った。

「自分が思ってたよりだいぶ、事が大きくなってしまった件について」

「それな」

そして、2人で相談した結果、ひとみもバイトを辞め、私の秘書として、共に土日はマカオに行くことになった。

「ま、まぁ、私の見込んだ男として当然よね」

「だとすると君にはラスベガス・サンズ全体の人事を統括してもらいたいのだが」

見る目が確かな彼女にはぜひともその手腕をふるっていただきたい。

「すいません、勘弁してください」

こんなやりとりがあったとか、なかったとか。

領収書

霧島　様　　　御旅行代、お品代として

金額	ザ・リッツ・カールトン・マカオ お部屋代・ルームサービス料	¥500,000
	GOSTO　お食事代	¥20,000
	麗軒中餐廳　お食事代	¥30,000
	フェンディ　クラッチバッグ	¥170,000
	ルイ・ヴィトン　財布	¥90,000
	決済	**¥810,000**

「とりあえずマカオでの足を手に入れよう」

ただ車が好きなだけの私である。

考えないといけないことはいったん秘書や他の大人の方々に丸投げして、カーディーラーへと向かった。

今回車を買うにあたって私は絶対の条件をつけた。それは「とにかく街乗りに向いていること」である。変にスーパーカーなんぞ買ってしまうと、音はうるさいし、サーキットを走らせるわけでもないため性能を持て余してしまうと結論付けたのだ。そして、やってきたカーディーラーがこちら。メルセデス・ベンツである。

結局丈夫で、乗りやすく、パッと見てラグジュアリーで、役員が乗ってても違和感がない車といえばこれである。というか、むしろこれしかない。そう考えてメルセデス・ベンツにやってきた。

今日、自分のなかで買う車はもう決まっている。それはＡＭＧ　Ｇ63とＡＭＧ　ＧＴクーペである。

はい、そこ。

役員車としてふさわしくないとか言わない。

ＡＭＧ　ＧＴクーペはスーパーカーだとか言わない。

ＧＴクーペの競合車はポルシェ９１１なのでスーパーカーではなくスポーツカーです〜！

店に来るなり、ディーラーさんに伝えた。

「Ｇ63とＧＴクーペをください」

ディーラーさんは最初意味がわからないという顔で私の顔を見ていたが、カジノで大勝ちしたということを伝えると、合点がいったという表情になり、全てを呑《の》み込んだ顔でかしこまりましたと言われた。私としても、話が早くていいなと思っていたので、あえて深くは追及せず、会社から支給された謎の金属でできたカードで決済した。

社用車だからいいよね。

金額はもはや見ていない。

両方装備できるものは全て装備したので、たぶん合わせて7000万円くらいだろうというのはわかった。ディーラーさん曰《いわ》く、2〜3週間で納車できるとのことなので、車が到着次第、ホテルに持ってきてくださいと伝えた。買い物が終わって次にどこに行こうかと考えたが、ここ数日でめぼしいものはほとんど買ってしまったし、なにもすることがないと気づいた。

「ホテルに帰るか」

ホテルの自室に帰り、秘書に「社用車を2台買ったからホテルの駐車場を2台分貸してほしい」と伝えると、会社から割り当てられた秘書はお安い御用ですと笑顔で請け負ってくれた。そして、秘書に、ビジネスジェットはプライベートで使っても良いのかを尋ねた。

「ほんとはいけませんが、ボスが個人でちゃんと会社から借りるのであれば自由に乗っていただいて構いません。ちなみに会社から借りる場合、レンタル料がかかりますが、そのレンタル料を払うのも受け取るのもボスです」

「じゃあいいってことじゃん」

「会社としてはなんとも……。手続きの問題なので……」

秘書も苦笑いする。

「ちなみにどこまで行けるの？」

「基本的には上得意様と経営幹部の移動用に運用している飛行機なので、かなり大きい飛行機です。具体的な機体名を申しますと、長距離用にボーイング７４７ＳＰを２機と７６７‐３００を運行しております。あと他には中距離用の小さい機体を何機か。という感じですね」

「ジャンボジェット３機とは恐れ入るね……。ちなみに今日か明日モナコまで行きたいって言ったらなんとかなる？」

できるかどうかはわからないが思い付きを口にしてみる。

「モンテカルロまでですね、確認してみます。………………ちょうど明後日《あさって》フランスのニースまでお客様をお迎えに行くみたいなので、明日コート・ダジュールまでならご利用できますよ。空荷で行くのももったいない気がしますし、乗られますか？」

「それは運がいいね。でもいいや。すぐに確認できるか聞いてみただけ。むしろ明日にはいったん日本に帰ろうと思っているよ」

「承知しました」

「ちなみに飛行機の中は手を入れてあるんでしょ？」

「相当手を入れてますね。そもそも世界中のセレブをお迎えする飛行機ですので、エコノミークラスは無駄でしかありませんから。高級ホテルのスイートルームが空を飛んでいると思っていただけたら、だいぶ想像に近いと思います。行く時は通訳として同行しましょうか？」

「その辺の合理的なところはアメリカンだね。いや、フランス語忘れないようにする意味でも行くから、その時は１人で行くよ。そもそもモナコ、英語だいぶ通じるしね」

「フランス語も話せるのですか⁉　でしたら大丈夫そうですね。フランス便とラスベガス便、ドイツ便、イギリス便、日本便と中東便はかなり高頻度で飛んでおりますので、ご利用の際はご遠慮なくご連絡ください」

「ありがとう。是非利用させてもらうよ。フランス語は大学の必修の第二外国語をフランス語にしたからね。そこでかなりハマっちゃってフランス語検定も取っちゃったよ。しかも1級」

「すごいですね！　私も日本人のボスの下で働くのですから、日本語を勉強して少なくとも日常会話くらいはできるようにならないとですね。ちなみに私のフランス語聞き取れてますか？」

秘書が試すようにフランス語で問いかけてきた。

伝わるかどうか試してくれているということをちゃんと感じ取り、フランス語で返す。

「ケベック訛《なま》りが強いですね。しかもトゥールーズアクセントも混ぜてるでしょ。確かにトゥールーズ方言はかっこいいですけど、そういう、わかるかどうか人を試すような態度はあまり好きではありません」

私は北部アクセントの癖の少ないフランス語で答えた。

「すごい！　びっくりするほどアクセントがありませんね！　これは語学に関しては私の出る幕はなさそうですね。試すようなことをして申し訳ありませんでした」

ちなみに、フランス語において「アクセントがない」というのはかなりの褒め言葉である。

一般的にアクセントがないフランス語が一番綺麗《きれい》なフランス語とされている。

「いや、実はどうしても中国語と韓国語は苦手で……。あと英語もクイーンズイングリッシュは何度聞いても慣れないんだよ……。スペイン語は日常会話くらいならなんとかなるけど、ドイツ語はもうほんとに全然わかんないんだよね……」

「カジノ側から派遣されてる彼は英語と中国語と韓国語が堪能ですよ。ホテル側から派遣されてる彼女も英語と中国語、あとスペイン語が堪能ですね。ちなみに私は、英語、中国語、韓国語、フランス語、ドイツ語、イタリア語は問題なく使うことができます。スイス生まれなもので」

スイスは国内でドイツ語圏とフランス語圏とイタリア語圏に分かれており、公用語もその3つに加えレトロマン語があるため、国民のほぼ全員がマルチリンガルである。

「才媛だねぇ。君のその素晴らしい能力をもっと活《い》かせるように力を合わせてこれからも頑張っていこうね」

私はフランス語でそう締めくくった。

「そういえば、自己紹介まだしてもらってないけど、一段落ついたし、ついでだからしてもらっていい？」

「そうですね、では改めて。エマ・マグダネルと申します。大学はハーバードで、ホテルマネジメントを学んでいました。趣味は旅行。チャームポイントは祖母譲りのプラチナブロンドの髪。年齢は27歳。誕生日は9月24日。身長は168cmで体重は最近太ってきたので言いたくありません。スリーサイズは上から94……」

慌ててエマの声を途中で遮る。

「最近のスイスの女性はかなりプライベートなところまで自己紹介されるんですね⁉　そんなセクハラまがいのことをするつもりはありませんので！」

「スイス女は、思い人に彼女がいるからといって諦めるような女ではありませんから。そもそも私、浮気容認派ですし。浮気も本気も両方に愛があればそれは純愛ですから。モテるというのは男性として優れている証《あかし》。私は何番目でも愛してくださるのでしたらいつでも構いませんよ」

エマはそう言って、美しいプラチナブランドの長い髪をかきあげながら、ウインクを投げてよこした。

浮気も本気も純愛というのは、なんとも博愛のフランス人っぽい価値観だ。

スイスはフランス語圏の地域もあり、フランス的な価値観が浸透している部分もあると聞く。

「私は浮気をするつもりはありません」

エマの美しさに、ぐらっときたが精神力で抑え込んだ。

「私としても、ボスがそんなにすぐ落ちちゃったら面白くありませんから」

エマはどうやら私をからかっていたようだ。まったくもう新しい扉が開くところだった。どこまでが本気でどこからが冗談なのか、全くわからなかったが、ひとまずは仲良くなれたので良しとしよう。

「そういえばタキシード買ったんだけど、フルオーダーで作ったからまだ届いてないんだよね。どうせならここに届けてもらいたいな」

「いつどこで買われましたか？」

「東京のブリオーニで8月の頭頃かな」

「急がせましょう。型紙はもうできているはずです」

エマは自身のスマートフォンでどこかに連絡し始めた。

「数日後にはここに届けておいてくれるようです。その代わり他の注文したものは少し遅れるみたいですけどよろしいですか？」

私としては是非もない。

「それで頼みます」

エマの電話一本で完成時間が約半分近くまで短縮されたことに驚いていた。

エマは、「それでは委細お任せください」と告げると、どこかへ去っていった。

エマが去ると暇だな。どっか行くか。

私は手持ち現金といつものセットが詰まったクラッチバッグを持って部屋を出た。

「どこへ行こうかねぇ」

自分へのお土産《みやげ》でも選ぼうかということでベネチアン・マカオの中にあるアジア最大のＤＦＳに向かった。ＤＦＳに入るとエルメスを見つけた。

「そういえばマカオどころか、大阪でも東京でもエルメスって一回も見てなかったな。見てこ」

このＤＦＳは「アジア最大のＤＦＳ」ということもあり、出店している店もかなり気合を入れて並べる商品をセレクトしているらしいことがうかがえた。エルメスもその例外ではなく、品良く、それでいて客がエルメスのことを覚えやすいようにインパクトのある商品を並べていた。その中で私が気になったのはキーケースだ。

私はこれまで車と家の鍵を全部別々で持っていたが、最近鍵が増えすぎたため、なんとかしなければいけないなと思っていた。そんな状況で私が見つけてしまったのが、エルメスらしいコニャックレザーの6連キーケースで、留め金にエルメスのアイコンがあしらわれているものだ。

これなら家の鍵と車の鍵全部合わせてもまだ余裕あるな。

もちろん即決でそのキーケースを購入した。

すでにかなりの金額をこの一人旅で散財していることを思い出し、ドキッとする。

「でも、まだバーキン買いたいな」

まだ買い足りないのかと思う気持ちもあるが、そんなことを考えながら部屋に帰り、ルームサービスで和食を持ってきてもらい、それを食べながら1日を終えた。


翌日、昨日買ったキーケースの箱を開けていろんな鍵をくっつけてみて遊んでいた。

ちなみにキーケースのデザインの名前はベアンというらしい。

エルメスにおいてはよく見るデザインだが、それは財布だけを指すものと思っていた私にとっては目から鱗《うろこ》だった。

「この形のことをベアンっていうのか」

エルメスでそれを教えてもらった時、思わずそう口に出していた。

朝食を取った後に暇潰しがてらカジノに入ると、黒服が駆け寄ってきてＶＩＰフロアでの案内を開始しようとしたが、それを制し、単なる時間潰しなのでここでいいと伝えた。

しかし、その黒服にはそれが言葉通りに伝わらなかったらしく、これは大ボスによる抜き打ち調査だと受け取ったらしい。

調査だと思うと、頑張らなくて良いことまで頑張ってしまうのは人間の性《さが》である。

そうして一般フロアにいたにもかかわらずＶＩＰ並みの待遇を受けてしまった。

一般フロアで私だけがその扱いというのも、逆に不興を買う恐れがあると考えたカジノスタッフは、他の一般客の扱いもＶＩＰ同様に接した。ＶＩＰフロアでの接客はさらにその上をいく。なんか余計な気を遣わせてしまったな、と逆に恐縮する有様の私。

今日はロレックスを休ませる日と思って遊びで勝負しているため、勝ち分も大きくない。

なんだか落ち着かないなと心の中で苦笑いしたが、スマートフォンにエマからの連絡が入った。

「ボス、そろそろ日本に帰るお時間では？」

「あ、忘れてた」

「帰りの飛行機はすでに空港に用意しておりますので、必要な荷物だけ持ってエントランスにお越しください」

「ありがとう」

できる秘書で本当に助かるよ。

私は持っていたチップを全てディーラーに差し出し、皆にシャンパンを、と言ってその場を後にした。

エントランスに着くとピシッとしたスーツ姿のエマがｉＰａｄを片手に立っていた。

「今からのタイムスケジュールをお伝えします。まずこれから車で香港国際空港に向かい、飛行機に乗ります。そこから関西国際空港まで直行便なので4時間ちょっとくらいです。空港に着くと車を用意しておりますので、そのまま乗っていただきお車のある伊丹《いたみ》まで直行します。所要時間は1時間ほどです。それでは向かいましょう」

エマが私のスーツケースを持つと先導し始めた。

「スーツケースくらい自分で持つよ」

「私はボスの秘書です。仕事を取らないでください」

エマはそう言うと快活に笑った。ベネチアン・マカオの車止めで待っていると、黒塗りの高級車がやってきた。

「これで行きます」

「ま、マイバッハＳ５８０」

マイバッハとは走るホテルとも言われる高級車である。マッサージ機がシートについていたり、とにかく至れり尽くせりの高級車。ロールス・ロイスと並ぶレベル。

１時間ほどすると、香港国際空港の自家用機専用ターミナルまでやってきた。ターミナルに着くと、そのまままっすぐ歩くだけで車に乗せられ、飛行機に乗せられた。

「それでは快適な空の旅を！」エマはそう言うと手を振って別れた。

流れに身を任せて飛行機の中に入ると、その内装の豪華さに度肝を抜かれたが、ラスベガス・サンズの上客を乗せるためだけの飛行機だから、という理由で納得した。中では、専属のＣＡに出迎えられ、自己紹介された。

「本日霧島様の空の旅をお手伝いさせていただきます、リーと申します。何か不明な点などございましたらなんでもお申し付けください。お暇な時は、暇潰しにも付き合いますよ」

ＣＡのリーさんは無邪気な笑顔でそう言った。

「ありがとうございます。こちらこそよろしくお願いしますね」

そんなアイスブレイクの会話からリーに内装の説明を受ける。基本的にホテルでできることはここでもできる、と説明され納得した。

暇潰しにリーと世間話をしたり、食事をしたり、風呂に入ったり、昼寝をしたりしているうちに関西国際空港に到着。

タラップを降りるとそこにはさっきと同じマイバッハ。最新型のツートンカラーが目に鮮やかだ。

快適なゆりかごに乗せられているような心地よさで、うとうとしているうちに伊丹空港に着き、駐車券の処理をしてもらい、行きの時よりもだいぶ重くなったリモワのスーツケースを引っ張り愛車のレクサスまで向かう。

車に乗ってこれからのことをふと考えた。

せっかくお金があるにもかかわらず、こういった些事《さじ》に時間を取られるのは本当にもったいない。

やはり、車を置きに行ったりするのは不便なので、大学の近くに土地を買って、秘密基地的なガレージハウスを絶対作るんだと心に決めた。

日本に帰ってきた日、私は泥のように眠っていたが、次の日からはかなり精力的に活動していた。

まず、自分が持っているお金をある程度把握しようと思い、愛車のレクサスで金融機関回りを開始した。

とりあえずたくさん持っている全ての口座のうち、今通帳記帳ができるものは記帳しておこうと、そして、証券の方もちゃんと持っているものを把握しておこうということで、まず、証券会社の口座を確認した。

色々と口座を確認したり、株価の値動きを見ていると明らかになったが、保有している数十社の株式のうち何社かが、配当日を迎えたらしく、登録してある証券口座には60億円ほどが振り込まれていた。

そして数十社のうち何社かは株式分割があり、持ち株数が増えたということも、電話した証券会社の担当営業さんから聞いた。その時まで気づかなかったが、自身の保有する株式資産がもうすぐ1000億円を超えるとのこと。全体の約6%の配当額ということで妥当な結果か。

その振り込まれていた60億円を自身の他の口座に分散して送金処理する。今時送金処理はほとんどの銀行で即時反映されるので便利だ。ここで今日できることは一旦終了。次は明日！

翌日、昨日までのセーブデータを引き継ぐ形で、今度は通帳の束を持って、レクサスでホテル日航大阪まで向かい、契約してある駐車場に置いているタイカンと車を交換する。今日はタイカンで銀行巡りに向かうのだ。

ちなみにその日、回った全ての銀行で頭取が出てきて、ぜひ運用しませんか？　と言われたが、もう間に合ってますと断るのはまた別の話。

記帳ついでに当座の活動資金として1000万円ほど現金を下ろして、その現金の束はサンローランのリュックに無造作に突っ込む。

マカオから帰ってきた時に持っていた現金（香港ドルと米ドルとユーロ）の札束は輪ゴムで止めて無造作に部屋の机の上に置いてきた。

銀行の次は税理士である。

ちゃんとアポを取ってから淀屋橋《よどやばし》の顧問税理士のところに向かい、私がたどることになった数奇な一連の話をすると、その話はもう先方さんの税理士とついているとのこと。

顧問税理士さんはラスベガス・サンズの税理士が世界四大会計事務所のデロイト・トーマツだとは知らなかったらしく、向こうから突然メールと電話がかかってきた時はかなり緊張したとのこと。

その時に付け加えられたのが、所得税の問題だ。かなり荒稼ぎしたので、おそらく相当持っていかれるという話だった。年末にはより詳しい話をするのでまた来てほしいとのことだ。その後も細々した用事を片付け、一段落すると一旦家に帰り、シャワーを浴びて、再び出かける準備をする。

準備を進めて、そろそろ晩飯かといった頃になるとソワソワし出した。実はこのあと約束があるのだ。私が日本に帰るにあたり、連絡を取ったのは、もちろんひとみと、全ての始まりとなった中《なか》村《むら》さんである。

その時、中村さんとした話の流れでご飯を食べにいくことになったのだ。

場所はもちろん、さえ秬《き》。

私にとって全ての始まりの場所で、全ての始まりの人と会うのだ。緊張しないわけがない。

今日はお酒を飲む予定なので車では行かず、タクシーを呼んでお店に向かう。

約束の時間まではまだ少しあるが、緊張は解けない。礼儀として先に入って、おかみさんに名前を伝えると、予約してあるカウンター席に通される。

中村さんは今の自分を見てなんて言うだろうか？

どんな感想を持つだろうか？

怒られるだろうか？

そんな感情が私を支配する。別に悪いことをしているわけではないのだけども……。

そして、そろそろ約束の時間というところで店の引き戸が開く音がした。

「久しぶりだね、霧島くん。ずいぶん派手にやってるみたいじゃない！」

中村さんは以前と変わらない若々しい声で私に声をかける。

「お久しぶりです、中村さん。やっと中村さんにお寿司《すし》奢《おご》れるくらい余裕が出てきたので連絡させてもらいました！」

私はそう言いながら入り口まで中村さんを迎えに行き、カウンターの奥まで案内する。

「なにやらカジノ一つ潰したんだって？　やるなぁ！　僕でもそこまでしたことないよ！」

「いや、潰したというか買収したという方が近いような」

私は最近のいろんな出来事を中村さんに伝えていく。

競馬のＷＩＮ５でとんでもなく勝った話、ラスベガスで数十億勝った話、マカオで勝ちすぎてカジノを買収した話。

それらの全ての話を非常に楽しそうに聞いてくれた。

「やっぱり、若い人の話を聞くのは楽しいね。僕とは目のつけ方が１８０度違う！　霧島くんの話を聞くのは新鮮でとても楽しいよ！」

ありがとうございます。と恐縮しながら中村さんに返しつつ寿司をつまむ。

中村さんは今、後進の育成に力を入れているらしく、経営塾のようなものを結成したらしい。なかなかに人気で、参加希望者はキャンセル待ちの人が何人もいるということだ。

中村さんからは今度講演をしてほしいと頼まれたので、いつでもしますよ！　と答えておいた。

ここで、一つ気になっていたことを中村さんに相談することにした。

「マカオでカジノを一つ買収したんですが、その結果世界規模の大きなカジノ会社の役員になってしまいました。そのおかげで、フットワークの軽さが、少し発揮できなくなってしまいそうなんです。中村さんならどうしますか？」

「なるほどね。霧島くんも悩むことあるんだねぇ。でも僕ならそんなことは気にしないかな。世界規模の会社の役員なんて、そうそう経験できることじゃないから引き受けるよ、もちろん。でもやりたいことや実現したいことは他にもたくさんあるから、自分のフットワークの軽さが持ち味なんだということをみんなに理解してもらうかな」

「なるほど……」

「もし、君が抱えきれなくなってしまった時は僕に相談しなさい」

「え？」

「なに、若者のケツを持つのは老兵と相場が決まっている。この老骨でよければ君の後ろ盾になるよ」

「中村さん……！」

なんとなくではあるが心の中の靄《もや》が晴れていくのを感じた。

いくら口では大きなことを言っても大企業の役員になるということがプレッシャーでもあり、実は、少しだけ負担になっていたのだ。

大企業の役員になるからといって自分を変える必要はないということが、中村さんのおかげで理解できた。立場や職責に縛られず自由にやってみようと思えるようになった。

「中村さん、ありがとうございます。中村さんのアドバイスのおかげで、自分ももう少し頑張れそうです」

「若いうちの経験は財産だからね……！　なんでもやってみて、なんでも糧《かて》にしなさい」

中村さんの話を聞けてよかった、と心から感じていた。

途中で河岸《かし》を変え、何時間も話し込んだおかげで解散は夜中の2時を過ぎた頃になった。

「中村さん、今日はありがとうございました。いいお話がたくさん聞けました。またご飯ご一緒させてください」

「僕の方こそだいぶご馳走《ちそう》になっちゃって。若い人と話ができるのは老人冥利《みょうり》に尽きるね。是非またご飯に行きましょう！　お誘い待ってるよ」

そんな言葉を残して中村さんは電車みたいな長さの真っ白なロールス・ロイスに乗って帰っていった。ちなみに初めて中村さんと一緒にご飯に行った時に乗ったロールス・ロイスとはナンバープレートが違ったので、また違うロールス・ロイスだった。

中村さんを見送った後、家に帰るのがめんどくさくなったので、タクシーでホテル日航大阪まで向かい、ホテルに泊まった。

特に部屋は指定せずに、空いてる部屋を適当にアサインしてもらったので、普通のダブルルームだった。

「あー、この狭さ落ち着く……」

決して狭くはないのだが、世界の名だたるホテルのスイートルームに比べるとだいぶ狭いことは否めない。風呂に入り、ふかふかのベッドで眠りについた。

翌日。夜遅くにホテルに泊まりそのまま熟睡してしまった私はチェックアウト時間の30分前に起床した。

「え、今何時……え、やばっ！！　は⁉⁉　やば‼」

珍しく慌てて、急いでシャワーを浴び、髪を整え、荷物を持って部屋を飛び出しチェックアウトした。チェックアウト時間ギリギリだったがなんとか間に合った。

間に合ったことに安堵《あんど》して、ホテルの駐車場から車を出し自宅へと向かう。

ホテル日航大阪の駐車場には昨日停《と》めた私のレクサスがある。

車を走らせ、ほどなくすると大学が見えてきた。

自宅マンションの前にレクサスを停め部屋に向かう。

なんだかんだで忙しくて、昨日は確認する暇がなかったので、ポストを確認すると、幸い急を要する手紙など郵便物は届いていなかったが、宅配の不在連絡票が入っていた。

銀座でひとみとスーツなどを注文した際に、出来上がり次第送ってくださいと頼んでおいた完成品が受け取れていないことにこの時気がついた。保管期限はたまたま今日まで。

「よっしゃラッキー！」と思わず口から出た。そして運送会社に連絡をし、今から窓口に取りに行く旨を伝える。

部屋に入って、空の大きなリモワのスーツケースを持ってきて中にトラベルセットとパソコン、大学の課題図書などを思いつく限り突っ込んだ。しかしさすがは86Lサイズのリモワオリジナルのチェックイン L。まだまだ相当に余裕がある。

「これならまだスーツも靴も入りそうだな」

マカオに持っていくスーツケースはこれでいいなと思って、その重いスーツケースを持ち車に向かった。

荷物はまだまだ載るので空のリモワのエッセンシャルチェックインMも積んでおく。

そのまま運送会社の配送センターに向かった。

窓口に着くと住所を伝え、身分証明書を提出し、スーツを受け取った。

約10着のスーツやコートと4足の靴を受け取り、スーツケースに入れた。しかしまだ余裕がある。その窓口で伝えられ気づいたが、ルイ・ヴィトンのトランクケースも10個届いているらしい。海外発送だが、日本の宅配便業者と提携してくれていて助かった。

さすがにレクサスといえども、トランクケース10箱を積むことはできないので、一旦ここで受け取りのサインだけして、そのまま空輸でマカオに送ってもらうことにした。

とりあえず日本でやることは全部終わらせ、エマに連絡を取る。

「エマ？　霧島です。明日マカオに帰ろうと思うけど、飛行機はある？」

「かしこまりましたボス。飛行機に関しては、伊丹《いたみ》に1機すでに常駐させています。サンズの幹部専用機の短距離航空機ですのでサイズは小さいですが、そちらをご利用ください」

「わかった、いつもありがとうね、エマ」

「礼には及びません、ボス。飛行準備を整えておきますので、時間が決まったらご連絡ください」

「じゃあ17時ちょうど発でお願いしようかな」

「ありがとうございます。でしたらその時間に出発するようにアレンジしておきますので30分前までにはご到着ください」

「了解」

エマへの連絡を終え、次はひとみに連絡した。

しかし、電波が届かないところにいるらしく、連絡がつかない。

一応ラインで、連絡できるようになったら連絡してくれと送信してスマートフォンのホーム画面をロックする。

することを一気にこなした結果、やっと暇になったので、ウィンドウショッピングを開始することにした。

「エマやら他の幹部にお土産《みやげ》を買っていこう」

お土産というとデパ地下のイメージがあるため、とりあえず阪急うめだ本店に向かった。

阪急の地下には全国から選《よ》りすぐられた土産物が所狭しと並べられている。

まず私は一心堂《いっしんどう》に向かう。一心堂はフルーツ大福で有名なお店で、私とひとみの大好物でもある。

とりあえず全種類買った。

続いて向かうのは大阪といえばこれ、バトンドール。要はポッキーの高級品なのだが、人気が高い。これも全種類買った。

そして続いては堂島《どうじま》ロールで有名なパティスリーモンシェール。これは私の夜ご飯用だ。一つ購入。

最後はダメ押しとばかりに、辻利兵衛《つじりへい》本店に向かい抹茶大福を山ほど買った。

途中から阪急の外商部の人が付き添ってくれて、次回はご自宅に伺いますのでご連絡くださいと言われた。そして阪急のクレジットカードをアメックスで契約させられた。

そのおかげもあってか、大量の荷物を店員さん方が車まで運ぶのを手伝ってくれた。

お土産も買い終え、大阪新阪急ホテルの駐車場から車を出す。阪急うめだ本店に駐車場はないため、近隣の駐車場を使うしかない。

なんとなく、気分が乗ってきて、そのままセントトレジスホテル大阪に向かった。

本町《ほんまち》にあるそのホテルは、私にとって、その存在は知っているが行ったことはないというホテルで、いつか行ってみたいと思っていたホテルの一つだった。

しかし、本町周辺にマンションを購入してしまったため、そのマンションに移り住むと、いよいよ行く機会がなくなるだろうなと思っていた。今日はたまたま時間もあるし、と思いそのホテルに泊まることにした。

セントレジスホテルの車止めに着くとドアマンが華麗に車を停める。

「ご宿泊でございますか？」

程よく響く柔らかなバリトンボイスでそう告げられた私はホスピタリティの高さを感じつつ、

「いえ、まだ予約はしていないので今からです」と告げる。

ドアマンはかしこまりましたと、インカムで何かやりとりし始めた。

「お部屋に空きがあるそうですので、このままご案内いたします」

ドアマンはそう告げると、他のスタッフに何やら合図をし大きなカートを持ってきた。

「お荷物お預かりいたします。お車は鍵をいただければそのままで結構でございます」

私は日本では珍しくなってしまった、初めて見る、今では貴重なバレエパーキングサービスに感動し、鍵をドアマンに渡し、車を降り、荷物も降ろした。

私の荷物は大きなリモワが一つと小さなリモワが一つ、現金がぎっちぎちに詰まったサンローランのリュックが一つ。そして阪急で購入してきたお土産の袋が数十袋。

車の中には空のリモワも載っている。

かなりの大荷物だったが、必要なものしか持っていないので、レジスのカートにはちゃんと載り切った。

ドアマンに連れられ12階のフロントに向かうと、いらっしゃいませの声に迎えられた。

「禁煙室でできるだけ上のフロアをお願いします」

そう告げると、すぐに対応してくれた。

私はホテルの部屋ではあまりタバコを吸わないので禁煙室をアサインしてもらった。

1泊くらいならホテルのバーで吸えばいい話だからね。

そして、案内されたのがグランドデラックススイート。予想外に高級な部屋に案内されたが、ここに宿泊することを決めた。

ホテルマンに連れられ部屋に入ると、ベルスタッフに指示をして荷物を置いた。ついでとばかりにベルスタッフが部屋を去る際に、受け取ったばかりの四足のジョンロブを預け、靴磨きをお願いした。部屋で一息ついて、食事を取るために、ホテルのイタリアンレストランであるラ・ベデュータに向かった。

海外では1人での食事も全く苦にならなかったが、日本ではなぜか周りの目が痛く感じる。食事を終えると早々に店を退散し、セントレジスバーに向かった。バーに着くとカウンターの端に座り、バーテンダーと会話を楽しんだ。

「ブラッディマリーを」

「かしこまりました。もしかしてご存知《ぞんじ》で？」

「もちろん」

周りから見ると意味がわからない会話である。しかし、これにはちゃんと意味がある。

知らない人も多いだろうが、ブラッディマリーというカクテルはセントレジスＮＹが発祥の地であるとか、ないとか、なお諸説あり。

それをどこで聞いたのか定かではないが、私は知っていてブラッディマリーを頼んだのだ。

「霧島様はご旅行ですか？　お仕事ですか？」

「いや、仕事の合間にやっと日本に帰ってきたので、郵便物や宅配便の確認に」

「なるほど。お若いのに世界中を飛び回って活躍されてるのですね」

「いやいや、巡り合わせですよ。運だけはいいもので」

「そんなことはありませんよ。素晴らしいことです」

そんな他愛《たわい》もない話をしていると横に1人の美しい女性が座った。

「隣、よろしいですか？」

「ええ、もちろん」

怪しさは感じつつ、一応そう答えた。

「さっきちらっと聞こえてきましたけど、お若いのにご立派なんですね？」

そう言って色香が漂う笑みを私に向ける。

「いやぁ、全くそんなことはないんですが……」

話を聞かれていたことに居心地の悪さを感じつつそう答える。

なんとなく獲物を狙う目をしている。こんな女性はあまり好きではないなぁと思う冷静な部分もあった。

「なんのお仕事をされてるんですか？」

「株です」

あえてぼかしてざっくり答える。

「まぁすごい！　その若さでこんな素敵なホテルに泊まれるくらいですから、成功なさってるんですね！」

「そんなこと言う貴女《あなた》だってここに来ていらっしゃるじゃないですか。貴女は何をされておられるんですか？」

「私は飲食店を数店舗経営しております。是非いらしてください」

行かないだろうなと思いつつ、その女性が差し出してきた名刺を眺めた。

そこには北新地《きたしんち》の高級クラブ街にある店の名前が書いてあった。裏面には系列店舗の名前と住所が書いてあり、この女性がかなりやり手であることがうかがえる。

名刺を出されたため、それを無視しては失礼にあたる。この心地よい空間を乱したくないので自身の名刺を返した。

私は自分の会社の名前で名刺を作っていないため、サンズの名刺しか持っていない。

いざ渡す段になってそのことに気づき、しまった！　と思った。

ちなみにその名刺にはラスベガス・サンズの社外取締役の肩書きとベネチアン・マカオＣＥＯの肩書きが全て英語で書いてある。

「会社に食いつかれたら嫌だな……」と思いつつ、手渡す。

その名刺を見た女性の顔色は案の定すぐに変わった。

「サンズって、あのサンズですか？　あのシンガポールとかのカジノ大手の！」

「まぁ、そうですね……」

「その若さで、そんなところまで登りつめてらして、素晴らしいですね！」

食いつきが良すぎてもはや恐ろしくなった。笑って受け流していたら今から食事に行こうなどと言い出し、いよいよめんどくさくなってきた。

「明日にはもう海外に向かうので、またの機会に」

と、角が立たない断り方をして、バーの会計を払おうとした。

するとそのやり手の女性が払うと言い出した。

「もう勘弁してくれ……」と思いつつも、

「ではお言葉に甘えて」と、その女性が会計を済ませている間に、表面上は穏やかに微笑《ほほえ》みそそくさと部屋に帰った。

ちなみに私の会計が100万円を軽く超えていたのをその女性は知らない。

あまりの品揃《しなぞろ》えの良さに、高級国産ウィスキーを飲みまくった上に高級な葉巻もお土産に20本ほどいただいていたのだ。

勘弁してくれという雰囲気を察したのだろう、バーテンダーが気を利かせてくれ、ホテルの裏を通してくれたのでとても助かった。

部屋に入ると、「疲れた……」とつぶやきシャワーを浴びてバスローブを纏《まと》いベッドに倒れ込んだ。

昨日寝たのが割と早かったため6時には目が覚めた。今日は予想外に寝覚めがよく、二度寝しようという気にならないくらい目が覚めてしまった。

せっかくなので朝食を食べようと、ホテルのレストランに向かった。ブッフェスタイルの朝食で味は申し分なく、五感の全てを満たす朝食だった。

　朝食後、部屋でシャワーを浴びチェックアウトの時間まではまだだいぶあったが、荷物をまとめ、チェックアウトする。預けていた荷物を受け取り、そのままホテルを出て伊丹空港へ向かい、プライベートジェット専用カウンターで手持ちの荷物を全て飛行機に載せた。出発予定の17時まではまだだいぶ時間があったので荷物を預けて身軽になった後は車を出して、少しドライブした。時間を潰すのに苦労したが何とかちょうどよい頃合いになるまで服を見たりカフェでお茶をしたりしてやり過ごした。

　飛行機は小型機といえどもさすがはプライベートジェットという豪華さで、かなりくつろいでマカオに向かうことができた。

　マカオを出発した時とは異なり、今回はプライベートジェットということもあり直接マカオ国際空港に到着した。到着すると空港のロビーには向かわずに、駐機場にそのままマイバッハが迎えに来た。「さすがＶＩＰ待遇……」と思いつつ、お土産、スーツケースがマイバッハに積まれるのを眺めていた。

　荷物が積み終わったところで車に案内される。後部座席のドアをスタッフが開けてくれて乗り込む。

「お疲れ様です、ボス」

　しばらく離れていたが、なぜか《聞きなれた》声がしたので、その方向を向く。

「うぉっ！　ひとみ！！」

「サプライズ成功」

ひとみは無表情でピースサインをしていた。

「帰省から帰ってきて、あきらくんになんかサプライズしてやろうと思ってマカオにやってきた」

「本気でびっくりしたわ……！」

背中に変な汗が流れるのを感じていた。

「エマは？」

「ここですボス」

運転席からにょきっと伸ばし手を振っていた。

「やっぱマイバッハって長いよな。運転席がだいぶ遠く感じる」

「「確かに」」

エマとひとみは声を揃えてそう言った。

領収書

霧 島　様

御旅行代、お品代として

金額	メルセデス・ベンツG63	¥35,000,000
	メルセデス・ベンツAMG GTクーペ	¥35,000,000
	エルメスベアン　キーケース	¥150,000
	お土産代	¥1,200,000
	セントレジスホテル大阪 宿泊費	¥80,000
	決済	**¥71,430,000**

いろんなことがあったが、本格的に冬の季節がやってこようとしていた。しっかりとした上着が必要な日が増えてきて、そろそろ冬支度をしないとな、と考えていたところで一つのことに気づいた。

冬用の厚物上着がない。しいて言うならジルサンダーのロングPコートぐらいか。いや、他にもあることはあるが、高校時代から使っていたものですでにヨレヨレなのである。ということで、阪大が誇るオシャレ番長のひとみに相談した。

「メンズの上着でお勧めってある？」

「メンズは詳しくないけど、モンクレールとか着とけば寒さはしのげる感はある」

「なるほど。それでは買いに行きましょう」

「合点承知」

私は今、新居が完成し、入居できるようになるまでひとみの家で暮らしている。ひとみの家は、私の住んでいたしょぼい家と違って自走式の駐車場があり、各部屋に2台分が確保されている。ひとみは自分の車を大阪に持ってきていないので当然2台分のスペースがそのまま空いていたが、使っていいと言われたので、今はそこにレクサスとタイカンを駐車している。

そんなひとみは何に乗っているのかというと、マニュアル車のアウディR8に乗っている。すでに生産終了した車だが、新車の時に買ったらしい。何歳だよその時。

本来ない色なのだが、ひとみの好きなターコイズブルーに、純正で塗装されているらしい。

そんなじゃじゃ馬なのだが、その車は現在芦屋《あしや》にあるひとみの実家に置いてある。

タイカンを買うにあたり、スーパーカーは私の車と被《かぶ》るから買ったらダメだと、どっちかしか乗らなくなったら車が可哀《かわい》そうだと散々言ってたのにどうして買ったのかと、怒られた。

タイカン納車後、ひとみも実際に車を見ると以前の怒りが復活したようだったが、タイカンを買った理由をもう一度誠心誠意説明し、実際に乗せてみると、これはいい車だと、許してくれた。

タイカンは電気自動車なので音が静かなのだ。

ひとみがR8を実家でしか乗れていないのは、エンジン音が少し爆音なところが大きな理由になっていた。R8を住宅街で乗り回すには音が、ちとうるさい。マンションの自走式の駐車場で乗り回すと、音が響いてもう少しうるさい。ひとみのR8はというと、ホイールはBBSをはかせているし、クラッチやサスペンション、ブレーキなどもしっかり手を入れてあるので、いつでもレースに出られる仕様だとか。そりゃ排気音うるさいわな。

そんな2人がアウターを買いに行くために乗っているのはタイカンである。行き先は阪急メンズ大阪だ。

車をいつもの駐車場に置き、歩いて店に入り、エスカレーターでとりあえずモンクレールの店に向かう。店に入るといらっしゃいませと店員が出迎えてくれた。

「ね、あきらくんこれどう?」

「もーちょっと着丈長いのがいいなー。お、これとかどう?」

「この色は似合わないよ」

「そうかぁ」

2人があーでもないこーでもないと言っていると、

「お客様、実は今フランス本国でしか扱ってない商品が来ているんですが、ご覧になりませんか?」

と、店員さんが勧めてくれた。

2人はその申し出に感謝して店の奥に入っていった。

10分ほどして2人が店を出る時には大きなモンクレールの紙袋を抱えていた。

「買っちゃったね」

「うん、お揃《そろ》いで買っちゃった」

店を出て、帰りがてらいろんな店を冷やかしていると、気になった商品がいくつかあったので全部購入した。

プラダではナイロンのサファリジャケット、シルクとレザーのコンビに一目ぼれしたジャケットとレザーのボンバージャケット。

ディオールでは大量買いをして、ストーンアイランドコラボのシャツとニット、キャップ、オブリーク柄のボブハット、パーカー、デニム、ワークウェア風のセットアップ上下、カーフスキンのフラップ付きバックパック。

ボッテガ・ヴェネダでも、カーディガン、コーデュロイのキャップ、レザーグローブ、カシミアのスカーフをお買い上げした。

セリーヌでもメゾン・マルジェラでも山ほど買った。もはや何を買ったのか覚えていない。

荷物が2つになり3つになり持てなくなりそうになったところで店員が気を利かせてくれ、全て1階のクロークで預かってくれることとなった。

ちなみにひとみはこれ以上に購入している。

お会計は全て阪急カードで。

「ひとみと買い物行くと、買った量がわからなくなるくらい買ってしまう」

「ふらっとポルシェ行ってうん千万円の車買う人が言うセリフじゃないよ、それ」

「すいませんでした」

私はひとみに待ってもらって駐車場に行き、店の前に車を回した。

ひとみに連絡すると、2人の店員を伴って店の前に出てきて、車に荷物をどんどん積んでいく。

タイカンはレクサスに比べて荷物置きがかなり少ないので、ギュウギュウの車内となってしまって、ひとみは前が見えないと笑っていた。

家を出る時にはこんなに買う予定ではなかったのに。

車を走らせながら、世間話をしているとあっという間に家に着いた。

車を地下の駐車場に停《と》めて、大量のショッパーを2人で抱え、やっとの思いでひとみの家に入って、荷物を床に並べて悦に入る。とりあえず今日買ったプラダのレザーのボンバージャケットを羽織ってみた。ひとみは本日のコーデにトムフォードのサングラスを追加していた。

「似合うねぇ」

家でおしゃれしてみるとまた出かけたい欲が出てくる。

「まだ夕方だし、せっかく外出かけるモードだからご飯でも食べに行く？」

「いいね！　あきらくんセレクトで！」

「任せろ！」

2人は車に乗り、再び梅田方面に向かった。

「店は決まってるの？」

「もちろん。今日はホテルディナーです」

「ほう！　梅田方面というとウェスティンかな？」

「そこも迷ったけど今日はリッツ！」

「てことは日本料理だね！　花筺《はながたみ》？」

「ご名答！」

「あそこめっちゃ好き！　楽しみ！」

こんなの大学生がする会話でもないし、大学生の生活でもないなと思いながら腕時計と中村翁《おきな》に感謝した。ホテルに着くと何度か通って馴染《なじ》みになったドアマンが出迎えてくれ、車を預かってくれた。２人は迷いなく5階の花筺に向かう。

「霧島ですけど、席空いてますか？」

「いらっしゃいませ霧島様、ただいま席をご用意いたしますので少々お待ちください」

「はい、ありがとうございます」

「あれ？　あきらくん予約してなかったの？　めずらしいね」

ひとみがそう小声で言うので、こちらも小声で、

「クレジットカードのステータスで予約なしで入れるんだよ」

と答えた。

するとひとみも、

「あ、アメックスのブラックか」

と納得していた。

程なくして2人が席に案内され、1人3000円のコースを楽しんだ。

会計の際には突然来て無理を言ってしまったので心付けとして1万円ほど多めに支払い、皆さんで美味《おい》しいものでも食べてくださいと伝えておいた。

「あきらくんもそういうことするようになったんだなぁー」

「まぁね、いくらできるからといっても突然来られたら向こうも迷惑かもしれないし、いろんな人と接するうちにそういうのも覚えたよ」

「成長を間近で見れて嬉《うれ》しいです」

「ありがとうございます」

そんな会話をしながら2人はマンションに帰った。

領収書

霧島　　様　　お品代、お食事代として

金額	モンクレール	¥900,000
	ディオール	¥2,510,000
	プラダ	¥2,050,000
	ボッテガ・ヴェネダ	¥830,000
	セリーヌ	¥1,500,000
	メゾン・マルジェラ	¥400,000
	花筐　食事代	¥60,000
	決済	**¥8,250,000**

四章

日本に帰国してから少し体を休めて家でゴロゴロしていたが、ひとみはそろそろ年末ということで、実家に帰省した。

ひとみの家に居候している分際で、自分だけいるのも居心地が悪い。

もちろんひとみは「ここもあきらくんの家なんだからいてもいいんだよ？　気を使わないで」と言ってくれたが、これは自分の気持ちの問題なのだ。

もともと正月は自分も実家に帰るが、その前に細々した用事を片付ける必要があった。

ひとみは近くまで迎えが来るというので、車で送っていった。

私もひとみを送ったあと用事を済ませることにした。

まずは今の資産の確認。そして、税金関係だ。この前税理士さんに覚悟しておいてくださいと言われたので気が重い。

まずは税理士事務所に向かう。

ちなみに今日のコーディネートは、ちょっとカチッとした格好で仕事したかったので、メゾン・マルジェラで買ったグレーのダブル仕立てのセットアップを着た。

靴はオールデンの４５６２Ｈという編み上げブーツ。

バッグはディオールのバックパックとグッチのクラッチバッグ。

アウターはジルサンダーのロングＰコート。

荷物はできるだけ少なくしたかったが、印鑑やもろもろの書類関係、通帳、権利書などで少しかさばってしまった。とはいえ会社関係の必要書類はすでに税理士事務所に送ってあるので、これでも身軽な方だ。

愛車のレクサスを駆り、本町《ほんまち》まで向かう。

「年末最後の営業日に事務所に行きます」と連絡した時にもらった返事のメールで知ったが、事務所は淀屋橋《よどやばし》から本町に最近移転したらしい。

本町駅からごく近くの、事務所の入るかなり大きく立派なビルに着くと、警備員さんに地下駐車場に案内された。ビルの利用者はどうやらビルの地下駐車場を使っても良いらしい。

私は利用者なので、自信を持って地下に吸い込まれる。

車を停めたら、連絡してほしいと言われていたので、税理士さんに連絡する。

「霧島《きりしま》です。車停めました」

「はい。すぐに向かいます！」

しばらく待っていると、車の窓がコンコンとノックされる。

「あぁ！　お久しぶりです」

「霧島さん！　お久しぶりです！」

ノックの主は、お世話になっている税理士さんで、会計士さんでもある、村上利紀《むらかみとしのり》氏。見た目30代そこそこのように見えるが、実際は50代の半ばという、とても若々しくフレッシュな方。元は税務署職員で、かつてはマルサにも所属していたが、縁あって税理士事務所を開業するに至ったというやり手らしい。村上氏は私にビルを案内しながら、事務所移転に至った経緯を話す。

「霧島さんを担当させていただいてから世界が変わりました」

「と、いうと？」

「あの時期から大きな仕事が立て続けに何件も入ってきて、おかげさまで事務所も大きくなりました、世界的な監査法人とも繋《つな》がりを持つことができました」

「そうなんですね。御繁盛のようで何よりです」

そんな世間話をしていると事務所に着いた。

所長である村上氏が、事務所の一番奥にある会議室に案内してくれた。

「それで、ご用件は税務関係の確認と定期連絡でしたよね？」

私が水を向けてみる。

「そうですね、定期連絡の内容なのですが、実は、所得税が相当持っていかれそうだというお話をしとこうと思いまして」

「そりゃあれだけ稼いだらだいぶ持っていかれるでしょうね。で、具体的にはどれくらいですか？」

ある程度覚悟はしていたが、私個人の所得も相当なことになっている。

「色々と頑張ってみたんですが……」

「おいくら？」

「サンズの事務所さんとも共同で当たらせてもらったんですけども、諸々《もろもろ》全て込みで金時計の方は500億円でお釣りがくる程度には抑えられそうです……」

「……ッく……ご、ごひゃくおくえん……」

「ちなみに、このうち、霧島さん個人にかかってくる税金が100億円程度です」

「ひッ……ひゃく……」

あまりの高額にめまいがする。

私が経営している金時計という会社だが、事業年度終了月は2月。

なので法人税は4月までに払わないといけない。法人税は会社が得た所得にかかるお金なのでかなりの額になる。法人税の他にも地方法人税、消費税、印紙税、法人住民税、法人事業税、固定資産税などなど払わないといけないお金が、とにかくたくさんある。

その全てを4月末日までに滞りなく支払う必要がある。ちなみにほぼほぼ手続きを村上事務所さんに丸投げしているため、そのお金も結構びっくりするくらいかかっている。

「なのでとりあえず多めに見て600億円程度は用意しておいてください」

「……わかりました」

村上氏に見送られて、霧島はビルを出た。

「税金って高いなぁ……」

次に霧島が向かうのは証券会社。

自身の保有する株式の確認だ。

私が証券会社の自動ドアをくぐると、それに気づいた支店長が飛んできた。

「きっ霧島様ッ！！！」

びっくりしたが、挨拶をする間もなく最上階の会議室に案内されていかれた。

「ほ、本日はどのようなご用件で」

「今自分にどれくらい資産があるのかなと思って」

支店長は胸を撫《な》でおろしたようだった。

支店長は周りに控えていた社員に二言三言指示を出すと、自らお茶を淹れてくれた。

しばらくすると、先ほどの社員が資料を持って会議室に入ってきた。

違う社員もやってきた。また違う人もやってきた。

みんな台車を押してやってきた。

台車の上には膨大な資料が載っていた。

「これは？」

「霧島様の株式資産の資料をまとめたものです。これらを確認していただきたく、お電話でも、お手紙でもご自宅に送付させていただいたのですが……」

完全に忘れていた。

電話では近いうちに行くとは伝えたが、その時、何を言われたのか全く覚えていなかった。

「すいません、完全に忘れていました……」

「いえ！　全く問題ありません！」

「それで結局何がいくらくらいあるんですか？」

「はい、それではご説明させていただきます」

ここからの説明がすごかった。都合3時間ほどかけて解説してもらったのだがよくわからなかった。

「長かったし、結局よくわからなかった……」

「端的に申し上げますと、景気の上昇の波に乗り、もともと購入された株式と新たに買い足しなさいました株式の株価が急上昇を続けておりまして、株式分割や増資など様々な好要因が絡み合いまして、現在保有資産が3000億円ほどにまで膨らんでおります。ですので、霧島様個人の所得税等、株式会社金時計様の税金の関係もあり、処分する株式と保有を続ける株式とに仕分けたり、他の金融商品などはいかがでしょうかというお話でございます」

「さ、さんぜん……」

というのも、私は暇を見て、ネットで株式を買い続けていた。

その際に最初はよく見ていくら買うのか、いくら売るのかを考えていたが、最近では直感に従ってどんどん買い増ししていたのだ。額も、100万、200万などというかわいいものではない。10億、20億の金をどんどん投入し続けていたのだ。バカラ並みの倍々ゲームで雪だるま式に運用額が増えていったのだ。正直なところ自分自身でも1回の投資でどれほどの金額を動かしているのか、わかっていない。買えるだけ買い、売れるだけ売る。ただそれを繰り返していただけだ。ついこの前まで1000億円程度だったのにとんでもない値動きである。

「とりあえず、うちの税理士さんの電話番号をお伝えしておきますので、所得税やら、税金関係はそちらにお願いします。全部丸投げしてますんで……」

「はい、かしこまりました」

「それで売却して利益確定する株式と保有し続ける株式の仕分けですが……」

私たちは約2時間かけて現在の株式の仕分けを行い、税金やキャッシュフローについて様々な懸念点についてもよく話し合い、その上で一応税理士さんに言われた通り、600億円分の資産を現金化した。規模でいえば5分の1である。

もちろん新たに買い足した株もある。

「あと、今のところ他の金融商品には手を出すつもりがないので、またの機会に……」

「はい、かしこまりました」

証券会社のお偉いさん全員にお見送りをされながら、証券会社のビルを出て、車に向かう。

次は銀行巡りだ。

前回の二の舞にならないように、何食わぬ顔をしてATMコーナーに並び、通帳に記帳を済ませ、店を飛び出す作戦だ。

しかし、店に入ったところで、すぐに支店長が出てきて、応接室に案内され、今思えばあれは時間稼ぎだったのだろう、世間話をしていると、いつの間にかもっと偉い人が出てきて同席し、定期預金を是非、という流れになる。

仕方がないので上限金額で定期預金にしておいた。

最終的に、このやりとりを取引のある銀行5行で繰り返し、定期預金口座を開設することとなった。

まぁ1000万だから付き合い程度ですね。

5行全ての銀行口座を合算すると先ほど振込手続きした600億円とは別に200億円ほど入っていた。

「いつの間に増えたんだ」と思ったが、日々のトレーディングで利益確定したり、配当金が振り込まれたりで結構頻繁にお金の出入りがあったみたいだ。

そういえばこの前の一時帰国の時も株式売買の利益確定して、何十億か送金処理したなと思い出した。こちらも全ての預金口座を決済用口座（利息が付かない代わりに銀行が破綻しても元本保証される）に移行しておいた。

銀行が破綻することなんてそうそうあることじゃないけど念のためにね……。

銀行に来たついでに、5行で合計4000万円ほど現金を下ろしておいてしばらくの生活費とすることにした。

4000万円ともなるとかなり額がでかく、どうしようかと思い、バックパックにぎりぎり2000万円を仕舞《しま》い込《こ》んでみるものの、さすがにちょっと不恰好《ぶかっこう》。

車のコンソールボックスにも半分くらい突っ込んでおく。万が一の時もあるしね。

ここまでくると、税理士さんが言っていた600億円用意するというのももしかしてそんなに大変ではなかったなと思ってしまう。

今回、税理士さんのところや、証券会社、銀行などを巡って、判明した霧島の資産は以下の通りだ。

＊

〈権利〉

ベネチアン・マカオの経営権

※現在ベネチアン・マカオの運営側になってしまっているのでほぼ形骸化。

〈車〉
レクサス　ＬＸ６００　オフロード…乗り心地がよい。よく乗っている。荷物がたくさん載る。
ポルシェ　タイカンターボＧＴ…音は静か。荷物が載らないので少し使い勝手は悪い。ただ速い。乗ってて気持ちがいい。
メルセデス・ベンツ　ＡＭＧ　Ｇ63ロング（マカオ）…マカオ滞在時に使っている。人が多い時や荷物が多い時はこれに乗る。登場頻度は少なめ。
メルセデス・ベンツ　ＡＭＧ　ＧＴクーペ（マカオ）…マカオ滞在時は大体これに乗ることが多い。登場頻度は少なめ。

〈家〉
大阪府　マンション　2億円…細かいことは覚えていない。会社の節税対策も兼ねて買ったがほとんど意味をなさないくらい稼いでしまった。

〈株式〉
総額３０００億円程度。このうちから６００億円ほどを捻出したので現在は２４００億円ほど。大体年間で６％から10％の運用益を出し続けているのでどえらい額になってしまった。着地としては８％ほどになる見込み。

〈現金〉

日本の銀行口座に総額800億円程度。この金額に加えて、マカオに約20億円（様々な国の外貨で所有）、バンク・オブ・アメリカに米ドルで1000万ドル（日本円換算で大体15億円ほど）預金。モナコのプライベートバンクで750万ユーロ、日本円で約12億円（プライベートバンクで運用）。


〈合計〉

4000億円弱。

＊

今から税金がびっくりするほど引かれるとはいえ、とんでもない資産を一年足らずで築いてしまったなと、しみじみ思う。

というよりも、税金がなんとか払えそうでよかった。

それと同時に、この資産をなんとかして実のある使い方をしたいとも思った。

「不動産やってみっか」

自分の手元に余らせているお金を有効活用するにあたり、できれば未来に向けて効果がある投資がしたかった。そこで考えたのは学生マンションだ。正直利益なんてほとんど出なくてもいい。全国の国立大学の近くに土地を買い、アパートを建てる。

大学生を主な顧客とし、地域にもよるが家賃は共益費込みで5～6万円程度で、各部屋25平米を確保し、20戸程度入居できるようにする。全ての国立大学の近くに建設することを目標にし、各都道府県に一つか二つあるとして、最低でも大体50～60軒。

建物の造りは大体ほとんど同じにし、建材の仕入れにかかるコストを削減する。

このアイデアで行こう。私にはコネも伝手《つて》もないので、なんとなく中村《なかむら》さんに相談したくなったので電話してみたら、

「そりゃあいい！　ぜひ僕も一枚噛《か》ませてもらおう！！！」

と、かなり乗り気で、中村翁《おきな》が所有する建設会社と不動産会社が間に入ってくれて、その物件を管理するための会社も２人で設立することとなった。

総工費は、全物件を建築し終えると最終的に60～70億円程度だが、間に中村翁が入ることにより20～30億円程度に収めることができた。そして、最初に建てる場所はここ、大阪となった。数年後にはたくさんの大学生が住んでくれるといいなぁと、思うのであった。

それと、中村さんからの勧めで資産管理会社を設立することとなった。

よくわからないが、税理士さんも同じようなことを言っていた気がする。その時は適当に聞き流していたが、中村さんからも資産管理会社の設立を勧められたので、メールで村上さんに、資産管理会社を作る方向で進めてほしい、と連絡しておいた。

年も暮れ、今年もそろそろ終わろうかという頃、私は実家に車で帰省していた。

実家は四国のなかなかの田舎《いなか》にあり、大阪から片道で大体４～５時間といったところだ。なんとなく早く帰りたかったので、タイカンで実家に向かうことにした。

ゆったり帰るならレクサスなんだけどね。

大阪ではたくさんのお土産《みやげ》を買って、普段ならひとみが座っているはずの助手席にそれを積み込んだ。高速道路の道中ではサービスエリアでB級グルメを堪能したりもした。

そして、やっとのことで実家に着いた時は驚いた。

思い出にある自宅よりもだいぶ大きく、だいぶ立派になっている。

もともと田舎なのでかなり広い家だったが、増築したのだろうか、広さはさらにその二倍ほどになっており、家の前には見覚えのない外車が4台停《と》まっている。

ピアノブラックのメルセデス・ベンツS500ロングAMGパッケージ、真っ赤なフェラーリGTC4Lusso、落ち着いたダークブルー、濃紺のアウディQ7、明らかに遊び車だとわかる真っ白なパール塗装までされているキャデラックエスカレード。

キャデラックについてはホイールのインチアップもされておりとにかくでかい。

アウディは普段使いかな?

フェラーリはもしかしてデート用……?　ベンツは仕事か。

そして、その4台に私のグリーンのタイカンが加わる。

まるでモーターショーだ。

フェラーリに関してはもう色々とあきらめた。

お金を稼いでいる私でさえも、なんとなくフェラーリを購入することは敬遠していた。しかし、実家の両親2人は違った。遠慮する気配がない。

「父さんも母さんも車好きだもんな。そりゃこうなるか。むしろ抑えてる方だろうな」

それもそのはず、２人が出会ったのはサーキット。趣味でサーキットを走り回るくらいの筋金入りの車好きだ。

そんな2人にはそれぞれに、役員報酬として、年俸で5億円程を渡している。

これからは趣味も大事にしてねという親を思う子心だ。

「おう、あきら！　よく帰ってきたな」

実家のドアを開け、ただいま！　と叫ぶと父、幸隆《ゆきたか》と母ひろみが出迎えてくれた。

まず両親にお土産を渡し、自分の部屋に荷物を置きに行く。

見覚えのない長い長い廊下を進むと俺の部屋があった。

「あ、変わってない」

全く変化の兆しすらもない、自分の部屋に安心した私は、荷ほどきをし、スーツケースからお土産のワインと日本酒を出して、リビングに持っていく。

「晩御飯何」

ぶっきらぼうにそんなことを言いつつ、お土産のお酒をリビングのテーブルに置く。

「今日はお鍋」

「ほーん。何鍋」

「ふぐよ」

「ふぐね」

晩御飯の時間になって、家族３人でふぐ鍋をつついていると、父が言う。

「なぁ、あきら、お前今何しとるんだ？」

今更かとも思うが、あえて詳しいことも聞かずやりたいようにやらせてくれているのはありがたいと思う。親としては気になるだろう。

「話せば長いけど、まぁ簡単に言うと投資家やってる」

「儲《もう》かっとるんか。まぁ儲かっとるんじゃろうけど」

「うん、まぁ」

「あんたねぇ。うんまぁ。じゃわからんじゃろうがね」

母は広島の出身なので時々こういう喋《しゃべ》りになる。

「うーん、まぁ、少なくとも今日本でトップクラスに稼いどるとは思う」

「ほーか。それならええんじゃ」

父は母の影響もあってか、広島の人ではないがエセ広島弁のような何かを喋る。

「お前ももう一人前に稼ぐようになったけん、うちのことを話しておこうと思う」

「なん？　うちのことって」

「うちはの、実は昔から続く地主の家なんや」

「おう。それは聞いたことがある」

「ほいでの、戦争やらいろんなことがあって、その土地の大多数をうしのーてしもーたんよ」

「どういうこと？」

「戦中やら戦後のゴタゴタで土地がほとんどなくなってしもうた。親戚もみんなバラバラじゃ？」

「まぁそうやね。北海道から鹿児島までいろんなところに親戚がおる」

うちの親戚は日本中に散らばっているが、なぜかほぼみんな盆と正月にはこの家に来る。

「まぁそれはええんじゃが。祖父《じい》さんも本家の長男じゃったけん、なんとか家を再興させたかったらしいんやけど、最終的には普通か、普通よりちょっと裕福止まりやった」

「いっつも祖父さん言いよったね」

「うん、わしもその頃の話やら聞いとったけん、なんとかして家を再興させたいっていう気持ちはあるんよ」

「ほんで？」

「ほんで、もしお前が良かったら、親戚らぁはみんなここに戻ってきたいらしいけん、もともと持っとった土地をできるだけ買い戻すなりなんなりして、みんなを再集結させたいんやけど、どう思う？」

私は考えた。

確かに今はやりたいことが多すぎる。

人手はいくらあってもいい。

親戚なら赤の他人よりは信頼できるか。

みんながこの周辺に住んでくれるならお互いに変なことはしないだろう。

むしろ変なことをするには大きくなりすぎた感はある。

そして何よりロレックスが賛成している。いや、賛成しているような気がする。

「ええと思うよ」

「わかった。ありがとう、あきら」

父はそう言うと、席を外した。

「あきら、ありがとうね」

母はなぜかとても感謝していた。

何か釈然としない気持ちでいると、父が戻ってきた。

「今日明日で親戚のほとんど全員集まってくるから」

「え、マジで？」

「マジもマジも大マジよ。御前会議を開くから」

「なん？　御前会議て」

「一族当主のお披露目《ひろめ》よ」

「だれ？　当主って」

「お前しかおらまーが」

「ほぁ――――。ワシですか」

「ほうじゃ、お前じゃ」

全く状況についていけないまま何とかして事態を呑《の》み込んだ。

「とりあえず何すればええの？」

「袴《はかま》着て座っとくだけでええ。お前の袴はもうある」

「わかった」

「そうと決まれば準備やな。母さん」

「はい、パパ」

どうでも良いが、母は父をパパと呼ぶ。

父が連絡すると、近くに住んでいる親戚はすぐに来た。チャイムが鳴らされ、父と母が出迎えに出る。来客一番乗りは近くで酒屋を営む重弘《しげひろ》おじさんだ。当主のお披露目ということで、店の中の在庫の酒のほとんど全てを持ってきたらしい。

霧島一族は酒をよく飲む。本当によく飲む。

特にこのおじさんは、止められなければ永遠に酒を飲む。

そんなおじさんが持ってきた冷やす必要のある酒はガレージの業務用冷蔵庫に、おじさんの店の若い衆が片っ端から入れている。

「こんなガレージあったっけ？」

「増築したんじゃ」

「家の様子も様変わりしとるけぇそれはわかるけど」

「元あった家の周りを取り囲むように増築したんよ」と答えるのは母。

「どういうこと？」

「元の家に箱を被《かぶ》せた感じって言ったらわかるかね」

「箱」

「昔のお城みたいに、元あった家をお城本体として、その周りにどんどん増築したっていう感じ」

「お城」

「まぁ家の中見て納得しんさい」

「はい」

重弘おじさんに始まり、来客が続々とやってきた。血は繋《つな》がっていないが、近所のおじさんおばさんもやってきた。

霧島家が復活すると聞いて、老人ホームに入っている近所のおじいちゃんおばあちゃんもやってきた。家に来た近所の、小さい頃お世話になったおじいちゃんやおばあちゃんはあきらの手を握り、ありがとうありがとうと言う。

昔うちの祖父さんに助けてもらったという話や、曽祖父《ひい》さんに助けてもらったという話をみんながする。なんか、そんなことしてたうちの祖父さんが、曽祖父さんが、この家が誇らしく思えた。

しかし、すぐに正気に戻る。

「いや、こんな話大きくなるとか知らんかったんやけど！！！」

「いや、ほんまそれな。わしもわからんかった」

正直父さんも、火をつけたくせに大事になりすぎてかなりビビっていた。あっという間に家はぎゅうぎゅうになり、庭を開放した。

あまりにも人が来るので、用意していたおせちの量が明らかに足りない。すると、近所で割烹《かっぽう》を営む、従兄弟《いとこ》の雄次《ゆうじ》兄さんから電話がかかってきて、今家にある食事は全て消費して大丈夫と言われた。

我が家には年末用おせちというものがある。

年末の来客をもてなすためのおせちだ。

いつもならほとんどお客さんなんて来ないので、三が日くらいまでは持つ。それがとんでもない勢いで消費され、まだ大晦日《おおみそか》までは日があるのに底をつこうとしていた。

この緊急事態に雄次兄さんがまた夜には新しいのを作って持ってくるということになった。

さらに元日には腕によりをかけて新しいおせちを持ってきてくれるらしい。

雄次兄さんが話したいというので、自分も電話を代わったが、よくやった！　とひたすらに褒められた。

そうこうしている間にも続々人がやってくる。

今年の正月はなんかヤバそうだと感じた。

まだ年が明ける前、12月31日の午前中には親戚のほとんどが集結していた。

北は札幌《さっぽろ》で絵描きをしている新造《しんぞう》おじさん。

南は鹿児島の大学病院で先生をしている岳大《たけひろ》おじさん。

東は東京で銀行で働いている明美《あけみ》おばさん。

西は金沢で大学の先生をしている芙美《ふみ》姉さん。芙美姉さんは「芙美姉さん」か「芙美姉」と呼ばないと怒る。そして、雄次兄さんのおせちも昼頃には完成して持ってきてくれた。パッと見ただけで100人前くらいある。

「あきら。ありがとうな。こんな晴れ舞台用意してくれてよ」と言っていたがそんなものを用意したつもりはない。

総勢7家族32名が集まった。その32名と近所の人やらなんやら知らない人やら知ってる人やらが集まって庭やら家の中やらで語らったりしている。

子供たちは庭で鬼ごっこをしている。

もはやカオスだ。

何が何やら全然わからない。しかし年末行事は進んでいく。

去年はやってなかったような行事がたくさん増えていた。

朝はどこからともなく、立派な杵《きね》と臼が出てきて、大餅つき大会などが始まった時は、もう意味がわからなかった。

ある程度行事をこなしたあと、やることもなくなったので、冬休みの宿題をしている高校生やら中学生の親戚の子供たちに勉強を教える。アルバイトで塾講師をしていた自分にとってはいい暇潰しになるし、子供たちからすると宿題が早く片付きそうで嬉《うれ》しい。

夜は親戚たちとしこたま飲む。

だいぶ酒が少なくなってきた。

そしたらまた明日には第二便が届くらしい。

いよいよ重弘おじさんは店の在庫を本格的に空にするつもりのようだ。

酒を飲み倒している時に、こんなに在庫を飲んで大丈夫なのか重弘おじさんに聞いてみると、どうやら酒屋をたたむらしい。

酒屋をたたんで、雄次兄さんと霧島家の料飲部を管轄するとのこと。

「霧島家の料飲部？」

「そう料飲部」

「なんそれ」

「飲食店やってる親戚が多いからまとめるの」

「なるほどねえ」

「もともとみんなそれぞれの地方でそれなりにうまいことやってた人たちだからねぇ。みんな今の店はたたむなり引き継ぐなりして、この近くに店開くんじゃない？」

「へぇー。うちってそんな家だったたんだなぁ」

「あと、顧問弁護士がつくよ」

「誰がやるん？」

「アメリカにおじさんがおるじゃろ？」

「うん、ジョージおじさん」

「譲治《じょうじ》な。譲治は弁護士や。日本の弁護士資格もアメリカの弁護士資格も持っとる」

「は⁉⁉　知らんかったんやけど！」

「幸隆とひろみはだいぶアドバイスもろーとるみたいよ」

「教えてくれたら良かったのに」

「その譲治がこっちでも事務所開くらしい」

「じゃあ法律関係は丸投げしとったらええんやね」

「そうなるね」

「税理士さんはおらんのん？」

「おるよ。明美が税理士も会計士も持っとらぁ」

「え、知らんやった。じゃあ今の付き合いがあるところから代えた方がええんかな？」

「明美に話したら多分なんとかするやろ」

ちなみに、村上氏の税理士事務所は明美おばさんが吸収した。

というか資産管理会社が吸収した。

私が資産管理会社を設立する方向で動いていると言うと、すでに父母が設立したとのことだったので、ついでにそちらに全て巻き取ってもらえた。

これ幸いとばかりに関係各所に丸投げしておいたので、あとは村上事務所の皆さんが頑張ってくれるだろう。

そして、一族のメインバンクは明美おばさんが以前勤めていたメガバンクになったが、年が明けてすぐ、わざわざこんな田舎《いなか》まで頭取たちが挨拶をしに来るらしい。

後に挨拶に来てくれた時にわかるが、明美おばさんに挨拶をする彼らは、その目がキラキラしていた。明美おばさんが何をしていたのか、どんな繋がりがあるのか、どんな力が働いたのかはわからないが、明美おばさんは彼らのことを子飼いの犬みたいなもんよ、と言っていた。

怖すぎてそれ以上聞けなかった。

「じゃあ個人資産やら全部任せてええんかな？」

「そりゃそうやろ。それが資産管理会社の仕事やき」

自分がめんどくさいことはしなくてよくなるので年内に全てのカタがついて大ハッピーだ。朝みんなで搗《つ》いた餅で、夜雑煮を作って、重弘おじさんと話しながら食べていると、父がやってきて明日の予定を話してくれた。

「明日は紋付袴を着てみんなで神社に初詣行くぞ」

「わかった」

「で、なんか話ししよったけど伝えとくことあるか？」

「資産管理会社設立したんやろ？」

「そうなるね」

「具体的なポストやらはもう好きにやっといてええき」

「わかった」

「俺の資産も管理下に入れて運用しといて」

「まぁそれがええやろな」

余談ではあるが、岳大おじさんがこっちに移住してから開業した病院は地方で一番大きい病院になり、最終的に日本で最大の病院ネットワークを形成することになる。

そして、岳大おじさんを始め、本家の近くに移住してきた親戚たちは、軒並み世界規模で事業の成功を収める。成功した親戚は資産をどんどん資産管理会社の管理下に入れ、会社の管理する資産は年々倍々ゲームで増えていき、ほんの数年ほどで数兆円規模の資産を管理することになるのはまた少し先の話。

そうこうしていると除夜の鐘の音が聞こえ始めた。

「今年はいろんなことがあったなぁ」

「わしもやわ」父がつぶやく。

「まぁ父さんと母さんはね。申し訳ないと思ってる」

父には勤めていた会社を辞めてもらい、最初は俺の個人会社の役員をやってもらっていた。そして、これから最初に設立した会社の金時計は資産管理会社に吸収されることになる。そこでは一事業会社となり、父も母も持ち上がりで資産管理会社の役員も兼務することになっている。

「でもな、毎日楽しいぞ。サラリーマンやってた頃よりよっぽど楽しい。給料は多いし、休みはきっちりあるし」

「楽にしてあげたくて会社の役員やってもらってるのに、それで大変になったら元も子もないからね」

「そりゃそうだ」

周りの親戚たちもみんな笑っていた。怒濤《どとう》の1年は笑い声とともに暮れていった。


おはようございます。

私は今、慣れない紋付袴を着て、地元で一番古く大きな神社にいます。

なかなかに苦痛です。

神主さんが祝詞《のりと》みたいなものを詠んだり、榊《さかき》みたいな葉のついた枝でバサバサやったりして、全く訳がわかりません。かれこれ2時間程度経過したでしょうか。やっと終わりそうです。

最後に、それぞれの家の当主がお神酒《みき》的なものを飲み、やっと解放された。

「おうあきら、お疲れさん」

「疲れたよ、父さん」

「一応これがフルコースだな。毎年正月はこれをやる」

「キッツ」

「葬式でもこれをやる」

「うーわ」

「結婚式はもっと長い」

「結婚願望消滅したわ」

神社を後にした一族はそれぞれ車に相乗りして霧島本家に帰る。

なんかもう規模が大きくなりすぎてついていけないよ……。

もちろん運転手は当主以外で、うちは母が運転した。

家に着くと、私が実家で暮らしていた時にはなかった、大広間にみんなが通された。各家の当主が勢揃《せいぞろ》いしている中、俺と父は上座の一段上がったところに正座する。

おもむろに父の口上が始まった。

「本日は……」

このあたりから記憶がない。

つまり寝ていた。

パチパチという拍手の音で目が覚める。

寝ていたことがバレないほどゆっくりと目を開けるが、どうやら終わったらしい。

父が、正座のままお辞儀をしたので、それに倣《なら》って軽めのお辞儀をする。

すると他の家の当主も深くお辞儀をする。

お披露目《ひろめ》が終わって、みんながおせちを食べにリビングへと向かう時、後ろから頭をはたかれた。

「寝るな」

父だった。

「いや、なんもせんでええって言ったやん」

「とはいえ寝たらいかんやろ」

「眠たくて眠たくて……」

「あとで今後の計画伝えるから」

「了解」

私の記憶に残っているよりもだいぶ大きなリビングで、雄次兄さんが作ったおせちを食べていると、重弘おじさんの酒屋から酒の第二便が届いた。

持ち込まれた酒の中には四斗樽《だる》もあり、これからこの人たちはどれだけ飲むんだろうと少し不安になった。その四斗樽は重弘おじさんと若い衆がテキパキと準備してくれ、10分ほどで鏡開きの用意が整った。

私と父、重弘おじさんなど、手隙の人で鏡を開くや否や酒飲みのおじさんたちが、我先にと群がり、掃除機のような勢いで日本酒を流し込んでいった。周りの親戚たちも苦笑いである。

おせちもだいぶ行き届き、大人たちがいい感じに酔っ払ったところで、大ビンゴ大会が始まった。

正月といえばビンゴなのは我が家では恒例。

むしろ、正月は大ビンゴ大会が一番の目玉である。

景品は酔っ払った大人がその場のノリで決める。

去年の一等の景品は松坂牛５kgだった。

近くに住む従姉妹《いとこ》の由美子《ゆみこ》姉さんが誰かからもらったらしい。

今年の景品は何になるのか、子供たちも目を輝かせて楽しみにしている。

「それでは景品の発表です！」

ビンゴカードが配られ終わったところで司会の母ひろみが発表する。

景品は出資者である酔っ払った大人が挙手で宣言し、それを司会が名前と商品名をあらかじめ貼ってある模造紙に書く。

「好きなゲームソフト5本！」

子供たちからどよめきが上がる。出資者は新造おじさんだ。

「PS5！」

さらに大きなどよめきが上がる。出資者は重弘おじさんだ。

「amazonギフト券5万円分！」

明美おばさんも負けない。

明美おばさんの宣言は男女問わず中高生からの絶大な支持を集めた。

「原付！」

雄次兄さんの出品には中高生男子が食いついた。

「JCBギフト券100万円分」

俺が宣言する。

一瞬の静寂ののち、弾《はじ》けるように歓声が沸き起こった。

このギフト券は、クレジットカード会社が用意してくれたものだ。年間で億単位の買い物をクレジットカードで済ませるので、ポイントの貯《た》まり方もえげつない。

そのポイントの一部をギフト券に換えて、今回ビンゴ大会のために持って帰ってきていたのだ。

私の宣言に、子供はもとより、最初は温かい目で見守っていた大人たちの目までもが血走り始めた。

一等はギフト券、二等は原付、三等はＰＳ５、四等はゲームソフト、五等はアマギフと決まり、ビンゴ大会はスタートした。

非常に白熱した、血を血で洗うような壮絶な戦いの末に、雄次兄さんのところの小学5年生の女の子が一等のギフト券を手にした。女の子からも、雄次兄さんからも奥さんの麗子《れいこ》さんからも大感謝を受けた。悲喜こもごも、大盛り上がりのビンゴ大会は幕を閉じ、騒ぎ疲れた子供たちもウトウトし始め、お母さん方お父さん方が急いで風呂に入れ寝床に放り込んだ。

そして一段落したところで夜。

夜は大人たちの時間である。

霧島家の夜はまだ始まったばかりだ。

今宵《こよい》の宴《うたげ》の参加者は増築された離れの麻雀《マージャン》ルームに集まった。

「それでは霧島家大麻雀大会を始めます」

ちなみに今回の参加者は12人で、参加費はなし。

その代わり、なんでも良いので昼のビンゴ大会に景品を出していることが条件だ。

優勝者は霧島本家のポケットマネーから50万円の賞金で、準優勝は10万円の賞金だ。

ここに優勝副賞が設定された。

「ＶＩＳＡギフト券１００万円分」

もちろん出資者は俺。

「じゃあ私も出資するわ」

母が余っていたギフトカードをまとめてがさっと準優勝の賞金が置かれたかごに載せた。

ちなみに、去年の優勝賞金は5万円だった。

こうなるともう手が付けられない。

みんなのお目々が血走ってきた。

手に汗握る大熱戦の末、俺が優勝するかと思われたが、惜しくも準優勝。

運よく決勝卓に残ることができ、決勝の卓で、バカヅキしている俺だったが、新造おじさんは言った。

「あきらよぉ。麻雀は運じゃねえんだ。テクニックなんだよ。ツモ。リーチ、一発、ツモ、ピンフ、タンヤオ、三色、イーペーコー、ドラドラ……裏ドラ。トリプルだな」

ドラが3つも乗って、ほぼ運で上がったような気もするが、優勝は手役派で鳴らす画家の新造おじさんだった。麻雀ルームに飾られたトロフィーには新造おじさんの名前が新たに刻まれた。

途中、同じ卓についた父からは今後の予定を聞かされた。

「今後は順次親戚には集まってもらって、この辺で開業できる人はするみたいだ。鹿児島の岳大はこっちで開業するってよ。札幌《さっぽろ》の新造も、アメリカの譲治も移住するつもりだって」

「そうなんやね」

「んで、資産管理会社の代表はお前で、各家の当主で役員は構成する。その資産管理会社を霧島家の最高議決機関として、議決権はそれぞれの当主に1票ずつ。お前には拒否権を持ってもらう。まぁ最終的にはお前のゴーサインがなけりゃビタ一文の資産も動かせないってことだな」

「なるほどね」

「ほんで、親戚の独立開業なんかには資産管理会社から融資をするっていう形にしようと思ってる」

「うん、異論はないよ」

「お前の株取引も、税金対策として会社としての運用って形にするから」

「うん」

「経費やらなんやらは後でこっちが書類作りやすいから、基本的にはカード使ってくれ。カード会社にはこっちから連絡するから後で確認がいくと思う。現金使ったら基本的には領収書な」

「了解」

「じゃあそういうことで」

「うい」

これで少しは、親にも先祖にも孝行できているだろうか？　と考えるあきらであった。

「父さんロン。国士。48000点」

「あきら……。もっと手加減できんのか」

……孝行できているのだろうか？

＊

年も明けて、1月3日。

挨拶回りなどがボチボチ始まる頃。

霧島家は挨拶回りをしない。

霧島家は挨拶されるべき家だからだ。

挨拶回りを受け付け始めて、一番乗りは市長の皆生広也《かいけひろや》なる人物だった。朝8時頃来た。

なんでもその時間を過ぎると、公務が立て込み始めるので、何よりも先に挨拶しておきたかったとのこと。

広也は父と昔からの知り合いらしく、市長になる前から新年は毎年挨拶に来ていたのをよく覚えている。

広也も広也で、小さい頃から知っているあきらが帰ってきており、久々に会えるということで挨拶するのを楽しみにしていたらしい。

「あきら！　大きくなったなぁ」

「広也さん、それ多分毎年言ってるよ」

私とのやりとりを嬉《うれ》しそうに堪能すると、広也は名残惜しそうに帰っていった。

服を着替えて外出の準備をする。

今日は気分を変えてクラッチバッグではなく、この前阪急で買ったセリーヌのトレッキング　ベルトバッグ？　に財布やキーケースなどを詰め込む。

「母さーん！！！　ちょっと出かけてくるー！！！」

家を見渡しても姿が見えなかったので叫んでおく。すると、小さな声で、ご飯までには帰ってきなさいよー。と聞こえてきた。

我が家でのご飯までにはというのは19時までの時間を指す。それより遅くなる時には連絡しなければならない。

左腕のロレックスを見るとまだ12時少し前。

おせちにも飽きたのでランチも兼ねてドライブへ。

父のフェラーリも気になるが、ここで勝手に乗ってしまうと負けた気になるので、あえて自分のタイカンでドライブする。

実家は田舎《いなか》なので、何もない。

コンビニはある。

ボウリング場はない。

カラオケはある。

若者が服を買うようなお店はない。

なので、少し足を延ばして少し都会の街へ行く。

高速道路を降りて下道を走っていると、やはり目立つらしい。よく見られた。

普通の駐車場に停《と》めていたずらされると困るので、近くのホテルの地下駐車場に停めることにする。車だけ停めさせてもらって、外に出る。

とりあえず服でも見に行くかなーと思い、ショッピング街へと向かう。

いろんな店に入ったが特にピンとくる服はなかった。

しかし、なんとなく入ったブルガリで指輪に一目惚《ひとめぼ》れ。すぐに買った。

セーブザチルドレンと、B.ZERO1の2つで、合計140万弱だった。

嬉々《きき》として買ったばかりのB.ZERO1を指に嵌《は》め、店を後にする。

ブルガリの小さなショッパーを持ち、車を停めたホテルに向かって歩いていると、たまたまショーウィンドウの靴が目に入った。

無性にその靴が欲しくなり、店に入るとＮＩＫＥだった。

ショーウィンドウに飾られていた、ＮＩＫＥのエアマックスプラスの紫を試着させてもらった。

「あれ？　もしかして霧島くん？」

「ん？」

「ほらほら！　私だよ！」

詐欺かタカリの類いかと思ったら小中学生の頃同じクラスでよく宿題を見せてもらっていたマミちゃんだった。

「あ、まみまみじゃん」

「大人になってもまみまみって言うのね……」

私はマミちゃんのことをまみまみと呼ぶ（もみあげと同じイントネーション）。

「まみまみこんなところでどうしたの？」

「私ここでアルバイトなのよ」

「へぇー、そうなのかあ。靴売れてる？」

「うん、ぼちぼちね！」

「あ、サイズ丁度やね。これ購入で。やっぱ景気ってええんやなぁ」

「霧島くんの買い方見ても景気がいいって実感するよ」

「あと、あれもサイズある？」

そう言って私が指差したのは、ＮＩＫＥエアヴェイパー マックス プレミアフライニット。

「同じサイズあるよ」

「じゃあそれも」

「ありがとうございまーす」

最近の私としては珍しく現金で買い物を済ませた。

クレジットカードを見られて変な空気になるのが嫌だったからだ。

「あきらくんて今何してるの？」

レジから戻ってきて商品を渡す時にマミちゃんから尋ねられる。

「大学生」

「最近の大学生て金持ちやなぁ」

「まぁバイト戦士やからなぁ。掛け持ちしたら下手《へた》な社員よりもだいぶもらってる」

「保険とかも引かれないしね」

「まぁ控除とか扶養とかは色々考えんといかんけどな」

「そうやね。今は帰省中なん？」

「そうそう。もう明後日《あさって》くらいには帰るけど」

「じゃあご飯でも行かん？」

「ええよ！」

ということで明日の予定が決まった。相変わらずノリの良いマミちゃんに心の安らぎを感じ、靴を2箱とブルガリのショッパーを抱えてホテルに戻る。ホテルのドアマンに車を出してくるので荷物を預かってほしいと伝えると快く預かってくれた。

歩き疲れたので、ホテルのラウンジでお茶だけ飲んで一息つく。

せっかくなので、家族へのお土産《みやげ》にホテルの焼き菓子詰め合わせ15個入りを10箱買った。それも預かってもらい、自分は身一つと斜めがけしていたセリーヌ一つで車を取りに行く。ホテルのエントランスでドアマンに荷物を持ってきてもらい、車に詰め込むと車を出した。

車をしばらく走らせて家に着くと荷物が多すぎて、家まで運ぶのがめんどくさくなったので、親戚の小さい子たちをお菓子で釣って呼んで、焼き菓子などを家まで運んでもらった。

「ありがとな！　ほら、ご褒美をあげよう」

「「わーい！」」

俺はその場で箱の包装を一つ剥《む》いて、手伝ってくれた子供たちにお菓子をあげた。

「あんたなんねこれ」

「お土産。あのホテルのやつよ」

「あー、あんたあそこまで行ったんかね」

ちなみにあのホテルの焼き菓子詰め合わせは母の大好物である。

大好物を9箱も目の前に積まれて興奮しているため広島弁が出ている。

「まぁ食後にみんなで食べようや」

「そーじゃね！！！」

母が嬉しそうでよかった。

「おぉ、意外とうまい」

「でしょ？　ここお気に入りの店なの」

今、私は2人でお昼ご飯を食べています。お相手はマミちゃん。

マミちゃんは小中学時代の同級生でクラスメイト。

高校からは別々だったが、それなりに仲良かった友達の1人だ。

この帰省中、地元の友達と誰一人会話していないということもあり、ありがたくお誘いを受けた。

ランチの場所はマミちゃんのお気に入りのイタリアンレストラン。

ディナー営業はいつも満席だが、ランチは意外と穴場であまり人がいない。

あと正月でまだ街に出る人が少ないので、普段よりはさらに空いてるらしい。

「にしてもまさか霧島くんがあんな車で迎えに来るとはねぇ」

「まぁ色々あって乗ってるんだよ」

タイカンはエンジンの音がとても静かだ。なので徐行しているとほとんど音が聞こえない。少し驚かせてやろうと思い、マミちゃんが自宅の前で立って待っていたので、徐行で近づき、声をかけたら腰を抜かすくらい驚いていた。

「霧島くんってお金持ちなんだね」

「それはどうかわからんね」

嘘《うそ》である。大金持ちである。尋常ならざる大金持ちである。

「嘘だよ、身につけてるものとか見ればすぐわかる」

バレバレである。

「まぁ今はバブルだから」

「そういうことにしとく」

こういうしつこく詮索してこないところがありがたい。

マミちゃんとは昔話をたくさんした。

あいつはどこにいるとか、そいつは何をしているとか。

あいつは結婚したとか、そいつは子供が生まれたとか。

ハタチそこそこで子持ちかぁ。

なんて思いながらマミちゃんの話を聞いていると質問された。

「霧島くんて彼女いないの？」

「いるよ」

「そっかぁ～」

なんかちょっと残念そうに見えた。

そういう顔をされるとこちらも心苦しいものがある。

マミちゃんとは小学校からの仲。

もちろん意識したことがないかと聞かれれば、ないとは言えない。

いつも一緒にいたからこそ言えなかったこともあるのだ。

そんな相手だからこそ、仲の良い友達でありたい。

「彼女がいるからってそう邪険にするなよ」

「当たり前でしょ。何年の付き合いだと思ってんのよ」

「そりゃそうか」

中学生の頃なんかはお互いに恋人がいる時もあった。それくらいの頃から、あっくん呼びから霧島くんに変わった。その時はなぜか心がキュッとなった。

「でも、霧島くんに彼女さんいなかったらなぁ」

「いなかったらなんなのよ」

「別に」

マミちゃんはそうやっていつもこちらの反応を見てからかってくることがある。

だから期待しちゃうんだよな。今日は仕返ししてみよう。

「昔話ついでに、一つ教えてあげようか」

マミちゃんは興味をひかれたようでこっちに顔を向ける。

「小学校の頃からずっと好きだったんだけど気づいてた？」

「え⁉　いや、え？！？　あの、えっ？？？　いや、あの……？　えっ⁇　えっ？？？？」

面白いほど狼狽《ろうばい》している。

「弱すぎるだろ」

「だって……」

「でもね、それはほんと。今は友達だけどね」

「うん……」

「いい思い出よ。今も。だから大事な友達」

「ありがとう」

ここで、マミちゃんがどう思っていたのかを聞いてしまうともう後戻りできなくなる。この仲を続けたいなら聞いてはいけない。そろそろランチも終わりの時間だ。マミちゃんを送って帰ろう。

「霧島くんの彼女さんってどんな人なの？」

「食いしん坊で、美人で、おしゃれ」

「へぇ、私じゃん」

「笑止」

「うざ」

「だって事実だからさぁ。惚気《のろけ》てるわけじゃないよ」

「腹が立って腹が立って仕方ない」

そんなことを言うマミちゃんの表情に少しだけ影が差す。不機嫌なふりをして、テーブルの上のパスタをフォークで巻き取るでもなくいじいじしている。

「ランチ代奢《おご》ってあげたんだから収めてよ」

「くっ……これが大資本の力か……！」

「どうも、大資本家です」

「腹立つ‼　ドアミラーもいでやろうか！」

「もがれたら買うだけよ」

マミちゃんの怒り方は昔から少し変わっている。

「金持ちめ！」

「違う、大金持ちだ」

「もういい……」

このやりとりに懐かしさを感じながら、マミちゃんを家まで送ってあげた。

「ありがとね、霧島くん」

「こちらこそ。久々に会えて嬉《うれ》しかったよ」

「また帰ってきてね」

「もちろん」

だんだんと解散の時間が近づいている寂しさからか、マミちゃんが多弁だ。

「ちゃんと連絡してね」

「また昔みたいに集まって楽しいことやろうよ」

「期待しないで待ってる」

「日程決まったらまた連絡するね！」

マミちゃんを送った後、家に帰ると、ニヤニヤしながら母がやってきた。

「お楽しみでしたね！」

「うるせぇ！」

「まぁまぁ、聞かせなさいよ」

母はお茶の準備を始めた。

母にはお茶しながら洗いざらい全て話した。

「なるほどねぇ。てかあんた彼女いたのね」

「まぁそんな感じよ」

「まぁあんた金持ちだから何人嫁さん囲おうといいと思うけどね」

母は笑いながら自分の部屋の方に消えていった。

「さぁ、帰りますかね」

翌日、荷物ぎっしりのリモワを後部座席に詰め込み、入りきらなかった靴はタイカンの申し訳程度に拵《こしら》えられたトランクに入れ、さらに持ちきれないほどのお土産は助手席に山のように積んで、ようやく車に乗り込んだ。

心なしか車のレスポンスが悪くなっている気がする。

途中の電気自動車を充電できるスタンドで、電気も満タンにして、一路大阪へ。

電気自動車はこまめに満タンにしとかないと、再充電にとんでもない時間がかかったりする。

なかなかの長旅だが、以前レクサスで大阪―東京を走破したことを考えるとそれほどしんどくはない。

領収書

霧島　様　　　お品代、お食事代として

金額	ブルガリ　リング 2コ×単700,000	¥1,400,000
	NIKE　エアマックスプラス	¥30,000
	エアヴェイパーマックス	¥20,000
	食事代	¥20,000
	決済	**¥1,470,000**

大学の冬休みも明け、期末試験が近くなり、学内にはピリピリとしたムードが漂い始めていた。

試験が近くなると、普段見かけない人が授業を受けに来る。

受講室が学生でいっぱいになるのはもはやテスト前の風物詩だ。

「ほんと、試験前に必死こいて、ようやくやり始めるやつってなんなのよ」

「そうだな〜。今必死になるくらいなら普段から少しずつやっとけばいいのになぁ」

「なん？　皮肉でもかましてくれよるとや？」

私とひとみがわざわざそんなことを言うのは、ひとみが座る席から自分を挟んだ席で必死こいて過去問収集や成績表、提出物など内職をこなしている清水《しみず》に対するからかいだ。

もともとはひとみと清水の間に接点はまるでないが、テストが近くなり、清水が霧島を頼り始めたので、自然と接点が増え、今では会話するくらいには知り合いになった。

「お前相変わらず博多弁《はかたべん》抜けんよな」

「いや、変わりよるとよ。この前も地元帰った時お前の博多弁なんか変やなって言われたけん」

「その違いはネイティブにしかわからないわよね、きっと」

「そうだな」

そういえば、清水も帰省から車で帰ってきた。

なんでも免許を取ったばかりの頃におじいちゃんを拝み倒して買ってもらった車がやっと納車されたらしい。

マットブラックのメルセデス・ベンツＡＭＧ Ｃ63Ｓ クーペブラックシリーズ。

ＡＭＧがチューンナップを施した、５００馬力超えの走り屋仕様のモンスターマシンだ。

小さい車体に大排気量のエンジンを載せた、まさにチューニングの王道を征《い》くマシン。しかもマフラーもアルミホイールも純正のものからAMG専用品に交換されており、車高も純正より低い。

厳《いか》つさしかない。

その話を聞いた時、おじいちゃんが孫に買う車じゃねぇ……と思った。

最近は清水が、そのとても目立つ車を大学構内に停《と》めているので、俺も気兼ねなく真っ白なレクサスを大学構内に停めるようになった。

清水は私が車を停めていれば隣に停めるし、私も清水の車の隣によく停めている。

仲良しかよ。

なお、2台並んでいることで余計に目立つが、1人で目立つよりも2人で目立つ方がまだマシである。

ひとみは、帰省から真っ赤なR8で帰って来はしたが、基本私の車に乗って一緒に大学に来るので構内には停めていない。契約したままになっていたホテル日航大阪の駐車場に停めてある。

私とひとみにとってはいつも通り、清水にとっては全くそんなことはない授業時間が終わった。

「2人はテスト大丈夫と?」

「俺は一応ちゃんと授業出てたし、出すものもきっちり出してるし、過去問も先輩からもらってるし(A以上は)カタいと思う」

「私もちゃんと話聞いてたから、多分(SかAは)取れると思う」

Sはいわゆる秀にあたり、90点以上。Aは優で80点以上90点未満。ちゃんと真面目にやらないと取るのは難しい。

「なんか、副音声聞こえた気がするっちゃけど」

「気のせいだよ」

「気のせいね」

「あ、そういえば、近々に幼馴染《おさななじみ》が大阪来るんだけどよかったらみんなでご飯でも行かない？」

「お、いいね」

「賛成！」

２人の承認も取れたので、マミちゃんと日程を詰めておく。

そんな毎日を過ごしていると、あっという間に試験週間の終わりが見えてきた。過去問通りの普通の問題が出て、私とひとみは難なくスルー。清水はさすがに付け焼き刃では難しかったようで、何科目かは落としたかもしれないとのこと。

「よっし、試験終了。あとは2月の残りと3月丸々休みか」

「そうね、引っ越しもあるしそろそろ荷造りしなきゃ」

「え、引っ越すと？」

「うん、家買った」

清水には家を買ったことを言ってなかったか。すっかり失念していた。

「まぁ清水にはいつか話そうと思ってたから今日話すか」

「そうね」

ひとみがこちらを見ながらうなずいている。

「清水暇だったら今から飯行く？」

「おぉ、暇。行こうか」

大学の駐車場から車を出して、2台が向かったのはウェスティンホテル大阪。

地下駐車場に車を停めると少し遅れて清水が来た。

「あら、こんなかしこまった場所で？」

「まぁ個室あるからな」

「なるほど」

3人は3階の日本料理はなのの個室に案内される。

個室で和食のフルコースを食べ、テストの感想や最近の話などをし、料理も終盤になり、いよいよ核心に至ろうとしていた。

「で、どしたと？」

「まぁ、色々あって、会社を経営してるのよ。何社か」

「ほー。なるほどなぁ」

「んで総資産がそろそろ兆の位が見える」

ガシャーン。

清水は手に持っていた烏龍《ウーロン》茶の入ったグラスを落とした。

その音を聞いてすぐに店員が個室に入ってきて掃除して去っていった。

「え、マジ？」

「マジもマジも大マジよ」

「いや、ひとみちゃんはそういう冗談言うタイプやないけども」

「いや、俺自身も本当によくわからなくて。まぁ証拠になるかわからんけど」

私は財布の中のブラックカードを何枚か見せた。

「いや、ダイナースのプレミアムも、アメックスのセンチュリオンも、JCBのザ・クラスも、VISAのインフィニットもあるやん……」

「いや、物知りやん」

「俺もダイナースの家族カード持ってるんよ」

清水も懐からカードケースを出すと、カードを抜いてヒラヒラとしてみせた。

「さすが九州の王族」

「育ちは悪いっちゃけどね。まぁでもそれなら資産の額にも納得やわ」

「案外サラッとしとるな」

「まぁ霧島個人でそれを築いたっていうのはすごいけど、うちの周りにもすごいのおりすぎて麻痺《まひ》したんかもしらん……」

「あー、確かに」

「清水くんちもすごいの？」

ひとみが首をかしげながら、俺と清水に目線を行ったり来たりさせて聞いてくる。

「ああ、ひとみには言ってなかったね。清水、言ってもいい？」

「まぁ自分から言うと自慢みたいで嫌やしな。頼むわ」

「なんか俺すごい自慢したみたいになってない？　大丈夫？」

「ええけん言え！」

清水は笑いながら急《せ》かした。

「まぁ、清水の家は九州全体を牛耳る日本有数の金持ち一家なのよ。親族には政治家やら官僚やら大企業のトップがウヨウヨ。一族のグループ企業は学校法人、大手ゼネコン、日本最大のセメント会社、石油精製会社などなどで、グループ全体の総資産いくらくらい？」

「20兆」

「だそうです」

「ふぁー、すごい」

目がまん丸になるほど驚いているひとみ。かわいい。

「そういうひとみも家すごいでしょ？」

「え、そうと？」

「まぁね。うちは古いだけの土地持ちの家だから。不動産と建設だし」

「どれくらい持ってるんだっけ？」

「日本の山の半分くらいかな……？」

なお、日本は国土の7割を山野が占めている。その7割の山野の半分といえば、日本の国土面積の3分の1超を個人の家が所有しているということである。

「あと、水も持ってるよね」

「あ、そうそう、水源地をたくさん持ってる！」

「日本の要やん、もう」

「水源地は大事だからね！」

水源地を持っているというのはもはや一周回って、概念として新しい。

「なんかひとみちゃんもう昔の大名みたいやね……」

「大昔は結城《ゆうき》の山を通らずに江戸に抜けることはできんって言われてたらしいよ」

「ガチの良家のお嬢様やね……」

期せずしてこの小さな個室に、日本トップクラスの資産家が集まってしまっていた。

「あ、新しい家引っ越すってことはひとみちゃんも一緒に住むと？」

「そうやね」

そう、話し合いの結果、ひとみも一緒に住むことでカタがついた。

それに伴って近日中に《誤り》がないように、ひとみの親父《おやじ》さんに報告しに行くことになっている。

親父さんも多忙なので、日程は調整中だ。

「引っ越したら教えてや。祝い持っていくわ」

「あ、九州の王族からの祝いって期待値上がるねぇ」

「何くれるんだろうね⁉︎⁉︎」

「まぁ、お楽しみに」

「「おぉ？！！」」

「じゃあ、我ら3人のこれからますますの活躍を祈って！」

なぜか清水が乾杯の音頭をとる。

「「カンパーイ！」」

「なんで清水が？」

「そうよ、そこはうちのあきらくんでしょ？」

「モンスターペアレントかよ」

清水の声が個室に響き渡った。

五章

私は霧島《きりしま》あきら。

今人生最大に緊張している。

今人生で経験したことのないほどのプレッシャーにさらされている。

なぜなら覇王色のオーラを纏《まと》ったダンディなおじさまが私の前に座しているからだ。

それではなぜこのような状況になったのか、振り返ってみよう。


「あきらくん、今度の日曜日空いてる?」

「うん、大丈夫。なんで?」

「お父さんが会いたいって」

「あ……。そう……。あ、その日具合悪くなる予定ある」

「気にしすぎだって!」

「だって殺されるんでしょ?　知ってるよ、こういう時って殺されるって」

「でももうお父さんに大丈夫って言っちゃった。あ、あと私いないから。なんでも男同士の仲を深めるとかなんとか」

「え?」

「もうあきらくんとは話がついてるって言ってるけど違うのかな？」

おとうさん、それはあんまりにも無茶《むちゃ》ですよ。

「今電話してたの。え？　うん、ちょっと代わるね」

ひとみから差し出された電話を受け取ることしかできない俺。

「え⁇　え？？？」

「霧島ぁ。随分と俺のことを買ってくれてるみてえじゃねぇか。えぇ？　おい。なんだっけ、人殺し？　だっけ？　楽しみにしててやるよ、霧島ぁ。いいか？　待ってるからな？」

プチッ。ツーツーツー。

「あきらくんどうしたの？　顔真っ青だよ？　具合悪い？」

「い、いや、ダイジョウブ」

「変なの」

その日から俺は眠れなかったってわけだ。

そしてやってきた当日。

反対車線に突っ込めば楽になるかななんて思いながら、車を運転してやってきた芦屋《あしや》の六麓荘《ろくろくそう》。

少しでも堅実で良い印象が与えられるように車はレクサスだ。

ひとみから教えてもらった住所は六麓荘の中でもさらに奥まった位置に家があると書いてある。

ずっと進んでいくと、検問所らしきものがある。

宅配の車でさえ、車体の下など厳重な検査を受けている。

運転手は車から降ろされ、身分証明書の確認をさせられている。

「紛争地帯かよ……」

そしてあきらの車が近づくと、警備員らしき人がやってきて運転手側の窓をノックする。

「霧島様でお間違いございませんか？」

「はい……そうですけど……」

「結城《ゆうき》様からお言付けをいただいておりますので、このままご案内いたします。先導車に続いてお進みください」

「え、あの？　え？」

検問所の有刺鉄線を伴った大きな柵が、警報を鳴らしながら開く。

どこからともなくカーキ色のランドクルーザーが現れ、先導する。

「いよいよヤバイ。これ個人宅だよね？」

10分か15分ほど進んだだろうか、これまでの道のりで立派な家々が続く先に、他の家を圧倒するような様相のもはや城とも呼べる大邸宅が現れた。

先導車が止まる。

「我々がご案内できるのはここまでです。そのままお進みになられますと、結城様の御自宅の門に入りますので、そこからは結城家の方のご案内に従ってください」

「わ、わかりました」

またそのまま車を進めると、歴史書に出てくるような立派な門の前に出た。

そこにはすでに従者らしき方々が待っていた。

そう、従者らしき方ではなく、方々なのだ。

「「「霧島様、ようこそ結城家へ！！！」」」

「霧島様、私は侍従長を務めております。名は一《イチ》と申します。大旦那様のもとへご案内いたします」

「は、はい」

私は驚く間もなく、車を降ろされ、待機していたロールス・ロイスに乗せられ、そこからまた10分ほど揺られる。

「ち、沈黙が痛い」

「到着いたしました霧島様」

「こちらへどうぞ」

近くで見るとまさしく城そのものの建物の中に案内される。

来客用の玄関で靴を脱ぐと、気配すら読めなかった使用人が現れ、一瞬で靴を保管した。

あきらが唖然《あぜん》としていると、

「「「霧島様、ご登城！！！」」」

玄関らしきスペースに待機していた使用人らしき人々から声が上がる。

ビクッとしてしまった。

赤い毛氈《もうせん》が敷かれた廊下を進む一とあきら。

そこでも沈黙。静かすぎて耳がキーンとする。

「こちらの中で大旦那様がお待ちでございます」

「はい……」

「大旦那様！　霧島様をお連れいたしました」

かすかに入れという声が聞こえた気がする。

一が襖《ふすま》を開けてくれた。

中に入ると、かなり遠くに座っている人が見える。目算で２００メートルほどは離れているだろうか。

後ろで襖が閉まる音がする。一はついてきてくれないようだ。

余計に心細い……。

「近くまで来い」

「はい！！！」

駆け足で近くに寄る。

２００メートルが遠い……。

近くに寄ってわかったが、近づくにつれ存在感が増す。

オーラが可視化されているようにさえ感じる。

床から一段高くなっている座敷に、ひとみの父らしき人が座っている。

「座れ」

「はい！！！」

もうガチガチである。父らしき人の目の前に座って10分ほどが過ぎた。

ずっとこっちを睨《にら》みつけるように眺めている。

そこで冒頭に戻るのだ。

＊

「テメェが霧島か」

向こうからやっと口を開いてくれた。

「はい、ひとみさんとお付きあああをさせていただいております、霧島あきらと申します」

緊張しすぎて噛みまくった。

しかも変なところで噛んだ。

お付きあああって何だ。

死にたい。帰りたい。冷や汗吹き出してきた。

「なんだっけ、殺されるんだっけ？　ええ？　おい」

もう殺してくれ。いっそひとと思いに。

「いえ、それは、なんといいますか言葉の綾《あや》というか」

「散々な言われようだったよなぁ。ええ？」

「大変失礼いたしました」

「彼女の親捕まえて人殺しだなんだってよぉ。どう落とし前つけてくれんだ」

「い、如何様《いかよう》にもさせていただきます」

「じゃあひとみと別れろ」

「かしこま……、え？」

「そんな軟弱な野郎にひとみは任せられん。今すぐ別れろ。今すぐ別れるならなんでも欲しいものくれてやる」

「今、なんと？」

「別れろ」

そんなことを言われて黙っていられるあきらではない。

ここでようやく腹を括《くく》った。

そんな生半可な気持ちで付き合っているわけではないのだ。

時計を頂いてからの激動の毎日に何一つ文句言わずに付き合ってくれ、今はマカオでのカジノ経営にも付き合ってくれている。

そんな女性は世界中探しても他にはいないと考えている。

「私といたしましては、可能な限り条件は全て呑《の》むつもりで参りましたが、その条件だけは呑むことはできません!!　これ以上お断りしたいことをおっしゃるのでしたら帰らせていただきます！！！」

「何ィこのクソガキ」

そばに置いてあった日本刀に手が伸びた。

「どうぞその日本刀で私を真っ二つになさいませ。あなたほどの権力者でいらっしゃるなら私１人がハナから生まれていなかったことにすることなど簡単でございましょう。どうぞ首をお刎《は》ねくださいい！！！」

「付け上がりやがってこのクソガキぃ！！！」

「どうなさいました大旦那様。さぁ‼　早く‼」

突然すっと横の襖が開いた。

「パパ？」

襖から若い女性が現れた。

その瞬間、今にも振り下ろされようとしていた日本刀がピタッと止まった。

「ママ⁉⁉⁉⁉」

目の前の覇王色を纏った魔王からは想像もつかない声が出た。

「パパ？」

状況を把握して、段々と雰囲気が冷え込むママ。

「いや、違うんだよママ。ちょっとした余興だよ」

「その手に持っている抜き身の日本刀は何かしら？」

「いや、違うんだ、これは。その、違うんだよ。いや、ね？　模造刀だから」

そう言ってパパは手に持った抜き身の模造刀を放り投げた。すると模造刀は、ドスッという音とともに、刀身の半ばあたりまで畳に突き刺さった。

違う。絶対にこれは模造刀じゃない。

私は内心で確信した。しかしここが私の勝負所。

「大旦那様。早くその模造刀で私を真っ二つにすれば良いではないですか。それとも天下の結城の大旦那様は吐いた唾を飲み込むつもりでございますか？」

私はひとみと別れろと言った名も知らぬひとみの父をまだ許してはいなかった。

「バカっ！　てめぇっ！！！　このバカ！！！」

するとひとみの父の顔色が変わった。

明らかに青ざめていたし、冷や汗の量も尋常ではなかった。

着ていた羽織は汗で滲《にじ》み、本人がかいた汗で畳の上に小さな水たまりができ始めた。

「……パパ？」

一気にママのオーラが膨れ上がった。

さっきまでのパパのオーラが児戯に等しく見えるほどのオーラと存在感と殺気だ。

そばにいる私でさえこの殺気に気を失いそうなのに、それを直接ぶつけられているパパの気持ちはいかほどか。

それに気を失わず、あまつさえ逃げずに向き合うその心意気には感服させられる。

さすがは天下の結城の大旦那なだけある。

「いいのね？　パパ」

「いや、それだけは……!!　それだけはどうか……!!」

大旦那がママに許しを乞い始めた。

「今から私は霧島くんとサシでお話をします。あとはわかりますね？」

「はい……かしこまりました」

「一。パパを」

「はっ！」

一が天井から降りてきて、パパの首筋に手刀を打ち気絶させ、どこかに運んでいった。

「ごめんね、霧島くん。ずっと待ってたんだけど、なかなか来ないから探しに来てみたらパパがこんなことになって……。パパも悪い人じゃないんだけどね」

「……いえ」

状況が全く読めていなかったがかろうじて返事だけはできた。

「じゃあご飯にしましょう」

気づくとすでにその場にお膳が用意されており、昼食と相成った。

「ではまず自己紹介を。ひとみの母のあやめと申します。先ほどのバカはひとみの父の二代目日与右衛門《ひょうえもん》。本名は幸長《ゆきなが》よ。幸長さんって気軽に呼んでいいからね」

「あやめさんと幸長さんですか……。はい。私はひとみさんとお付き合いさせていただいております、霧島あきらと申します。よろしくお願い申し上げます」

「ちなみにパパのこと幸長って呼べる人は世界に5人しかいないから」

「5人！？！？！？」

「お義父《とう》さんと、お義母《かあ》さんと、私と、ひとみ」

「あと1人は……？」

「あなたよ」

「や、やったぁ……」

全然嬉《うれ》しくないけど。

「さっきの啖呵《たんか》は良かったわよ。とても痺《しび》れたわ」

「いや、腹を括ってしまったのでもう……」

「これなら安心してひとみを任せられるわね」

「え？　それって…」

「うちのひとみはあなたにお任せします。どうか、ひとみをよろしくお願い申し上げます」

あやめは御膳の横に膝をついて頭を下げた。

「や、やめてくださいあやめさん！　畏れ多いことです！！」

あきらは必死にあやめの頭を上げさせようとするが、さすが体幹の鍛え方が違う。ビクともしない。

「いいえ、私たち夫婦はそれほどの責任と信頼を持ってあなたにお預けいたします。煮るなり焼くなり、どうぞお好きにしてくださいませ」

「あやめさん……」

私も、御膳の横に膝をついて頭を下げた。

「この霧島あきら、責任を全《まっと》うし信頼に応えるべく、精進して参ります。そのお申し出、お受けいたします」

その返事に満足したのか、あやめは体を起こした。

「期待していますよ、あきらくん」

あやめはにっこりと笑ってあきらのことを初めて名前で呼んだ。

「あきらぁ！！！　風呂行くぞ！！！！」

突然横の襖がバン！　と開き、鼓膜が破れそうな声量で風呂に誘われる。

「はい！！！」

「一は手加減をしたようね……。２日は覚めない力加減でお願いしたのだけど」

物騒な声が聞こえたがスルー。世の中には知らない方が良いこともあるのだ。

私は幸長について歩く。

その間はもちろん無言。

突然角を曲がると大きな脱衣所に出た。

温泉宿と同じ、脱衣籠に服を入れるスタイルだ。

そこで幸長はおもむろに羽織袴《はかま》を脱ぐ。

さっき汗をかいてから着替えてないのか、汗を多量に含んだ肌着はもちろんのこと羽織袴さえ含んだ汗でまだら模様になってしまっていた。

それが床に落ち、べちゃっと音を立てる。

私もジャケット、シャツ、ネクタイなどを外し、脱衣籠に入れる。

幸長は手に何も持たずに風呂場に入るので、あきらもそれに倣ってついていく。

風呂場に入ると露天風呂だった。

芦屋《あしや》の高台というかほぼ山の上にあるため、瀬戸内海が一望できる。

その景色が一望できるところに掛け湯をしてから、先に入った幸長の隣まで移動しその景色に目を向けた。

また無言。

「あきら。娘をよろしく頼む」

「はい。幸長さん」

「ママ怖かったなぁ」

「はい。幸長さん」

あきらは同じ返答しかできていないが、そこに込められた気持ちは両方とも感じ取ってくれたらしい。それからも無言が続くが、最初ほどの息苦しい無言の空間はなかった。

結局そのまま一泊することになった。

風呂から上がると、自宅のバーに幸長さんから招待され2人で飲み明かした。

幸長さんは飲むと饒舌《じょうぜつ》になる。

そこでは幸長さんはひとみの命があやめさんに宿った時の話から始め、生まれる前の話、陣痛の時の話、どんな出産だったかの話、幼稚園の時の話、小学校の話前編中編後編、中学校の話前編後編、高校の話前編後編を話した。

途中スライドショーや動画をも挟み、1人分の人生を追体験したような気になった。

お陰でひとみのことにだいぶ詳しくなった。

ちなみにそれらの話が一つ終わるごとにテストがあった（筆記）。

動画の中にはひとみを盗撮したものもあり、ママにバレたら殺されるからテストを受けたことは黙っているよう言われたが、全問正解だったので彼氏として認められた。

全問正解の副賞として写真集をもらった。

満点を取らせる気はなかったと幸長さんも言っており、俺も彼氏として鼻が高いが誰にも自慢できないのが心苦しい。

ちなみに、ひとみは分娩室《ぶんべんしつ》に入って4時間29分37秒で産声を上げ、出生時の体重は３４２１gだったらしい。

ひとみの名前の由来も教えてくれた。

「ひとみの名前にはな、いろんな意味がある。真実を見通す目や、まっすぐな心。でも、なんで名付けたかっていうとそういうことじゃねぇんだ。俺は初めてひとみを見た時にひとみって名前を付けようと思ったんだ」

「なんでですか？」

「ひとみの目だよ。分娩室で初めてひとみの目を見た時に、とても綺麗《きれい》な目をしてたんだよ。不思議だろ？　生まれたばかりの赤ん坊の目なんてほとんど開いてないのによ」

「今もひとみさんの目は綺麗に澄んでますもんね」

「そうなんだよ。そんで、あやめも落ち着いた頃に名前の話になってな。そしたらあやめはもう名前を決めてるって言うんだ。俺はなんとなくわかったね。だから俺も決めてるからせーので言おうってなったんだ。俺たちは2人とも同じ名前を言った。それがひとみだ。なんで泣いてんだよ」

「だってぇ！！！　そんな話するからぁ！！！　いい話じゃないですかぁ！！！」

「馬鹿野郎、てめえが泣いたらぁ！！！　俺もぉ！！！」

いろんなことを思い出したのだろう、幸長さんも号泣していた。

ちゅんちゅん……

雀《すずめ》の鳴く声がする。

「朝だよ、あきらくん」

「んぁぁ……」

「ほら起きて！　朝ご飯できてるよ！」

「あぁ……え？　なんで⁉　えっ？」

ひとみの実家でひとみに起こされてうろたえる。

「いや、ここ私の実家」

「あぁ、そうか」

「ほら朝ご飯行くよ！」

「ふぁい」

ひとみに急《せ》かされ朝食を取りに向かう。

「お父さんもお母さんもあきらくんのこと褒めてたよ」

「え？　なんで？」

「今時あんな腹の据わった男はいないって」

「あぁ……」

昨日の幸長さんとのやりとりを思い出して赤面した。

「お父さんが男の人褒めるのなんてすごいことだよ。私が生まれてから初めて見た」

「なるほど……」

なんとなく納得した。

「はい、ここが朝食食べるところ」

「ここなんだね」

朝食会場は昨日昼ご飯を食べたところとは違い、狭い（といっても自分が想像するリビングよりはだいぶ広い）部屋だった。

「私が帰ってきている時は大体ここで食べるんだよ」

「そうなんだね」

朝食は和朝食だった。

席に着くともうみんな揃《そろ》っていて、いただきますということになった。

朝食を食べながら、自分の前で「あきらくんを逃しちゃダメよ」なんてあやめさんに言われると余計に気恥ずかしくて赤面してしまう。

今大学は春休み中ということもあり、せっかくひとみも来たので、ひとみの実家にもう少し滞在することにした。

今日はあやめさんとひとみはエステティシャンを家に呼んで、自宅のエステルームで女子会をするということだったので、私は幸長さんと家の庭で馬術をしてみたり、ゴルフコースを回ったりすることにした。

ちなみに馬場やゴルフ場は自宅の敷地内にある。

昔のアメリカ大統領と総理大臣が、この個人宅のゴルフ場でゴルフ外交をしたこともあるらしい。

馬術は初めての経験ではあったがとても面白かった。

栗毛《くりげ》の馬で、とても綺麗な色をしている。厩務員《きゅうむいん》さんについて、横から近づき、「撫《な》でてあげてください」と言われたので手を伸ばすと馬の方からすり寄ってきて鼻を寄せて口をむにゃむにゃとしている。

厩務員さんが驚いたような表情をしたがよくわからない。

そもそも乗馬自体初めてだったのだが、厩務員さんが手取り足取り教えてくれた。

最初こそ馬に乗ることに恐怖を感じたし、乗ってからも慣れない視線の高さに四苦八苦した。しかし、おそらく気を回してくれたのだろう、馬が賢かったのか、すぐに慣れた。

前進後進もすんなりとマスター。速度にビビりはしたがなんとか駈歩《かけあし》もできた。

馬に乗るというよりかは歩く馬に乗せてもらうという形だとは思うが。

馬を下りると馬がじゃれてきた。かわいい。

「貴重な体験をありがとうございます」

「君すごいな」

厩務員さんが驚いて声をかけてくれる。

「え、何がですか？」

「あの馬は結城家で飼ってる馬の中で一番気性が荒い。しかし足は速い。それこそサラブレッド並だ」

「そんな気はしなかったですけどね」

「気に入られたんだな。馬が気にいるやつはいいやつだ」

「嬉しいです」

乗馬の後は幸長パパとゴルフ。

自宅敷地内にあるゴルフコースでゴルフ。ちなみに全部で72ホールあるらしい。

ゴルフで汗をかいた後は、それを流すために露天風呂に入り、湯船に燗酒《かんざけ》を浮かべ、贅沢《ぜいたく》を堪能した。

風呂から上がるとホームバーでひとみの話を聞いた（2回目）。滞在中同じ話をずっと聞かされるのかと思うと少しヤバイ。何がやばいとかではないが、とにかくヤバイ。

なのでもし三度目があれば、こちらから積極的に話を振って新しい知識を得ることにする。そのあたりから記憶がないが、あとでひとみから話を聞くと、ちゃんと自力で部屋まで帰ってきたらしい。ちなみにひとみとあきらが泊まっているのはひとみの部屋だ。

部屋と言いつつも４ＬＤＫくらいある。私の部屋だよ。と案内され、ドアを開けるとリビングがあり、そこからまた４部屋に分かれていた。

もはやよくわからなかった。

不思議の国のアリスみたいだった。

私はひとみの両親と初邂逅を果たしたのち、２週間ほど御殿に滞在した。

意外にも、一《イチ》とも仲良くなった。

自分が麻雀《マージャン》を打てるということがバレたので、幸長さんとひとみと一と自分で麻雀を打つことになり、そこで打ち解けられた。

なんで一は一って名前なんだ？　って聞いてみたら、覚えやすいでしょ？　と言われた。

18で高校を卒業した時、先代の一から名前を継いだらしい。

本名は百《もも》と言うらしい。ちなみに背は高いし声も低くてハスキーだが女だ。

自分も麻雀を打って砕けて会話している時に初めてわかった。

最初は男装で執事服を着ていたのでわからなかったけど。

1やら100ややややこしい名前だと思うけど、かわいいと思うよと言ったら照れながら怒っていた。

ひとみもそれを見てかわいいかわいいと言っていたら、一からロンされて涙目だった。

一発狙いの大博打《おおばくち》打ちの打ち筋である一は当たると大きい。

この時も四暗刻単騎《スーアンコー》でダブル役満（この時はローカルルールにより、ツモ、ロンどちらもダブル役満。このルールを提案したのは一だった）をぶち当てられ、独走状態だったひとみの牙城が崩された。

ちなみにその麻雀大会では最下位があまりの人と交代するルールだった。

ひとみはそのまま最下位まで落ちあやめさんと交代した。

あやめさんは鬼強かった。

ブラフも読みも人間より一段階上にいるような気がする。

そんなこんなで濃密な2週間を過ごした。

「あきらくん、また来てね！」

「あきら、フイユモルトにも会いに来い」

例の、私に懐いた気性の荒い馬の名はフイユモルトという。フイユモルトはフランス語で朽葉色。

綺麗な栗毛を持つ彼女にはぴったりの名前だ。

ひとみにフイユモルトが懐いたことを伝えると嫉妬され羨ましがられた。まさか馬に彼氏を取られそうになるとは思わなかったのだろう。しかも、気性が荒すぎて危ないため、ひとみには乗ることができなかったフイユモルトがあきらにベタ惚《ぼ》れとなれば、羨ましさもあるが、あきらが一目置かれるので鼻が高くもある。なんとも複雑な心境だったようだ。

「ありがとうございます、あやめさん、幸長さん」

「ちょっと！　私には？」

「ひとみにはいつも言ってるだろ」

「そうよ。電話もしてるじゃない」

「それもそうか」

なんかちょろくないか？　ひとみ。

例によって、私とひとみは持ちきれないほどのお土産《みやげ》をレクサスの後部座席に積めるだけ積んだ。キロ単位のキャビアやフォアグラ、ケース単位のサロンのシャンパンなど、ありとあらゆる高級食品を業者レベルでひとみの実家から仕入れることができたので、しばらくは食卓が賑《にぎ》やかになりそうだ。

「帰りに検問所で通行証もらいなさい」

「わかりました」

幸長さんとあやめさんの推薦をもらえたので、自由に検問所を通過することができる通行証を発行してもらうことができた。

これで自分1人でもフイユモルトに会いに行くことができる。

2人でご両親に挨拶をしてから車に乗り込み、御殿を後にした。

「ね？　心配なかったでしょ？」

ひとみはそんなことをあきらに言う。

「アホか。初日は日本刀で真っ二つにされるところだったわ！」

「え⁉　なにそれ⁉　ほんとに⁉」

「しかもひとみと別れろとか言われるし！」

「え？　その話詳しく！」

「あれ？　聞いてたんじゃないの？」

「あきらくんがお父さんに啖呵《たんか》切ったって話か……」

「あぁ……」

「詳しく話してくれるよね？」

「アッ、ハイ」

あきらは詳しい話をせざるを得なくなり、話した。途中から相槌《あいづち》が減り、ひとみの方を見るのが怖くなった。

怖くてたまらなかったが、意を決して信号待ちでひとみの顔を見ると、そこには般若《はんにゃ》がいた。

あやめさん、あなたの娘はしっかりとあなたの血を継いでいます。

「そう。そんなことがあったのね。あきらくん。辛《つら》かったでしょう。日本刀を向けられて。これはいただけませんねぇ」

ひとみはスマホを取り出し電話をかける。

「お父さん？　今度会う時にはじっくり話を聞くからね？　どうして抜き身の日本刀を人に向けたのか、じっくりと、それはもうじっくりコトコト話し合いましょう」

用件だけを伝え、相手に恐怖を与えるやり口が幸長さんによく似ている。

幸長さん、あなたの娘はこんなに立派に育ちましたよ。

心の中で幸長さんの冥福を祈る。

なお、その電話を受けた幸長さんは家で泡を吹いて倒れたらしい。

電話を切るとひとみはスッキリとした、晴れやかな表情だった。

「幸長さん。今ならあやめさんに凄《すご》まれた幸長さんの気持ちがよくわかります。私も尻に敷かれる夫となるでしょう。あきらはこの時すでにひとみとの結婚を視野に入れていた。しかしまだお互いが学生という身分。学生結婚というものに忌避感があったあきらは、それ故にあえて、ひとみに直接は結婚を意識させないように気をつけていた。その気遣いが余計にひとみをやきもきさせることになるのである。2人の運命やいかに！」

「あきらくん1人で何言ってるの？」

「いや、ちょっとナレーション」

「あ、あぁ」


時は少しさかのぼり。

期末試験も終わり、私が結城の大親分と死闘を演じる少し前。

かねてよりマミちゃんと約束していたお食事会が実現した。

場所は大阪心斎橋《しんさいばし》の繁華街のど真ん中。

特に肩ひじ張らなくてもいいような、ちょっとおしゃれなイタリアン。

同級生の仲間が集まってワイワイするだけなんだから、そんなに頑張らないお店の方がいいでしょう。

参加者はマミちゃんと、ひとみと自分。あと清水《しみず》。

幼馴染《おさななじみ》の前で、あんまり金持ちぶるのも憚《はばか》られるので車では行かず、久しぶりにみんな電車集合である。

「何か電車乗るのって久々な気がしない？」

「確かに」

私とひとみは大阪市営地下鉄で心斎橋まで向かう。

清水は家が近いので多分歩いてくるとのこと。

マミちゃんは近くで仕事らしく、仕事が終わり次第合流する。

「お、まみまみもうすぐ仕事終わるって」

「じゃあ心斎橋のマミちゃんのいるお店行ってピックしてあげようよ。土地勘ないでしょう」

「そうだね、行きましょう」

マミちゃんはバイトなのに今日は大阪出張らしい。

店舗販売応援とかあるのかな。

まぁ、マミちゃんが大阪に来るというのもあって大阪で食事会が開催されるのだが。

マミちゃんの働くお店の裏口で待ち合わせになったので、駅を出てお店の方に向かう。

「お、いたいた。おーい」

「あ、霧島くん」

「こんにちは〜！」

無事、マミちゃんと合流できた我々２人。

「霧島くんの幼馴染の加藤《かとう》といいます。よろしくお願いいたします」

「あ、すみません。あきらくんと仲良くさせてもらってます。結城ひとみといいます。よろしくお願いいたします」

２人はなんかよそよそしい会話をしていた。

ここで変な口は挟まなくていいだろうと思っていると、案の定私の話で盛り上がり始めた。よかったよかった。もし空気死んでたら、率先してピエロを演じるつもりではあったが。

「今日は清水も来るから盛り上がるぞ」

「清水？」

「清水くんっていうのは私たちの同級生でね。盛り上げ番長なの」

「へぇ！　楽しみ」

マミちゃんにはもう一人友達が来るというのは元から伝えていた。

具体的に誰が来るとか言ってもわからないだろうから大まかにしか伝えていなかったのだ。

「ここです！」

「「おぉ〜」」

今日予約したのは心斎橋の隠れ家的レストランで、結構若い人がよく来る。

大学入りたての頃、おしゃれな先輩が連れてってくれたお店だ。

「あ、清水、中、先入ってるってさ」

「あ、そうなんだ」

「何かごめんね、ありがとう」

「「全然、全然」」

カランカランというドアベルの音とともに我々は入店する。

「こっちこっち！」

声をかけられてふと顔を向けると『今夜の主役』というタスキをかけ、特攻隊長と書かれた鉢巻を締めた、タイトフィットの学ランを着た清水がいた。

「えっ」

「えっ」

そんな清水を見たマミちゃんは全ての機能がストップした。脳の情報処理能力を超えたのだ。

マミちゃんは無言でくるりと踵《きびす》を返して走っていった。


「俺らの初邂逅だったのに、もっとちゃんとしたかった」

清水は私の義理の実家（になる予定）から送られてきた、ビクトリア王朝時代のティーセットを眺めながらつぶやいた。

「とはいえ、俺らの必死の説得の甲斐《かい》あってマミちゃんが戻ってきてくれたんだからよかったじゃん」

マミちゃんが帰った後は結構大変だった。

良かれと思って頑張ってくれてた清水と、緊張のあまり脳が処理を拒否したマミちゃん。

ひとみにはとりあえず、激へこみしている清水を任せて、俺はマミちゃんを走って追いかけて、とにかく大変だったのだ。

2人で最近のホットトピックであるその時の話を思い出しながら、不用品としてひとみの実家から送られてきた古今東西の珍品名品を仕分けする。

余談だが、この後もどんどん送られてきて、最終的にウィングトレーラーで4台分も送られてきたので鑑定人を雇って値付けしてオークションにかけることになった。これがのちの世界中の美術館を席巻《せっけん》していくことになる霧島コレクションである。


そんなことになるなんてつゆ知らず、3月1日の入居に向けて、2月26日の今日、昼頃にあらかじめ手配していた引っ越し業者さんが荷物を受け取りにやってきた。

「それじゃお願いします」

「はい。かしこまりました！」

引っ越し代金は作業の前に払うことが多い。

時期が時期ということもあり、割高な引っ越し料金になるかと思ったが、数社相見積もりした結果、業界大手の他社より10万円以上安いところが見つかった。安いが丁寧な仕事を期待したい。

「これ、少ないですが皆さんで」

一人ずつにチップとアクエリアスも渡しておく。

「すいません、ありがとうございます」

引っ越しに関しては素人《しろうと》が手を出してもろくなことにならないのはわかりきったことなので、見守る。ひとみは色々とこだわりがあるのか、わかりやすく細かく指示を出している。

やはりプロはすごいもので、ほんの数時間で荷物の運び出しが終わった。

そもそも私の家にはほとんど家具はなく、ひとみの家の家具もたかが知れているのだが。

荷受けは入居日の昼だ。

「がらんとなった部屋を見るとなんかさみしくなるね」

新居の家電は、新しく購入したものがほとんどなので、要らなくなった家電はあらかじめリサイクルショップに流しておいた。

いらない家具類もオークションに出した。

車は普段使いのレクサスLXに絞り、ひとみのアウディR8と私のポルシェタイカンはすでに新居の地下駐車場に保管している。

先に地下駐車場の使用を解禁してくれたのはありがたい。

R8とタイカンを停《と》めに行った時、すでに車が何台かあって、ポルシェやロールス・ロイス、フェラーリ、ランボルギーニがちらほらと停まっており、高級マンションであることを実感した。

ちなみに駐車スペースはもともと2台付いていたが、さらに加えて2台分契約しているのでもう1台増えても大丈夫だ。

新居のマンションに着いた。鍵はすでにもらっている。

他の入居者の都合や、引っ越し業者との兼ね合いなども含め、タワーマンションの引っ越しはマンション側の指示によって荷物の搬入など引っ越しの予定を組むことが多い。

私のマンションもその例外ではなく、入居日や引っ越しの日時や時間帯まで決められている。入居日こそ3月1日と決まったが、割り当てられる引っ越しの時間帯が前後する可能性もあったため鍵だけは早めにもらっておいた。

引っ越し業者より一足先にマンションに着いた私たちは手持ちで運んだ細かい荷物を開け、以前大型家具や家電を入れた際に養生してもらっておいたままの部屋に入る。

「おぉー！！！　すごいいい部屋！！！！　そして広い！！！！」

私は完成してから内装業者さんとの打ち合わせ等々で何度か足を運んでおり、細かい荷物を折を見て少しずつ搬入していたのでここまでではないが、やはり何度見てもうっとりする部屋に仕上がった。

6LDKにウォークインクローゼットが2つに、シューズインクローゼットが1つ。サンルームも完備している。結局、内装や作り替えなどオーダーメイド対応もしてもらった結果、追加料金がもう一軒分ほどかかってしまったが、この出来ならば問題ない。

むしろ安いとさえ感じる。

「まだ養生してもらったままなんだけどね」

「それだけでもわかる品の良いインテリアと空間！」

「喜んでいただけて何よりです」

「さすがセンスの塊！」

「いやぁそれほどでも」

すでに電気が通っている冷蔵庫に、今日新たにもらった食材を詰めていく。

前使っていた冷蔵庫の中身も折を見て少しずつ新しい冷蔵庫に移していたし、今冷蔵庫に詰めている食材の量も相当なものだ。

しかし全くいっぱいにならない。

700L超えの外国製の冷蔵庫の収容力は伊達《だて》じゃない。

あらかた食材も詰め終わり、2人で軽くランチをしていると引っ越し業者さんが到着した。

食器類は食卓に。本や雑誌類は書斎に。服はウォークインクローゼットに。

ウォークインクローゼットは2つあるので、とりあえずひとみの分と私の分で分けた。広さは前私が住んでいた部屋くらいある。

荷物のバラシは自分たちでやるので、段ボール箱は後日回収してもらうことにした。

「ありがとうございました」

「いえ、こちらこそご利用いただきありがとうございました」

引っ越し業者は最後まで気持ちの良い接客と作業をしてくれたので、できる限り今回の業者をまた次も使ってあげようと思った。

引っ越し業者を見送ると、部屋に戻り、荷分けを開始した。

ひとみはひとみで、自分のものは自分で分けて自らの部屋に収納していく。

私も私で、服や雑誌、アクセサリーなどを自分の部屋に収納する。

寝室、ゲストルームはインテリアコーディネーターが作ったままの部屋で。キッチンは私もひとみも使うので2人で片付ける。備え付けの食器棚が持ってきた食器で埋まっていく様子は見ていて気持ちが良い。2人とも住む市が変わるので、ガス開栓を依頼して、開栓スタッフさんが来るまでの時間で散歩がてら大阪市役所に転入届を出し、頃よくなったので部屋に帰って立ち会いのもとガスを開栓してもらい、2人の共同生活がスタートした。

「よし、これから2人の生活がスタートだな！」

「なんか、照れるね」

「うん。なんか変な感じ」

「じゃあさ、あきらくん。とりあえずご飯食べよっか」

「食べよう！」

2人は、新しいキッチンの使い勝手に感動しながら冷蔵庫の中の高級食材を使ってささやかなパーティーをした。寝室からは大阪の綺麗《きれい》な夜景が一望できて、まさに100万ドルの夜景が眼下に広がる。最高の部屋と最高の景色に包まれた2人の夜は更けていく。

街に桜の花が咲き誇る頃、私たちは無事3回生になることができた。

大講義室でひとみとともに受けていた授業が終わり、次は空きコマなので、大学構内をぶらつく。

「去年の今頃、ちょうどこの辺で人生が変わったんだよなぁ」

「ん？　なんかあったの？」

「うん、お世話になってる人に出会えたんだよ」

「そうなんだね」

「その人に会うことができなかったら多分ひとみとも付き合えてないかも」

「そりゃ大変！」

「でしょ？」

そんな話をしていたら、今私が腕にはめているロレックスをくれた中村《なかむら》さんに会いたくなった。電話をするとすぐに繋《つな》がった。

近況報告もかねて、食事のお誘いをしてみると、急だったにもかかわらず時間を空けてくれることになった。


「今日の夜、中村さんっていうお世話になってるおじいちゃんと飯行くことになった。さっき話してた人」

「あぁ、そう。了解。じゃ私は実家でご飯食べてこよー」

「幸長さんとあやめさんとフイユモルトによろしくね」

「りょ」

その日受ける講義が全て終わり、2人で一旦家へと帰る。家に着くと、ひとみはゆるっとしたカットソーとワイドパンツに着替え、エルメスの大判ストールを羽織ってサングラスをかけ、車の鍵と財布、スマホだけを持って完全にオフモードで家を出た。

「じゃ、行ってきまーす！」

「はーい、行ってらっしゃい」

私は中村さんと会うのにふさわしい服装に着替える。

濃紺のざっくり編みのカーディガンを羽織り、中は清潔感のある白いＴシャツ、パンツはタックが入った綺麗目のチノパン。

靴はジョンロブのタッセルローファーＫｅｙｎｅのブラウン。

持ち物はサンローランのクラッチバッグにエルメスのベアンの財布とキーケースを突っ込む。スマホも忘れずに入れる。ロレックスももちろんつけている。

そうこうしていると、もうすぐ18時45分だ。タワーマンションの最上階はエントランスに降りるのに時間がかかるということをこの２ヶ月弱で思い知った。

しかし、セキュリティ面においてはこの上なく満足しているし、大体のことはコンシェルジュか不動産会社の担当社員さんが解決してくれるのであまり不便は感じていない。

準備が完了したので、エントランスまで降り、中村さんを待つ。

すると中村さんの真っ白な、電車かと思うほどの長さのロールス・ロイスのリムジンがやってきた。

「霧島くん、お待たせ！　さぁ乗って乗って！」

後部座席の窓が開き、中村さんがあきらに声をかける。

「ありがとうございます、中村さん！　失礼します」

ドアを開けて後部座席に座りドアを閉めてもらう。ロールス・ロイスのファントムは運転手さんがスイッチで閉めることができるのだ。ドアの閉まる音まで高級な気がする。

「久しぶりだね、霧島くん。この前はカナダのお土産《みやげ》ありがとう」

「いえいえ、だいぶ懐にも余裕ができてきたんで、中村さんにもお土産をと思って」

「あのメープルシロップは本当に美味《おい》しかった。あまりに美味しかったからまた取り寄せたよ」

「気に入っていただけて良かったです」

「あとちょっと遅くなったけどお年玉。引っ越し祝いも兼ねて」

「え、いいのに！　そんなそんな」

「まぁ受け取っておきなさい。奥さんもできたんでしょう？」

「いやぁ、まだ結婚はしてないですから……」

そう言いながらも豪華な包みに入った祝いをクラッチバッグにしまう。

「しかも結城の親分とこの一人娘さんでしょ？」

「え、なんでそれを⁉」

「関西で商売する人間が結城の親分のこと知らないわけがないでしょ」

「確かに」

「結城の親分とこ行ったら殺されちゃうんじゃないの？」

中村さんは笑いながら言う。

「いやぁ、ファーストコンタクトでは殺されるかと思いましたけどね」

「結城の親分は怖いもんな」

そうこうしているうちに店に着いた。

「今日のご飯はここだよ！」

着いた店は法善寺《ほうぜんじ》横丁にある本湖月《ほんこげつ》。今年初お食事会ということで、大阪一の和食店を用意してくれたみたいだ。

「こ、ここここ、ここは……」

「年初めや年度始めに大事な人と会う時は僕は絶対ここなんだ。さ、入って入って！」

「恐れながら失礼します」

中村さんは勝手知ったる顔で大将に挨拶し、３階の個室に入る。

しばらくすると料理が運ばれてきた。

静謐《せいひつ》な空間で出てくる料理はもう言葉では語り尽くせぬほどの感動を味わった。

器は魯山人《ろさんじん》の器で、食べる側にも品格が求められるとはまさにこのことだと実感した。

料理が一段落ついて会話に戻る。

「そういえばなんで幸長さんは結城の親分って呼ばれてるんですか？」

「幸長さんなんて呼べるくらいに仲良くなったんだねぇ」

「良くしていただいてます」

「良かったよ。あ、そうそう、あの人のお家はもともと土地持ちでね。昔は山林王とか言われてたんだよ。で、あの人のお祖父《じい》さんやお父さんが戦前に関西の発展のためにって、自分が持っていた土地をたくさん売却したの。それも安くね。今の親分も、若手の起業家に有形無形の援助をしてあげててね、３代とも関西経済界の父とも呼ばれてるんだよ。僕も当代の親分には若い頃援助してもらったうちの１人だ。今でも誰も頭上がんないよ。それで昔から関西で商売してる人たちからは慕われてて、親分親分って言われてるんだよ」

「なるほど」

「そうなると、次は霧島くんが親分になるのかな？」

「やめてくださいよ。ただでさえ実家も大変なのに」

「実家もなんか商売やってるの？」

「うちも色々と手広くやってるみたいです」

「そうなんだねぇ。じゃあ卒業したら忙しくなるよ。きっと」

「やっぱりそうなりますかねぇ」

「いや。そうでもないよ」

「どっちなんですか」

「まぁなるようになるさ！」

「そうだといいんですけど……」

「そういえばマカオの方はどうなのさ」

「順調ですよ。今はズームで会議とかできて便利ですし。おかげさまで下期は過去最高益を更新できました」

「そりゃあいい。順調なようで良かったよ」

中村さんにいろんなことを聞いたし、報告した。

中村さんもそのあきらの話の全てを楽しそうに聞いてくれていた。

話は尽きないが、店の閉店時間になってしまったのでお食事会はお開きとなる。

「もうこんな時間か。霧島くん、今日は誘ってくれてありがとう」

「こちらこそ急なお誘いにもかかわらず来てくださってありがとうございました」

「爺《じい》さんだから時間はあり余っているのさ。ぜひまた誘ってくれ」

「はい、またお誘いさせていただきます」

中村さんは満足そうな顔でうなずいていた。そのあとは中村さんのロールス・ロイスで家まで送ってもらい、解散となった。エントランスから中に入り、エレベーターを待つ。

数分待つとエレベーターが来て乗り込む。

夜遅いということもあり、たまたま他に乗る人もいなかった。

そういえば迎えに来てくれた時に渡されたお祝いのことを思い出した。

「何くれたんだろ？」

最初いただいた時にも感じたが、厚みがすごい。

普通にお祝いでもらうような感じではない厚みだ。水引をずらして、上下に折ってある封筒の片方だけを開いて中を見てみると１㎝ほどの厚みの現金が。

「すごい……」

何かお返しを考えねば。と思うのであった。

＊

4月のある日、霧島家を大きな衝撃が襲った。

「ふ、ふ、ふぉおぶす……」

アメリカの経済誌、フォーブスからの取材申し込みがあった。リビングでゆっくりとひとみとお茶をしていたらそんな電話が。

もともとは実家に連絡が行ったらしく、実家でも判断はできないということであきらに直接連絡が来た。取材申し込みは全部断っているはずなのに、実家から連絡先を教えてもいいかと聞かれた時、どうしてだろうかとは思ったがまさかこういう形とは。

「はい、霧島さんに取材を受けていただきたいんですよ」

その内容は、世界で最も稼いだ20代。私は悩んだ。

ここで受けてしまうと、間違いなく自分のことが大っぴらになる。

これまで散々ひた隠しにしていたことが世間に公開されてしまう。

「すみませんが即答はできかねますので、後日連絡を差し上げます」

「わかりました。良い返事を期待しております」

届出や税金関係をきちんとし、節税対策もきちんとしていたが故にどこからか漏れ、バレてしまったのだろう。私が去年1年間で稼いだ、フォーブスが調査した限りの個人収入は7億ドル。1年間で増えた純資産は102億ドル。

実質のところは、たぶんもう一つ桁が違うと思うのだが、調べ上げただけでも大したものだ。ちなみに、1年間で102億ドルの純資産を増やしたというのは20代だけではなく、今回のランキングに限って言えば全体のランキングでも1位である。

「参ったなぁ……」

「何が参ったの?」

「あぁ、ひとみ。実はね、フォーブスから取材の申し込みが来てて……」

「受けちゃえ受けちゃえ」

「そんな簡単に言うなよ……」

「顔出しNG、直接取材NG、出版前に最終チェックはこちらでってことにすればいいじゃん」

「そんなことできるの？」

「私が交渉しようか？」

ひとみは私から電話番号を聞き出し直接交渉し始めた。

そして15分後。

「いけたよ。あとはメールで私がやりとりするから大丈夫。なるべく目立たないようにするから」

「頼りになるなぁ」

「そりゃ彼女ですから」

「ありがとうございます」

「……ねぇ」

「ん？」

「いつまで彼女にしとくつもり？」

突然の鋭いジャブに私は固まった。

頭の中のスーパーコンピューターが高速で演算を始める。

０・００２秒ほどで計算結果をはじき出した。

『腹を括《くく》れ』

「いいタイミングだからはっきりさせましょう。いつまで私を彼女のままで置いとくつもり？」

ひとみからの追撃ジャブが刺さる。

「そ、そりゃあ……」

「そりゃあ?」

腹を括った。

「今日まで!!!」

「え?」

「ちょっと待ってろぃ」

「え? えっ?」

私は自分の部屋に戻り、クローゼットを開けた。

その奥底に眠る一つの小さな紙袋。

紙袋に書いてある店の名前はハリー・ウィンストン。

ひとみは、これまでに有名なアクセサリーショップにあきらを連れていき、延々とブライダルジュエリーを見るという趣味を持っていた。

傍《はた》から見れば結婚アピールまるわかりな行為なのだが、これがよく、頻繁にあった。

ただの冷やかし半分のアピールのつもりが、ジュエリー店巡りをした際に、一つだけ、ひとみが本気で気に入ってしまった婚約指輪があった。

値段ももちろん周りのジュエリーより一つどころか十ほど飛び抜けていたが、とても素敵なジュエリーだった。

それがハリー・ウィンストンの、今あきらの手にある指輪だ。

リングピローをポケットに忍ばせ、ひとみのもとに戻る。

「ひとみ。いつもありがとう。そして、これからもずっと俺の隣にいてくれ」

「え？　え？」

ひとみの手を取り、立ってもらう。

あきらはその前に跪《ひざまず》き、まっすぐにひとみの目を見つめ、指輪を差し出す。

ひとみの目にはみるみるうちに涙がたまる。

「うん……。はい……。お願いします」

そのまま感極まって私に抱きつき号泣する。

「ちょっと……指輪はめさせてよ」

抱きつくひとみに苦笑いしながらも、なんとも締まらないプロポーズになってしまった。

泣《な》き止《や》んで一つ落ち着いたところで、ひとみが聞く。

「いつ買ったの、こんな高いもの」

「この前中村さんとご飯行ったでしょ？」

「うん言ってたね」

「その時に、彼女さん紹介してくれるかと思ったのにって残念がられたんだよね」

「ほぉ」

「そんで、結婚する意思がないんだったらともかく、結婚する意思があるならしっかりとその思いを伝えてあげなきゃダメだよ、って言われてね」

「なるほど」

「気づいたら次の日には指輪買ってた。ほんとはもっといいところで、ムードがあるところで渡したかったんだけどね」

「私が急《せ》かしちゃったから……」

「いや、俺ヘタレだから、きっかけがないと言えなかったと思う。ヘタレでごめんね」

「ううん、全然いい。腹を括った時のあきらくんの顔も見れたし、プロポーズしてくれた時のあきらくんの顔も見れたし。プロポーズしてくれてありがとう。不束者《ふつつかもの》ですがこれからもよろしくお願いします」

「こちらこそよろしくお願いします」


あきらがひとみにプロポーズをし、ひとみがそれを受けたという話は、2人のことを知る者たちの間を瞬く間に駆け巡った。


私が仕事を終え家に帰るとママから霧島くんが結婚するってことを聞いた。

「へぇー、霧島くん結婚するんだ。そっか」

やっぱり会っちゃうとダメだなぁ。

なんとかなるんじゃないかって、もしかしたら脈あるんじゃないかって思っちゃうよね。

ほら、今だって。

お祝いしてあげたい気持ちでいっぱいなのに、涙が止まらないの。

霧島くんと結婚したかったなぁ。初恋、実らなかったかぁ。

「マミ、いいの？」

「うん。それが霧島くんの選んだ道だよ」

「……そっか」

久しぶりに会ってご飯に行った時に、彼女いるって言ってた。

でも、私は諦められなかった。

私は何番目でもいい。

何番目でもいいから、霧島くんの歩く道を、一緒についていきたかった。

私も連れてってほしかった。

明日からはもう忘れよう。

でも今日だけは許してね、霧島くんの奥さん。

「あっくん。大好きだったよ。幸せになってね。……ん？」

ラインだ。誰からだろ。

タイミングが良すぎるというか悪すぎるというか。


またどこかで新しい物語が始まろうとしてるなんてつゆほどにも考えていない私は、ひとみと婚約したことを伝えるため、遠く離れた地に住む大事な友人に連絡した。

「ヘイブラザー、元気してたかい？」

「久しぶりだなダニエル」

そう、ラスベガスのカジノ王ダニエルだ。

家が完成したら呼ぶと言いつつ、延び延びになっていたのだ。

「今日はブラザーに大事な報告があるんだ」

「どうしたんだ？」

「実は俺婚約したんだ」

「なんだって⁉⁉⁉　こうしちゃいられねぇ。今からすぐ日本に行くぜ！！！」

「おい、正気か⁉」

「ブラザーの一大事とあっちゃ黙ってステイツで博打《ばくち》打ってる場合じゃねぇ‼　日本に着いたらすぐ連絡する！」


電話を切られて、しばらく呆然《ぼうぜん》とする。

ほんとに来るのか？　なんて思ってた翌日。


「ヘイブラザー。日本のＫＩＸに着いたぜ。ここからどうすればいい？」

「よくＫＩＸって覚えてたな……」

「兄弟の住むところの最寄りの空港くらい覚えてるさ」

これくらいの金持ちになると、最寄り駅ではなく最寄り空港で覚えるらしい。また一つ知った。

「確かに。じゃあ迎えに行くから待っててくれ」

「ＯＫブラザー」

本当に来たらしい。しかも時間的につじつまが合わないのに、来たって、どうやったんだ？

電話を切るとひとみに告げる。

「今から友達が来る」

「へぇ、清水君？」

「いや、ラスベガスから、友達が」

「ブハッ！！！」

ひとみは飲んでいた紅茶を吹いた。

「今深夜だよ⁉⁉」

そう今は午前２時。

こんな時間に飛んでいる飛行機などない。

ダニエルは自家用ジェット機で、文字通り飛んできたのだ。

彼はエアバス社が発売していた世界最大の飛行機を自家用に使っている。大きさもさることながら、その度肝を抜くような豪華さから関係者の間ではフライングパレスと呼ばれている。

「いや婚約したって伝えたら今すぐ行く！　って」

「それが何時間前？」

「昨日の午前中」

「なんで昨日言わないかね」

「言ってたんだけど、まさか本当に来るとは……」

「まぁそう思うよね……」

「まぁとにかく迎えに行ってくるから！」

「一応準備しとくね」

「ありがとう」

私の住む本町《ほんまち》から関空までは車で飛ばして大体1時間弱。

深夜ならもう少し早く、40分程度。

荷物が大きい場合も考慮してレクサスでダニエルを迎えに行く。

関空の第1ターミナルビル国際線到着ゲート前は車を停《と》めることができないため、一旦駐車場に車を入れる。

車を入れたところで、ダニエルに連絡する。

「今空港に着いた。どこにいる？」

「到着ゲートを出てすぐのベンチに座ってるぞ！」

「わかったすぐ行く！」

走ってダニエルを迎えに行く。

するとすぐに見つけることができた。

「あきら!!」

「おぉ！　ダニエル！」

やっとのことで合流した2人はハグして久々の再会を喜ぶ。

「結婚したんだって？」

「そうなんだよ、まだ婚約段階だけどな」

「めでたいじゃねぇか。ちゃんと俺にも紹介してくれよ？」

「もちろんだ！　ところで隣の女性は？」

「おう、マーガレット、俺の嫁さんだ」

「ハーイ！　ミスター霧島」

ダニエルの奥さんはだいぶ若くスーパーモデルのような女性だった。

「結婚してたのか⁉」

「まぁ俺もそれなりにおっさんだからな。そんなことより今日はブラザーの結婚と聞いて飛んできたんだ。早く紹介してくれよな！」

「文字通り飛んできたんだな」

「そうだ」

この辺りのシャレが通じないのが外国語のもどかしさである。

「じゃあ家まで案内するよ」

行きと同様30～40分ほど車を走らせ、家に着く。

「いいアパートメントじゃねぇか！」

「日本のアパートメントはスゴイわねぇ」

日本のマンションは英語にするとアパートメントになる。

マンションとは大邸宅を意味するので、ひとみの実家や清水の実家、そしてうちの実家こそがマンションにあたる。二人の荷物を車から降ろしたところで気づく。

「二人とも荷物少なくない？」

「『下着しか持ってきてない』」

「荷物は後から空輸で届くんだ」

「へぇ……。えっ？　空輸……？」

「いやぁ、多すぎてね。一応飛行機にも載せては来てるんだけど」

「いやいやいや、日本に住むの？」

「うんしばらくは」

「えぇ⁉⁉⁉⁉⁉　仕事は？　住むところは？」

「大丈夫、大丈夫。家は借りたし、別荘も建ててるから」

「どこに？」

「えーっとね。多分あれ」

ダニエルが振り返って指差したのはセントレジスホテル大阪。大阪一の高級ホテルと言っても過言ではない。そして我が家から徒歩数分といったところにある。

「とりあえず1年分ロイヤルスイートは借りといた。日によって部屋が変わったりはするみたいだけど」

「本物の金持ちを見た気がする」

「ブラザーも似たようなもんだろ」

一緒にしないでほしいとも感じたが、なにも言わずに2人を案内する。

部屋に入るとひとみがクラッカーを鳴らしながら出迎えてくれた。

「おかえりー！！！　そしてようこそ！！！」

ひとみの準備ってこれだったのか。

「こりゃあ熱烈な歓迎だ！　嬉《うれ》しく思うよ！」

「ありがとう！　すてきな歓待嬉しいわ！」

ひとみが外向けの自己紹介をしようとすると堅い雰囲気を察したのかダニエルが制止する。

「よしてくれよ。今日はブラザーのシャテイとして来てるんだ。君は俺からするとアネサンになるんだぜ。もっとフランクに接してくれ」

ひとみがポカーンとしている。あきらは頭を抱える。

「ヤクザにハマったのか……」

「あぁ！　ブラザーがゴブノサカズキを交わしてくれたからな！」

適当なことを口走ってしまったあの頃の自分を恨むあきらだった。ダニエルとあきらの話が盛り上がり始めたところで、ひとみがマーガレットと部屋に消えていった。２人きりになったところでダニエルが切り出す。

「ブラザー。ここに住んでるのかい？」

「まぁそうだな」

「そりゃ狭すぎるだろ」

アメリカサイズの金持ちには狭く感じるのは当然かもしれない。

「そうかな？　でももしもっとでかい家に住むとなるとなぁ……。手入れも大変だし。住み始めたばっかりで内装も手を加えまくったし……。引っ越すに引っ越せないんだ。気に入ってるしな」

「にしてもゲストルームがないのは痛いぜ」

そう、私たちの住むマンションにはゲストルームがない。その代わりにマンション自体にゲストルームがある。まぁ部屋は余ってるからゲストルームとして使ってもいいんだけどな。

「アパートメント自体のゲストルームがあるぞ？」

「そりゃ野暮《やぼ》ってもんさ。ゲストを家に呼んで、同じ空間で同じ時間を共有するってことに意味があるのさ」

「なるほど、一理ある」

「セレブリティがホームパーティーをしたがるのもそれが理由さ」

「そういうことか。じゃあまた建て直すってことか？」

「何言ってんだ！　アパートメントごと買えばいいじゃないか‼」

「ええ⁉」

「そんで最上階の部屋が他に空いてるなら全部ぶち抜きで一軒にしちまえばいいじゃないか」

「なるほど。人がいる場合は？」

「こっちで引っ越しやらなんやら全部手配してやって詫《わ》び料で1億くらい払えば話聞いてくれるんじゃないのか？」

「なんかそういうやり方って好きじゃないんだよな」

「そうかぁ。じゃあ空いてるかどうかだけ確認してみてもいいんじゃないか？」

「そうだな！　入居の時に挨拶はしたんだがその時は出てくれなかったんだよな」

後日知ることになるが、最上階は他に2部屋あり、その2部屋ともが、様々な要因が重なって空き部屋となっていた。不動産会社はなんとかして埋めたいが億超えのマンションで時期外れということもあり、買い手も警戒するためそう簡単に買い手がつかない。

そこで私が2部屋とも買いたいと言ったため、異常なスピードで話が進んだ。結局他の2部屋だけではなく、土地も上物のマンションごと買った。自分の行動ながら意味わかんねー。


話は戻って現在。

「それで結婚式はどうするんだ？」

「挙げるつもりだよ。大学卒業と同時くらいかな」

「そんなに待たせるのか⁉⁉」

「まずいかな？」

「男として早くウエディングドレス着せてあげなきゃダメだろ」

「やっぱりそうだよなぁ……」

「しっかり派手にやらなきゃダメだぞ？」

「それに関しては計画があるんだ」

「お⁉　聞かせてみろ」

興味をひかれたのかダニエルが悪い顔をしている。ここで、こっそりと胸の奥で温めていた結婚式計画をダニエルに話す。

「……脱帽だぜブラザー。恐れ入った。俺でもそんな計画思いつかなかったぜ。だが、その計画、だいぶ早められる」

「なんだって？」

「そして、その計画に俺も噛《か》ませてもらおう」

「おぉ！　協力してくれるか！」

「あと、さっきの話に出てきたシミズ？　とミスターナカムラ？　も明日呼べるか？」

「大丈夫だ」

実は清水と中村さんには前もって計画を話しており、あとはダニエルが噛むか噛まないかの話だった。本当にダニエルが来てくれたので連絡し、もしダニエルの協力が得られなかった場合は、明日３人でさらに説得するという方針だった。もし協力が得られた場合はどうなるのかって？　決起集会という名の大宴会だ。

そして翌日。

ひとみとマーガレットにはうまいこと言って別行動の時間をひねり出した。決起集会の会場に選んだのはおなじみリッツ・カールトン。

タイカンで車止めに乗り付け、鍵をドアマンに渡す。

「ここのフレンチで個室を取ってある」

「リッツ・カールトンか。センスがいいな」

リッツ・カールトンのフレンチにはドレスコードがある。

少しめんどくさいかもしれないが、今日は決起集会なので、２人とも少しカチッとした服装である。私はダンヒルの春夏物の紺スーツにジョンロブの内羽根ストレートチップのＣｉｔｙ。ロレックスも忘れずに。

ダニエルの装いは聞いてみるとドルチェ&ガッバーナのフルオーダー品らしい。ちょっと派手な生地なのだが悔しいほど似合っている。靴はディオールのボタンブーツだった。おしゃれだ。服装を見る限り空輸した荷物は届いたらしい。

ベルマンの案内に従いフレンチレストラン「ラ・ベ」の個室に到着する。この個室はなんとなくハリーポッターの世界のような印象を受ける。雰囲気があって良い。

中に入るとすでに2人は待機していた。

「こんにちは、ミスターダニエル。私は清水隆一《りゅういち》です。リューとお呼びください」

初めて英語を話す清水さんを見たがとても綺麗《きれい》な英語だ。驚きすぎて違う人かと思った。

「リュー。はじめまして。私のこともぜひダニエルでもダニーでも。フランクに接してもらえると嬉しいね」

「わかったよダニー。ぜひこれから一緒に頼む」

「もちろんだ!」

2人はガッチリと握手した。

「はじめましてダニエル。これから仲間としてよろしく頼む。私は中村義秀《よしひで》。ヒデと呼んでくれ」

中村さんも流暢《りゅうちょう》な英語を話すのには驚いた。話を聞くと、若い頃米軍基地でアルバイトをしていたことがあるらしい。そこで英語を学んだとか。

「ヒデ。こちらこそよろしく頼む。私のこともぜひダニーと呼んでくれ」

「わかったよダニー。よろしくな」

「よし、自己紹介も済んだところで、もう一度計画について確認しておこう。まず、俺とひとみの式を挙げるに当たって、我々は南太平洋上の島を購入する。その島にホテル、結婚式場等を建て、式を挙げる。招待客の会場へのアクセスは船だ。8万トンクラスの豪華客船をチャーターする予定だ。まず大阪を出発して俺とひとみとひとみの実家の親戚一同を乗せ、次は俺の実家近くの港に寄港して親戚一同と会社関係者約20人を乗せ、次はマカオに寄港して会社関係者約100人を乗せ次はアメリカへ。アメリカでダニエルを拾って現地到着という流れにしようと思っている。船上ではパーティー、式と披露宴は島でという流れで考えているがどうだろう？」

「その点に関してなんだが、会社関係者は呼ばなくてもいいんじゃないのか？」

「確かに迷いどころなんだよな」

「船も8万トンクラスの船を用意する必要はないと思うぞ。いいとこ数百人しか乗らないのに定員2000人の船は大きすぎるだろう」

「一応俺が船持ってるから、船は俺が出すよ」

さすがはアメリカの大富豪。クルーザーまで持っている。

「定員は？」

「20人ってところだな」

「僕も20人程度が乗るようなメガヨットを持っている」

まさか中村さんまで持っているとは。

「霧島も買えばいいじゃないか」

無責任な清水が言う。

「そうだな、購入しよう」

もうここまでくると私も勢いでものを喋《しゃべ》っている。

「だったら俺の知り合いが1億2800万ドル（200億円）くらいでクルーザー売ってるから買うか？」

ダニエルはスケールがでかすぎる。そろそろキャパシティをオーバーしそうだ。

「定員はどれくらいなんだ？」

「それも20人くらいだな。映画館とか庭園もついてるぞ」

船に映画館なんているのか？　とも思ったが口から出てきたのはまるで逆の言葉だった。勢いって怖い。

「よし。買おう」

「じゃあ船は中村さんとダニエルと俺でなんとかするとして」

「おう。クルーを含めて、俺のとあきらので2隻送るから好きに使ってくれ」

「僕の港がありますんでそこに停泊させておきましょう」

「プライベートポート……」

中村さんの口から出た『私の港』発言に誰も驚いてないことに戦慄したが、結局、招待客は両家の親戚一同（合計35人程度）、清水や中村さんなど友人たち（合計10人程度）、マカオや資産管理会社の関係者（15人程度）ということでまとまった。

つまり、20人の定員の船が3隻あれば足りる。

実際の両家の親戚は80人程度は存命だが、海外挙式ということもあり実際の式に参加するのは、父と義父の調査によると船に乗ってでも行きたい親戚は今のところ両家の合計で35～40名程度。場合によっては増えることもありうるがその場合は近くの最寄り島まで日本から飛行機を飛ばし、船に乗り換えで対応するつもりだが、まだ未定である。

また、参加できない親戚たちのためにも、あきらの実家の庭でも披露宴を開催する予定である。そう、庭で。あの、自分の記憶からはかけ離れている屋敷の、自分が知っている庭から魔改造された日本庭園で。

加えて式はあの正月に長い祝詞《のりと》をお見舞いされた神社で、正月よりも長い祝詞をお見舞いされる予定だ。

「じゃあ後は島だな」

「それなんだけど」

清水が言う。

「うちの実家と中村さんとこと、霧島とひとみちゃんの実家で総合リゾート開発の合弁企業作らないかなと思って」

「お、面白そうな話じゃないか。俺も出資するぞ」

ダニエルは抜け目ない。確かにこの四者で土地取得から建設、ホテル、レジャー開発、旅行会社全部揃《そろ》う。

「なるほど。ダニエルも出資してくれるなら資本の心配もないな」

「うちはカジノもホテルもあるからな。ぜひ出資させてくれ」

ダニエルも乗り気だ。

「よし、じゃあ計画はこれで進めよう」

それぞれが実家や会社の関係者に連絡を取り合い、会社として動き出すことが決まった。

これで霧島、結城両家の結束はさらに強まり、清水家も仲間に入った。

代表が霧島。中村さんは専務、清水とダニエルは常務という扱いになった。

この会議で決まったことを一応報告しておこうと思い、結城の本家に連絡した。


「おうあきら。久々だな。フイユモルトも会いたがってるぞ」

「先週行ったばっかりですよ。でもまた近いうちに行きますね」

「おう。で？　今日はどうした」

「実は……」

あきらはかくかくしかじかと決めた話をした。

「つきましては、1枚噛んでいただけないかと思いまして」

「そんな面白そうな会議してるのになんで俺を呼ばないんだよ」

「いやぁ、式のために式場作るなんてサプライズの方が面白いじゃないですか」

「確かにな。いいぞ、うちも噛む。あとで代理をそっちに送るから話してやってくれ」

「わかりました。お待ちしております」

「あいよ」


電話を切ってみんなに告げる。

「ひとみの実家も協力してくれるってさ」

「うちも大丈夫って。清水の総力を挙げて協力してくれるらしい」

「楽しみになってきましたね」

「あぁ。こんなにワクワクした仕事ができるのは何年振りだろうか」

社会的に大成功を収めた2人は久々に心が湧き上がるのを感じていた。自分のためだけでなく、他人のために仕事をする面白さを初めて感じていた。

「ダニー、成功させましょうね」

「あぁ。もちろんだ、ヒデ」

こうしてウエディング計画は走り出したのだった。

領収書

霧島　様			お品代として
金額	マンション（1棟）		¥120,000,000,000
	決済		**¥120,000,000,000**

社会的には必要ないのかもしれないが、人として連絡するべきである相手がいることを思い出した。

「もしもし？　俺だけど。俺俺」

「うちに詐欺師みたいな息子はいません」

「ひとみと結婚しようと思うんです」

「あらぁ」

いつも突然大事なことを言う息子も息子なら、それに動じない母親も母親である。

「つきましては一回家に連れていこうかなと」

「いつでも大丈夫よ、今日でもいいくらい」

「いや今日は行かんけど」

そんなやりとりが私の実家と私の間であった後、ひとみはあきらの実家にサプライズで連れていかれることとなった。

「今日はちょっと遠出するよ」

「どこ行くの？」

「ちょっと遠めのいいところ。服装はなんでもいいけど、真面目そうな服装だといいかも」

「真面目そうな……？　そりゃまた珍しい注文だね」

「まぁまぁ気にせず気にせず。好きな格好でいいよ」

ひとみは頭にはてなマークをたくさん浮かべながらも一応うなずいてくれた。２人がレクサスに乗って数時間。ひとみはドライブ気分で上機嫌だった。

「はい、次で高速降りまーす」

「おー！　ちなみに最終目的地はまだ教えてくれないんですか？」

「まだでーす！」

「ここまで来るともうどうにでもなれって思うね」

「諦めの境地！」

　しばらく車を走らせると。

「ねぇ、あきらくん！　見て！　すっごい広いお家があるよ！　日本庭園がすごい！　昔のお殿様のお屋敷かな？」

「（うちの実家です※まだまだ増築中）すごいなぁ！　行ってみるか！」

「うん！」

　さらに車を走らせて門のところで一旦止まる。

「あれ？　門から車入れるの？」

　今日行くことを実家にメールしたところ、家の駐車場の使用方法が年始の頃と異なるため入場手順なるものがＰＤＦで送られてきた。そのため迷うようなことはなく、スムーズに駐車場へ向かう。

「そうみたいだよ？」

「あれあれ？　もしかしてここ民家？」

　なんとなく歴史資料館などとは違う雰囲気を感じ取ったのだろう。

　普通、歴史資料館にフェラーリやらベンツ、アウディ、どでかいキャデラックは停《と》まっていない。

「そうだよ。降りる時横気をつけてね」

あきらはベンツとフェラーリの間の空いたスペースに真っ白のレクサスを入れる。

「え？　いいの？」

「うん、ここうちの実家だから」

「⁉」

「サプラァーイズ」

「ちょっともう勘弁してくださいよぉ～」

「まぁとにかくね！　自然体でいてほしくて！」

無理やり話の軌道修正を図る。ちなみにサプライズにしても趣味が悪いと、この後ひとみにめちゃくちゃ怒られた。


「そっかぁー‼」

「だから結婚の挨拶ということで」

「いきなり現地でそれを聞くのは胃に悪いよね」

今更ながら申し訳なさが湧いてきた。

「あと、近々にひとみの実家も行くからね」

「結婚の挨拶に？」

「うん。煮るなり焼くなり好きにせぇよとは言われたけど、筋は通さんと」

「なるほど」

玄関扉を鍵で開ける。

「帰ったよ――――！！！！」

私の叫び声を聞いて、どたどたどたという足音とともに父母が出てくる。

「おぉ、ようこそひとみさん。ぜひ中へ」

「よく来たわね。さぁさぁ中へ」

両親も緊張しているのだろう。なんとなく固い。

「は、はひ！」

ひとみはもうガチガチだ。

わが実家ながら、この家はもう自分の生まれ育った部屋以外は全く違う家というほど増改築が進められている。

道案内がなければリビングにもたどり着けない。

まさに城のような実家となっていた。

私の部屋はもともと2階の端っこにあった。

しかしなぜか今は2階の真ん中にある。

もともとは2階建てだったのだが、今は6階建てになっている。耐震性は大丈夫だろうか。

今は地階もできているらしい。

両親とも車の運転が好きなため、車がさらに増えることも見越して、母屋とは違う場所に地下駐車場を作り地下室と繋《つな》げる計画も進行中とのこと。

リビングで母がお茶を淹《い》れてくれ、父とひとみはなぜか正座。私だけがあぐらをかいている。

「粗茶ですが……」

「いやこの度はうちの愚息と……」

「いえいえとんでもない……」

なんかかしこまった話がたくさん出ているので庭の木々を見つめることにする。

「そういえばあきら、式はどうするんだ」

「一応卒業までには挙げようと思う」

「じゃあ学生結婚になるのね」

学生結婚という響きに隠しきれない目の輝きを放つ母。

「学生の身分で結婚っていうのもどうかと思ったけど、よくよく考えたら《一応》働いて税金も納めてるしいいかなと」

「まぁそうだな。お家再興も成りつつあるし。何がどうなろうと問題ないだろうしな」

「式は一応2人で決めていこうと思う」

「よし、わかった。2人は晩飯も食べていくだろ？」

「そのつもり。ひとみも大丈夫？」

「はい、お願いいたします」

「よし、じゃあ今日は宴会だ！　母さん！　集合かけてくれ！」

「もう続々集まってますよ」

「気の早い連中だ……」

どたどたと、玄関方向からたくさんの足音が聞こえる。

「おうあきら！　結婚だって？」

「すげえ美人な嫁さんだ！」

「うちの嫁さんと交換しｔ……ああああああ！！！！！」

「大丈夫か雄次《ゆうじ》ィ！！！！！」

「雄次が泡吹いてるぞぉ!!」

そこからは阿鼻叫喚《あびきょうかん》だった――


「父さん、式のことについてちょっと」

宴会が進み、死屍《しし》累々といった様相になってきた頃、父に声をかける。

「おう、どうした」

「海外で挙げようと思うんだよね。それで南の島を買おうと思ってて」

「……？　は？」

「いや、買おうと思ってっていうか買うんだけど。計画はもう進んでて」

「相手の親御さんは？」

「すげぇ乗り気」

「ならええか」

「結婚式に使った後はリゾートアイランドとして活用しようと思ってるから大丈夫。元は取れると思うよ。噛《か》む？」

「うん、噛まないと。親としてねぇ」

「了解。今回は島の開発から進めてるからだいぶ金かかるけどいいよね」

「まぁ御祝儀だな。好きにやれ。元はお前が稼いだ金だ」

「よっしゃ。じゃあ合弁企業設立するから」

「なんか大掛かりになってきたなぁ。ちなみに他は誰が噛むんだ？」

「一応メンバーはこうなってる」

私は父に発起人のリストを渡す。

息子のあきらから渡された紙を見て驚いた。
まさか息子がこんなことをしているなんて。
発起人は我が息子、霧島あきら。
そして、「南の島買収プロジェクト」と銘打たれた計画の出資者と合弁企業の役員がえらいことになっている。
まず結城の親分、結城幸長
次に日本の不動産王、中村義秀
そして九州財界のドン清水賢《まさる》※清水の父
「おま、まさか、ひとみちゃんて」
「うん、幸長さんの一人娘のひとみちゃん」
「お前すぐ芦屋《あしや》行くぞ」

「え、なんで？」

「ちゃんと挨拶したんか？」

「結婚の報告はまだやけど、お付き合いの挨拶はしたよ」

「じゃあどっちにしてもすぐ行かんとダメやな。相手さんの都合聞いてすぐセッティングして」

「わかった」

挨拶ばかりで酒を飲む量がいつもより少なかったのが功を奏した。先方に向かうまでに酒は抜けるだろう。

今日は身内の宴会なので、と秘書の早坂には休みを伝えていたが、電話して運転手を手配してもらう。

せっかくの休みのところ申し訳ないが、緊急事態なので許してほしい。

電話をすると、すぐに向かいますとのことだ。

え？　君が来てくれるの？　悪いよそんな。

それからほどなくして、秘書が家に来て、息子と息子嫁のひとみさんに挨拶をしているうちに俺は風呂に入る。

熱めのシャワーを浴びてアルコールを早く抜く寸法だ。

自分の用意ができたところで再度息子たちと合流。

あきらも用意できたみたいだ。

早坂も挨拶がすんだようなので、母さんを伴ってひとみさんも車に乗り込んでもらっていざ芦屋へ。

「もうすぐ着くよ」

「あぁほんとだ。なんか緊張するな」

父は言うがさっきまであんた寝てなかったか？

「父さんいつの間に起きたん」

「さっき」

結城家での段取りは、まず先にあきらがひとみのご両親に挨拶することになった。

その間両親は車で待機し、あきらが連絡してから顔合わせとなる。

「お、検問か？」

助手席に座る父が疑問を持つ。

「あ、違う違う、結城家の敷地に入るから門があるのよ」

「やっば……」

父は絶句した。

門に差し掛かると予想通り警備員に車を止められる。

「おすおす」

「あ～あきらやん、車買ったん？」

「これ実家のよ」

「なるほどね。じゃ進んで」

「はいよ〜」

特に入門書類を書くこともなく顔パスで進もうとした。

紛争地帯のような物々しさの検問を顔パスしたことにひとみが待ったをかけた。

「いや、あきらくんちょっと待って。なんで顔パス利くの？　私でさえ身分証の提示求められるんだけど？　ねえ、警備員さんも目をそらさないで？　いや解散しないで？　ねぇ！　仕事仕事、じゃないのよ！」

「ひとみ？　静かに。田舎者《いなかもの》だと思われちゃうから。ね？」

「ここは私の実家の敷地内だぁ？？！！！！」

てんやわんやありつつも一行はつつがなく御殿に到着した。

「じゃあわしたちは待ってるから」

「了解」

「お義父《とう》様、お義母《かあ》様、行ってまいります」

ひとみがにこやかな笑顔で両親に告げる。

「「キュン」」

両親の胸が高鳴る音が聞こえた気がする。

勝手知ったる妻の家という様子で幸長さんとあやめさんが待つリビングに向かう。

もはや家族的な扱いを受けているので大広間ではなくリビングに直行だ。

「あらあきらちゃんお帰り」

「おうあきら、待ってたぞ。まぁ座れ」

「義母さん義父さんただいま帰りました」

「うちの旦那が私の実家に馴染《なじ》みすぎな感について」

「今日は折り入ってお話が」

あきらのただならぬ様子を見て2人はニヤッと笑った。

「聞こうか」

「あきらちゃん聞かせてちょうだい」

「この度は、ひとみさんとの結婚のお許しをいただきたく参上いたしました」

「ほう」

「あらぁ」

「どうか、ひとみさんとの結婚をお許しをいただけないでしょうか」

あきらは三つ指ついて頭を下げる。

同席していたひとみは、この時、挨拶ってこんなに突然始まるものなの⁉　とか思ってたらしい。

「まぁ今更だよな。あきらも週1か週2くらいでうちに来てるし」義父が言う。

「えっ」

ひとみは初耳だったようだ。

「うちのフイユモルトもなついてるみたいだし」義母が言う。

「えっえっ」

「何より、うちの娘のことをそんなに想《おも》ってくれている男になんの文句があるだろうか」

「いやない」

義母と義父のコンビネーションが炸裂《さくれつ》した。相変わらず仲の良い2人にほっこりする。

「ありがとうございます」

「これからも末長く頼むよ」

「はい。今日はうちの両親も呼んでいるんですが、会っていただいてもよろしいですか？」

肝心の、今日何のために来たのかということを伝え忘れていた。

「馬鹿野郎てめぇ早く言え！！　どこでお待たせしてるんだ！！！」

「車で」

「おい迎えに行くぞ！」

「急ぐわよ！」

義父と義母は急いでうちの両親を迎えに行き、リビングまで連れてきて顔合わせとなった。すみませんね、バタバタしちゃって。

「申し訳ありません愚息がお手間おかけしまして」

「いえいえとんでもない。あきらくんは非常にウチにもよくしてくれますよ。自慢の息子さんじゃないですか」

おきまりの自分の子供を下げて、互いの娘息子を褒めあうやりとりをして、めちゃくちゃ宴会した。

宴会の中で発覚したのだが、どうやらうちの祖父《じい》さんと結城家は浅からぬ縁があるそうで、さらに大盛り上がりとなった。後日正式な結納式では盛大にお祝いをしようということになり、顔合わせは幕を閉じた。


そしてやってきた結納の日。

結納を受ける準備のため、数日前からひとみは実家に帰っている。

自分も実家に帰って結納の準備を進めた。

本日もメルセデス・ベンツＳ５００ロングＡＭＧパッケージで結城家へと向かう。

霧島家から結城家へは公共の交通機関を使うと地味にめんどくさい。

近くもないが、遠くもない。四国には新幹線もないし、飛行機飛ばすような距離でもない。今度ＪＲ西日本を買収して直通の新幹線でも作ろうかと父が言っていた時は冷や汗が出た。

笑いながらできるの？　と聞くと、金額だけの問題でいうとできると言われた。知らない間に自分がどれほど稼いだのか恐ろしくなった。

結納品は霧島家の伝統セットが13品あるらしく、それを持参。酒肴料《しゅこうりょう》などといった最近の方式ではなく本物の現物。鯛《たい》も明石《あかし》海峡で取れた生の鯛。

今回はそれに加えて反物を。そして結納金。などなどなど。

結納金に関しては今回は現金で50億円用意した。もちろん祝い事なのでピン札を、銀行に無理を言って、用意してもらった。

現金はルイ・ヴィトンのアルゼール10個にパンパンに詰めて随伴車のキャデラックに放り込んである。現金輸送車かよ。それにしても持っててよかったアルゼール。

それでも入りきらなかった分は紙袋に入れてこっちのベンツのトランクのギリギリ残っている空きスペースに入れている。

結納金とはこちらの資力を示すもので、相手の親に、あなたの大事な娘さんに貧しい暮らしはさせませんよ、という意思表示のようなものらしい。

そして服装。

父と自分は五つ紋付の羽織袴《はかま》。

母は黒留袖の五つ紋付だ。

五つ紋付とは両胸両袖背中の中心の五箇所に家紋が入ったタイプで、一番格式が高い着物だ。

昔はなんで着物の着付けなんかさせられるんだろうと不思議に思っていたが、やはり歴史が古い家ということだったんだろう。

今では自分で着付けができるようにしてくれた家のしきたりに感謝している。

「黒のAMGロングでさ」

おもむろに私が切り出す。

「うん」

父が答える。

「トランクに現金突っ込んでさ」

「うん」

「大統領専用車みたいなキャデラックの中にも現金突っ込み入れてさ」

「うん」

「誰か手打ちにするん？」

「なんてことを」

「紋付着てたらアウトだったから今回道中は私服で行ってんのよ」

母が答える。

「確かに一発で車止められそう」

ひとみは今日は振袖を着てくれるらしい。

こちらが五つ紋付で行くと伝えておいたため、幸長さんとあやめさんも五つ紋付にするようだ。

そして、ひとみの家に着いた。

ひとみの実家の大邸宅、通称「御殿」に到着してから思ったのだが、玄関ってどこだろう。

すると一《イチ》が来た。

「お久しぶりですあきら様。本日はおめでとうございます」

「あぁ、一ありがとう。車どうしようか」

「ご案内いたします」

一の案内に従うと、いつも入城する入り口の真横に車を横付けで停《と》めさせられた。

ちょうどスペースシャトルが宇宙ステーションとドッキングするような形だ。

「車の鍵はそのままでお願いします」

「う、うん」

「荷物はございますか？」

「一応トランクと後部座席に」

「かしこまりました」

運転席と後部座席のドアが開けられる。

左ハンドルなので、降車するとそのまま真《ま》っ直《す》ぐ進むだけで入城だ。

「それではご案内申し上げます」

「お願いします」

「まずは更衣室に」

「はい」

一行の後ろには車に置いてきた荷物を全て持ってついてきてくれる従者の方々がいる。

「こちらの結納品はもう準備してきて構いませんか？」

「あ、私行きます」

母が手を挙げる。

霧島家のしきたりの一切は、すでに母が取り仕切るようになって長い。

母に任せれば問題ないだろう。

うちが持参した結納品も品数が多く、その結納品のセッティングには霧島家のやり方があるらしい。

「かしこまりました。ではお着替えなど準備が整いましたら更衣室のベルでおしらせください」

「はい。お願いしますね」

「すいません、嫁さんの実家の人に手伝わせて」

「いいえ、私は結城家の人間ではありません。私は霧島家の従者でございます」

あきらはなるほどと思った。

これが結城家のもてなしなのだと。

家がでかすぎて、普通の常識が当てはまらないこの家ではどうしても相手に気を使わせてしまう。

恥をかかせてしまうこともあるかもしれない。

だからスムーズに事が運ぶように従者を貸し出す。

それも結城家の施しとして従者を貸し出すのではなく、結城家に来たお客さんのお家の方というテイで。

本物のおもてなしの心を感じた気がした。

更衣室に案内され、紋付袴に着替えると、黒留袖に着替えた母が準備を終え戻ってきた。

「大広間すごかった」

「まじか……」

「なんか俺まで緊張してきたよ。結納するのあきらなのに」

「そろそろご準備、よろしいですか?」

「大丈夫です」

「かしこまりました。それでは大広間までご案内申し上げます」

「はい、お願いします」

案内されながら進んでいくと、どうやら前と違う廊下を進んでいる。

「今回は以前の大広間ではないんですか?」

「以前の大広間は、実は大広間ではありません」

「⁉」

「あれは大旦那様の執務室です。時々あそこで会議されることもあるため、あのような狭さになっているのです」

「なるh……狭い？」

「今からご案内する広間はもっと広いです」

「わぁ……」

「それでは到着いたしましたのでご入室を」

新郎側から大広間に入室し、後から新婦側が入室する。

入るとでかい。

金持ちの家が丸々すっぽり入るくらいでかい。

天井もアホみたいに高い。

庭側の障子は全部開いており、春の暖かな日差しが部屋の中まで差し込んでいる。

庭には赤い毛氈《もうせん》が敷かれ、雅楽の生演奏が奏でられていた。

「さっきから聞こえてた音はこれか……」

横を見るとアホほど広い床の間があり、咲き誇る桜の大木が飾られている。

よく見ると鉢植えでもなんでもなく、床の間をぶち抜いて地面から生えている。

どうやら桜に合わせて部屋の大きさを変えてきたらしい。

桜に合わせた結果この広さというわけだ。春は室内で花見ができて良い。ちなみにこの大広間は春の間しか使わない大広間らしい。四季に応じた大広間がある家、それが結城家だ。

しばらくすると幸長さんとあやめさんに連れられて美しい振袖姿のひとみが現れた。その美しさは言語を絶するほどで、この世の全ての芸術が束になっても敵《かな》わなかった。

しばらく見とれていると、父幸隆《ゆきたか》の咳払《せきばら》いとともに結納の儀が始まった。

式自体はつつがなく進んだ。

特注の家紋入りの桐箱《きりばこ》に入った、家紋付きの正絹の布（袱紗《ふくさ》ほどの大きさではないので布としか言いようがない）で包んだ結納金現金50億円を出した時はさすがに幸長さん、あやめさんの顔も引きつった。

初めてそんな顔をした2人を見たのでとても満足できた。

結納の儀が終わると、庭に出て、先ほど結納品として出した茶を使って野点《のだて》のお茶会に移行した。

ちなみにこのお茶は我が家で所有している茶畑のお茶だ。

めちゃくちゃ美味《おい》しい。

マナーはよくわからんがそれなりにそれっぽくできたと思う。

そして最後はやはり宴会。宴会に関しては専用の宴会場があるらしい。

結城家の従者の方々も入り混じっての大宴会だ。

従者の方々はひとみが小さな頃から面倒を見てきた。

そのひとみがとうとう結納。感極まらないわけがない。感極まった男衆が、私に飲み比べを挑んだ。それをたまたま見つけたひとみが頭を抱えた。ひとみはあきらの酒の強さを知っている。

あぁ。屍《しかばね》がまた量産される。

悲劇は繰り返す。

さまざまな感情が己の胸中を駆け巡る。先日の挨拶で霧島の男衆が鬼ほど飲むことを思い知った私。

しかし、私の父も負けてはいない。なんと、酒が強くないのにかなり飲む。

いわゆるゾンビなのだ。飲んで潰れてまた飲む。

女性の従者の方々やお母さん、お義母様《かあ》は馴れ初め《なそ》エピソードやラブラブエピソードを聴きに私のところまでやってくる。

みんながみんなキュンキュンしていた。

あきらくんもそれに気づいていたが巻き込まれると顔から火が出て一気に酔いが回りそうだと思ったのか、聞こえないフリをして従者の方々との飲み比べを続けているのを横目で確認した。

しばらく女子トークに興じていたがふと気づいた。

あきらくんはどこだ？

いた。

「ホントにもう、飲みすぎて体壊したりしないでよね⁉」

四斗樽《だる》が４つほど転がる大宴会場で、酒に潰された若き命たちを眺めながら、空になった四斗樽の上に半分だけ蓋をして腰掛け、柄杓《ひしゃく》でまだ中身のある樽から酒をすくって飲むあきらだった。楽しい夜は更けてゆく。

領収書

霧島　　様

金額	霧島家 ご結納品（計13品）	¥4,500,000
	結納金	¥5,000,000,000
	幸せな結納の儀	プライスレス
	決済	**¥5,004,500,000**

※ちゃんと個人の口座から自分で出したんだからな！（霧島）

幸長《ゆきなが》さんも中村《なかむら》さんもダニエルもそれぞれの仕事で出かけている時、清水《しみず》が計画の打ち合わせをしたいと言ってきた。

2人が集まったのは大学の食堂。

まさかこんなところで世界規模の計画を話しているとは誰も思わないだろう。

私はカレー、清水はカツ丼を注文して空いている席に着いた。2人は大学ではもうすっかり有名人で、遠巻きにヒソヒソと話題にされていることがうかがえる。

「なんか視線を感じるっちゃけど」

そりゃあそうである。

爆音のメルセデス・ベンツAMG C63S クーペで毎朝ちゃんと学校に来る清水。

ボディはもとより、アルミホイールまでマットブラックの塗装が施してある厳《いか》つい車である。

塗装されていたため気づかなかったが、アルミホイールは純正でその上から塗装をしているだけらしい。塗装といってもシールだと言っていたが。

そして、車高もマフラーも変えているのかと思ったらあれで純正らしい。

恐ろしい車だ。

清水が学内の駐車場に停《と》めていることから、私も学内に停めるようになったので、もう隠してはいない。真っ白のレクサスLXに乗って通学している私。

2人揃《そろ》って、とんだバブリー大学生だ。

その見てわかる財力から、ロクでもない身の程知らずの学生に、時々ではあるが、友達でもないのにお金貸してなどと言われる。

大抵は冗談で済むのだが一度とてもしつこいやつがいたので、

「すまんが、お金を貸す必要があるほど困窮してる人間と友達になった覚えがないのだが」

「よかったら金融屋紹介しよっか？　ギリギリグレーだけど」

と2人で言い放ったらそれ以降誰も言ってこなくなった。

そんなことを言う2人だが実は慈善団体を持っていたりする。

私は学生向けのアパートの運営や返済不要の奨学金を交付する財団。

中村さんも1枚噛んでいるやつである。清水は九州出身の子供たちの進学支援財団。

清水の財団に関してはすでに親の代から始まったもので、50年以上の歴史と延べ数万人以上の子供たちを支援してきた実績がある。

さて、話は戻って大学の食堂。

清水はあんなに綺麗《きれい》な英語を話すのに、私や友達しかいない場面になると博多弁《はかたべん》に戻る。

「さて、計画の進み具合を確認しようか」

「とりあえず出資金は1兆円と少しほど集まったけんその旨報告。内訳は霧島《きりしま》んとことひとみちゃんとこが3ずつ。うちと中村さんとことダニエルが1・5ずつ。まぁうちからはご祝儀というより本当に出資金やね」

このリゾートアイランド計画に関しては面倒なところは、ほぼほぼ清水が一手に引き受けてくれている。なんでも暇だからとのこと。

この計画は五者で合弁企業を立ち上げ、計画の各段階でそれぞれが所有する企業に仕事を割り振る形になっている。

ちなみに島はもう購入済みらしく、７００億円ほどだったらしい。

広さは大体東京都くらいで、島の半分程度は開発が済んでいる。開発済みというよりかは途中で頓挫したと表現する方が正しいかもしれない。

そこから生活可能エリアに、現地政府の協力のもと、ライフラインを通し、石油備蓄基地を建設し、再生可能エネルギー発電施設を設置し、港を整備する。

特に再生可能エネルギー発電施設に関しては、実用化は世界初のシステムが搭載される。この辺は親戚で学者の芙美《ふみ》姉さんが専門分野なので、知り合いの学者仲間を連れて色々と思考錯誤している。

飛行場を建設する計画もあったが、広さとランニングコストを考慮した結果断念した。また、のちのちリゾートアイランドとして運用していくことを考えれば、船でしか行くことができないという希少性が当たるかも。ということだ。

不動産取得は中村さんと幸長さん、うちの実家の会社が担当。

インフラ建設、ホテル建設などは清水と幸長さん。

ホテル誘致はダニエルとうちが担当している。

特に清水家と結城《ゆうき》家の建設会社はいわゆるスーパーゼネコンと言われるかなり大きな総合建設会

社で、環境への配慮もバッチリだ。最新技術の粋を集めた建物ができるだろうとのこと。

「そりゃ1兆円以上もあればなんでもできるだろうよ」

「まぁそうやね。出資者のみんなも回収できる公算がでかいけん出すとよ。あと節税」

「なるほどなぁ」

「一応もう工事は進んどって、世界中から技術者とか労働力集めてやっとるけん、多分完成は相当早まるばい」

「そうか！　よかった」

「一応メインは半年程度で完成予定やけん」

「半年⁉」

予想外の突貫工事に思わず声が出る。大丈夫なのか？　そんなに急いで。

「まぁ港とホテルね。短期でできる代わりにコストは馬鹿みたいに高い工法とかをふんだんに使うって言いよったけん」

「それ大丈夫なの？」

「一応、島は仏領《ふつりょう》ポリネシアにあるからポリネシア政府とフランス政府にも許可は取っとーばい。フランスからも技術者、学者がたくさん来とるみたいやけん。ヨーロッパは環境工学のメッカやけんバリありがたいっちゃんね」

「すごいなぁ……。ってそこじゃなくて予算！」

「あぁ、足りる足りる」

霧島はまだ知らない。

この5人での半ば趣味のようなリゾート開発が世界中にもたらす影響を。

為替《かわせ》の影響を懸念して、元からドル建てで用意された100億ドルは昨今のドル高で1兆6000億円にまで膨らんでいた。各家が資金調達時の貨幣価値でいえばおそらく1ドルあたり100円前後だったのではなかろうか。

そんな莫大《ばくだい》な資金をバックに、この南の島を開発するのだが、この島を管轄するポリネシアのGDPが大体60億ドル。つまりGDPの約倍の金が一気に流れ込むのだ。

まさにゴールドラッシュ。一時期のドバイなどのように、とんでもないスピードで国が潤う。その影響は世界中に波及し、この時はまさに世界が今から空前の好景気に沸く、嵐の前のような静けさだった。

そしてこの計画を実行してのけた5人はフランス政府から勲章をもらい、なぜかイギリス政府からも勲章をもらえる。いきなり外国から栄誉ある勲章をいただいた若者がいるということで、英仏両政府から遅れること数ヶ月、日本政府も勲章をくれた。

なんとも外圧に弱い日本政府である。

それはともかく。

「あと第一陣で誘致するホテルも決まったと」

「どこにしたよ」

「ダニエルのとこと霧島のとこ」

まぁ順当だなという感覚。それ以外に親しいホテル屋も知らないし。

「なるほど、まぁこうなるか」

「サンズの方はもう好きにやってくださいって」

「あぁ、よかったよかった」

「あとお前んとこサンズ買収したらしいな」

「え？　またまたぁ！」

初耳すぎる。そんなことってあるの？

「頑張れ！」

「でもなんも知らせ来てないよ？」

「秘書のエマさん？　が全部なんとかしとるらしいばい」

「有能だなぁ」

「社長代行って感じやね」

本当にエマには感謝している。あの人がいなかったら立ち行かなくなっていただろう。

「エマに譲りたいよ会社」

「とはいえ、なんか本当に財閥じみてきたな、お前のとこ」

「清水のとこは昔から財閥じゃん。財閥解体もうまいこと乗り切ったんでしょ？」

「まぁね、なんとかね」

「おそろし」

「うちの実家も霧島と関係持てて幸せって言っとったけん！　これからもよろしくな！」

「道連れにするな！」

大学での楽しい一コマであった。

＊

今後忙しくなることを見越して、前もって入籍を済ませた数日後、大阪港にて。


「おぉー！　でかい！」

「な？　かなりでかいだろ？」

「すっごいね！　あきらくん!!」

「ほぉーこれはすごい！」

「いやぁ、立派な船やねぇ！」


これは右から、私、ダニエル、ひとみ、中村さん、清水のそれぞれの感想である。

何を見ての感想かというと、船である。

ダニエルの友人から購入した船がいよいよ大阪港に届いたのだ。遠くアメリカでフルメンテナンスを受け、内装の手直しと船体の塗装をし直した立派な500フィートクラスのメガヨットは太陽の光を反射して自信満々に海に浮かんでいた。

これに伴って、ダニエルの船も停泊していたマイアミから長旅を経て大阪にやってきた。この大阪港では見たことがない形の、どでかいクルーザーが2隻も浮かんでいるため近隣住民から第五管区海上保安本部へと通報されたらしい。

ちゃんと許可は得たのに、通報があったため、海保の方々が様子を見に来てくれたが、個人所有ですと言うと、海保の人がどんどん集まってきてすごいすごい！　と言いながら見物して帰っていった。隣にはダニエルの立派なメガヨットが浮かんでいる。

この2つのメガヨットには両方ヘリポートがあり、ダニエルの船には実際にヘリが載っている。私の船にはヘリがない代わりに遊ぶための小型クルーザーが収納されている。

ちなみに小型クルーザーは元の持ち主がおまけでつけてくれた。

500フィートとなると全長は150mを超える。そのため、一般のマリーナに停泊することができない。したがって、今回私とダニエルの船は商業港の方に停泊させてある。

「よし。じゃあみんな、準備は大丈夫か？」

「「「おぉー！」」」

ダニエルの掛け声に反応して、みんなの声がこだまする。

一行はこれからこの大きな船でタヒチのリゾート島に視察に行くのだ。そう、あくまでも視察である。旅行気分満々だが、あくまでも対外的には視察で通っている。

しかし、今回の視察旅行で使う船はあきらの船だけ。

メンバーはあきら、ひとみ、ダニエル、ダニエルの奥さんのマーガレット、中村さん、清水の6人であるため、2隻だと多すぎるのだ。加えて、クルーはダニエルが用意してくれた。

ダニエルの船はこれからドックに入りメンテナンスを行う。

「よし、出航だ！」

テンションが上がっているダニエルにクルーのみんなは苦笑いだったが、6人のメンバーはそれ以上にテンションが上がっており、

「「「おぉー！」」」

という掛け声を出してしまった。

大きな声を出した後にどことなく恥ずかしい気持ちになった。

ダニエル夫妻と中村さんは初船旅ではないはずなのだが、なぜかテンションが爆上がりだった。

何はともあれ大阪からタヒチまで、約1万㎞の長い船旅はスタートした。

行程は大体1週間弱ほどでタヒチに着く計算らしい。

何箇所か寄港したり、太平洋の真ん中で海に映る満天の星を見たり、1日中釣りをしたり、1日中映画を見たりして、とてものんびりした1週間が過ぎた頃タヒチに着いた。

タヒチと簡単に言うが、私の購入した島は正確には、ソシエテ諸島を構成するウィンドワード諸島のうちの一つの島で、最寄りの島がタヒチ島というだけである。

なお、今から向かう島が私の購入した島であることはひとみには一言も言っていない。開発途中の島で、写真で見た時はどうなることかと思ったが、今目にしている港はとても立派である。

「立派な港だな」

「そりゃ500フィートクラスの船が何隻も停泊することを見据えとるけん、かなり立派に作ったとよ」

島の計画に関しては清水が総責任者だ。日本どころか世界中の海洋土木業者を集めて、金にモノを言わせて整備したらしい。

「ホテルもかなり立派なホテルができとーけん」

「どんなホテル？」

ひとみが目を輝かせて食いつく。

「見ればわかると」

ひとみには今回の旅行はダニエルの新しいリゾートを見学に行くという名目で話している。

船が港に着岸すると、とても熱烈な歓迎を受けた。

ポリネシア政府の方々や、出稼ぎに来ている他の島の人々がたくさん出迎えてくれた。

「すごい歓迎だな」

「そりゃ現地の人たちからすれば俺たちゃ英雄よ」ダニエルが答える。

「なんで？」

「考えられないほどの外貨を落としてくれるからさ」

「なるほど」

現地の人々からの熱烈な歓迎に笑顔で応えた一行は車で完成したばかりのホテルまで向かう。車はメルセデス・ベンツのストレッチリムジン。６人乗りの特注車なので2台。

この南太平洋の島にマイバッハのストレッチリムジンを持ってくるというチョイスにどことなく違和感というか馴染《なじ》みを感じたあきら。その違和感の正体はホテルに着くと解消された。

「長旅お疲れ様でした、ボス」

「エマ」

「はい、エマです」

そう、この島までメルセデス・ベンツを運んできたのはあきらの秘書エマである。

ひとみの恋敵でもある。

「お、誰この美人」

清水が食いつく、ふりをしている。すでに打ち合わせで何度も顔を合わせており、顔馴染みですらある。

「うちの秘書のエマさん」

「バリ綺麗《きれい》やん。素敵なお嬢さんですね、今夜ディナーでも？」

口説き文句だけは一流のフランス語でエマを口説きにかかる。

それを聞いていたあきらとひとみと中村さんは大爆笑した。

「失礼な！　なんで笑うとよ！」

「博多弁《はかたべん》からのフランス語のギャップが面白すぎて」と、ひとみ。

「しかもフランス語めっちゃ綺麗だった」と、あきら。実はこの清水のアカデミー賞モノの達者な演技にも笑ってしまったのもあるのだが、それは秘密だ。

内心ではいつも率先してピエロを演じてくれている清水に感謝をするが口には出さない。

「いや、人は見た目によらないものだね」と、中村さん。

清水の綺麗な英語に慣れているダニエル夫妻はまだ日本語には疎くキョトンとしている。

「というか清水、フランス語大丈夫やったんやね」

清水の芝居に乗っかる形であたかも初めて知ったように聞いてみる。

「小さい頃やらされやったとよ。それでも霧島のフランス語には敵《かな》わんけどね」

「ほぉ！　霧島くんはフランス語も！　さすがは新時代のリーダーだ！」

中村さんが褒めちぎってくれる。

「で？　お返事は？」

苦笑い気味のエマに清水がフランス語で尋ねる。

「心に決めた人がおりますので」

そう笑うエマはあきらの方をちらっと見たがあきらは気づかない。

ひとみは気づくが、正妻の余裕を感じさせる余裕の笑み。

「それは残念」と、さして残念がる様子も見せずに話を終える。

「それでは！！！　ホテルのお披露目《ひろめ》でーす！！！」

チェックインだけを目的とした建物を抜けるとそこには水上コテージが広がっていた。

「やっぱりタヒチは水上コテージでしょ！」

「「「おぉー！！！」」」

みんなから歓声が上がる。完成したばかりなので建物も新しく、抜けるような青空と、透き通る海にとても映える水上コテージ群が広がっていた。

「まぁまだ、港とこのホテルしか完成してないんだけどね」

「それでもすごい!!」

「大したもんだ」

「これでリューも俺たちのブラザーだ！」

などなど、みんなから称賛の言葉を受けまんざらでもない様子。みんなにそれぞれコテージの鍵が渡されると、

「じゃあ各自解散！」

という言葉とともにそれぞれがそれぞれの部屋へと散っていった。

領収書

霧島　　様　　お品代として

金額	メガヨット(1隻)	¥24,000,000,000
	決済	**¥24,000,000,000**

「そういえば、なんで私たちこの島に来たの？　見学だけ？」

翌日、朝食会場に使っている大きなホールで、ひとみがいよいよ引き金となる質問をやっとしてくれた。

「実は今から結婚式をします」

「え⁉⁉⁉⁉⁉　誰の？？？？　いや、え？？？？？？　はっ⁉⁉⁉⁉」

「正確に言うと、明後日《あさって》です」

「えっ。えっ⁉⁉⁉」

「そしてひとみのご両親と親戚、俺の両親と親戚は今この島に向かっています」

ダニエルの船は、我々の出発後、急速で迅速にメンテナンスを済ませ、翌日には出航できる状態にしてあった。そして、その状態の船にひとみの両親と私の両親といくばくかの親族を乗せ、太平洋を驀進《ばくしん》中。明日には入島する予定である。

「式場は？」

「この島に作りました！」

「⁉⁉⁉⁉」

「ついでにこの島も買い取りました‼」

「「「私たちがこの島のオーナーです！！！」」」

声を揃《そろ》えて、肩を組み、ひとみの前に現れる一味。

「⁉⁉⁉⁉⁉」

「ひとみと見てたパンフレットは実は式場のデザイン案です。２人でこの式場にしようって言ってです」

た式場を作りました」

「日本で見たのは？」

「あれはショールームです」

「だから外装は工事中になってたのか……」

「ウエディングプランナーさんと話を詰めましたが、あの方、実はこちらの式場のプランナーさんです」

プランナーさんがホテルのウェイトレスの格好をして向こうで手を振っている。

「初めて明かされる真実がどデカすぎてついていけない」

「それでは実際に我々が式を挙げるチャペルに向かいましょう」

道中のひとみは頭を抱えていた。

「こちらが結婚式会場です！」

みんなに手を引かれ結婚式場となるチャペルに連れていかれるひとみ。

ひとみは膝から崩れ落ちた。

「想像以上に外観が好みすぎてつらい……。好みとドンピシャすぎる……。えっ、てかなんで知ってるん⁉⁉⁉⁉⁉　これ私が描いた絵の建物なんだけど⁉⁉⁉⁉⁉」

ここにはひとみの母あやめさんの協力も大きい。

父幸長さんのコレクションから昔にひとみが描いていた絵なども提供してくれた。

幸長さんは基本的にひとみの描いた絵や手紙、落書きに至るまでほぼ全てを収集している。

「中身はこんな感じです」

「憧れの結婚式場と同じすぎてつらい……。妄想してた結婚式場と同じ……」

そう、結婚が決まってからひとみはあきらに、どんな結婚式がしたいか、どんな式場で挙げたいか、己の妄想の全てをぶつけ続けてきた。それが故に私も計画を進めやすかった。

事あるごとに、最近はこんなのあるらしいけどどう？　と、ひとみにお伺いを立てて話し合ってきた。このおかげでプランナーさんとの打ち合わせもとてもスムーズに進んだ。

そもそも、ひとみがやりたいことは全てやる方向で進めたため、あまりのスムーズ具合にひとみも不思議がっていたが、そこはなんとか押し通した。

「結婚式の招待状を送る人リストを早めに作って提出させたのはこういうことか……」

「そうです。どうですか？　こんなサプライズ」

「もー。びっくり。やばい」

「ごめんね、こんなに驚かせて」

「ううん、すっごいドキドキしたよ！　嬉《うれ》しかった。すっごく！！　でもおかしいと思ったんだよね、やりたいって言ったことなんでもできるから、どうなるんだろうって」

「そりゃもう、それに合わせて式場設計するんだから大体なんでもできるよ」

「あ、ドレスは？？？」

「日本で決めたやつ空輸しといた。カラードレスは一応決めたやつも持ってきてるし、そもそも結婚式場を開業するつもりだから何百着かは用意してるよ」

「しゅごい、全部用意されてる」

「大サプライズでした!!」

「感服いたしました」

計画を進めていたメンバーはサプライズが成功して胸を撫《な》でおろしていた。

結局、式に参列するゲストは3桁人にまで膨れ上がった。

海外挙式で、しかも馴染《なじ》みがない土地ということもあり、ほとんど来れないかと思って船を用意していたが、招待状を送ったほとんどの人が参加を表明してくれたので、交通費はこちら持ちで関空まで来てもらい、関空からタヒチまでチャーター機を朝晩の2便手配した。

タヒチ島からこの島まで船で1〜2時間程度なので、タヒチに到着した人から順にあきらたちの船を使ってピストン輸送することになっている。

また、両親たち船で来る組は飛行機組より1日早く到着することになっている。

式場の視察を終え、細かい部分の打ち合わせを済ませたところでそろそろ夜が来ようとしていたため一行は部屋に戻る。

ちなみに晩ご飯は式のコース料理の大試食会だった。

試食会も無事終えることができ、ひとみからの太鼓判ももらえたので解散の運びとなり、それぞれ部屋に帰っていく。俺もひとみと同室なので一緒に部屋に帰る。

「ほんっとにびっくりしたよ、あきらくん」

「いやね、悪いと思ったのよ。でも驚かせたかったのといたずら心で……」

ひとみは驚きと嬉しさで2倍疲れたようで、大きなソファに倒れ込みながらつぶやいた。

「たぶん、これほどスケールが大きくて、理想通りの仕上がりだったから怒りが湧かないんだと思う」

「まぁ結婚式の主役は花嫁だからね。その辺のサプライズ具合は相当気にした」

「ドレスもプランも式場もちゃんと決めてたしね」

「その会場と日にちだけ秘密だったっていうだけで」

「いや、その二つがでかいんだよ‼」

まさか花嫁に内緒で式場を作って結婚式を行う人間がいるだろうか。俺は聞いたことがない。

「長期の旅行行くから空けててねって言ったじゃん」

「まさかこうなるとはね！」

「まぁ夏休みですから」

そう、今大学は夏休み真っ盛り。ほぼ2ヶ月丸々休みである。

「どうりで入籍してからえらいエステに行かせるわけだよ。おかしいと思ったよ。しかもやたら高いコースだし」

「うん、すっごい綺麗《きれい》だもん最近」

「それは感謝してる」

「よかった」

「私は知らず知らずのうちに結婚式の準備をしてたってことなのね……」

「そういうことです」

「ほんとやり方うまいわ。全然気づかなかった」

「いや、ほんと怒られるかと思った」

「怒らないよ。でも中途半端にやってて人に迷惑かけてるようなら怒ってたかも」

「怒られなくてよかった……」

「ちなみに、この計画知ってたの誰？」

これは答えにくい質問だ。まさか全員グルだなんて言いにくいったらない。少し言いよどんで、腹を括《くく》ってひとみに告げる。

「……最終的にはひとみ以外のほぼ全員……」

「マジか」

「むしろそれでよくバレなかったと思う」

「ほんとあきらくんってそういうギリギリの勝負絶対勝つよね」

「俺には幸運の女神がついてるからね」

なんとなく俺は腕時計を見た。


一方その頃他のメンバーは。

「それでは、サプライズの成功を祝って」

「「「カンパーイ」」」

打ち上げを兼ねた大宴会が始まっていた。

「いやぁ、ヒヤヒヤしましたが成功してよかったですな！」

「まったくだ！」

「まさかこんな早く完成するとは……」

みんながそれぞれに感想を言い合い、打ち上げをしていると、船で来る組が到着し、宴会に合流した。

「サプライズは成功した？」

「もちろん！」

「よーし、よくやった！」

計画の成功を知らされ、幸長、幸隆《ゆきたか》、あやめ、ひろみ他多数の親戚たちや、地元の友人、会社関係者たちが互いに互いをねぎらい合う。その空気はもはや戦友とも呼べる空気感だった。そうこうしていると、ひとみとあきらも合流した。

「えっ‼　お母さん！　お父さん！　もう着いたの？」

「ええ、もちろん」

「ちゃんと行程通りだよ」

「やっぱり、２人もこの計画知ってたの？」

「むしろ率先して進めた」

「私はアドバイザーとして制作総指揮を務めたわ」

「うちの両親がかなり黒幕に近かった件」

ひとみは何となく面白くなくてジト目で２人を見る。

「黒幕だなんて人聞きが悪いわ」

「そうだそうだ。ひとみの一生に一度の晴れ舞台の一つだからな」

「一生に一度とか言う割に晴れ舞台何回も作ろうとしてるし」

「まぁいいじゃないか。式場も見たんだろ？」

「うん、好みにドンピシャだった」

「そりゃママが練りに練ったデザインだからな」

心なしか幸長パパの鼻が高い。

「そうよ、あなたの好みに合わせて考えたんだから。本職のデザイナーさんと設計士さんと」

「予想外に本格的すぎて……」

「ちょっと前にあなたに絵を描いてもらったでしょ？　どんな式場で挙げたいかっていうテーマで」

「うん、なんでこんなことやらせるんだろ？　と思ったけど、描いてるうちに興が乗ってきて楽しかった」

「あれを叩《たた》き台《だい》にしてパンフレット作ったのよ」

「こんな理想通りの式場のパンフレットおかしいと思ったわ」

ひとみが親子の会話に花を咲かせているとあきらもやってきた。

「長旅お疲れ様でした、お義母《かあ》さん、お義父《とう》さん」

「まずはサプライズ成功おめでとう」

「さすがはひとみが選んだ男なだけあるわ。うちの娘の目に狂いはなかったわね。本番の前からこんな面白い式になるなんて」

「ありがとうございます。お義母さんに至っては計画にも参加していただいたし」

「いいのよ。パパだけに楽しい思いさせてらんないわ」

「今日明日はどうぞ親子水入らずのお時間をお過ごしください」

「ありがとうあきらくん」

「明後日の式は楽しみにしてるからね」

「明後日の式で流すムービーに今日のハイライトも入れますんで、ぜひ楽しみにしといてください」

「えっ、あきらくんどういうこと？」

ひとみがうろたえ始める。

「今日サプライズした時のひとみの驚きの表情、実は動画に撮ってある。ほら、そこと、ここと、あとそれと、あれと、あと遠くに見えるあれもカメラだよ」

まさかの告白にひとみの顔が真っ赤になる。

「それ流すの⁉」

「絶対流すでしょ！　サプライズが成功した時の顔は、お義母さんもお義父さんも見たいと思うよ？」

「そうだそうだ！」

「むしろその顔を見るために計画したようなものよ‼」

「そんなぁ～」

「楽しみにしといてくれよな！」

「もう！　あきらくんのバカ！」

そうは言いつつも嬉しそうなひとみと、楽しそうな笑顔のみんなであった。

＊

結婚式前日、ひとみは独身としての最後の日を過ごしていた。

籍自体はすでに入れているので、もはや独身ではないのだが。

なんにせよ結婚式というものは一つの節目である。その節目の前日を共に過ごすのはもちろん両親だ。

「あんなに小さかったひとみがもうお嫁に行くのね」

「もうお嫁には行ってるんだけどね」

「とはいえ、やはり結婚式は大きなけじめになる。立派な旦那さんを捕まえてきてくれてありがとう。ひとみ」

「あきらくんが1人で挨拶に行った時に日本刀振り回してた人の言葉とは思えないね。お父さん」

「いや、それは……」

「そうよ？　パパ。私はまだあきらくんにした仕打ちを忘れていませんからね？」

「ママぁ……」

「お父さんすごく気持ち悪いよ」

「すまん……。そういえば、こんなこともあろうかと、ひとみのアルバムを持ってきたのだよ」

「露骨にごまかしたな……」

「ほら、すごいだろう」

3人の目の前に鎮座しているのはひとみの20年史と銘打たれた立派な装丁のフォトアルバム。200冊ある。数えたので間違いはない。10冊1束に積み上げられており、それが20ある。

「え、なんでこんなに?」

「パパ……」

「ひとみが生まれたその日からこっそり撮りためておいたのだ。ちゃんと年代別に区分してある」

ちなみに、重さがすごかったので船には載らず、別便の航空便で届けさせたらしい。

「やることがストーカーじみてるよ……」

「いくら実の娘でもこれは……」

「ちなみに動画もある」

「どれくらいあるの?」

「50TBのHDDがそろそろ満杯になる。全て高画質化してあるぞ。今流行《はや》りのHD化というやつだ」

「「すごい引くわ」」

「ちなみにあきらとはよくこの動画を見ながらホームバーで酒を飲み交わしている」

「なんてことを……」

「むしろそんな親と仲良くできるあきらくんの度量がすごいと考えましょう」

「そうね、お母さん」

やいのやいの言いつつも、3人はひとみの幼い頃の動画を見ながら、この時はこうだった、あの時はどうだったと昔を懐かしんだ。映像を見終わり、一段落するとふと沈黙が落ちる。

「いよいよ、明日だな」口を開いたのは父だ。

「うん。明日」噛《か》みしめるようにひとみがつぶやく。

「明日ね」母もしみじみとしている。

「やめてよ、そんな、二度と会えなくなるわけじゃないんだから」

やばい、目がウルウルしてきた。

「それはそうだけどやはり親としては感慨深いものがあるわ」

「そうだぞ。パパも寂しいぞ」

「お父さんも泣かないでよ。式の一発目から出番あるんだから」

「そう言うひとみも泣いてるじゃないか」

「お母さんなんかぐじゃぐじゃだよ」

なんとなくの寂しさから3人は涙を流していた。

「お父さん、お母さん。私を産んでくれてありがとう。あきらくんと出会わせてくれてありがとう。私のお父さんとお母さんは世界一です。私も世界一のお母さんになります。あきらくんを世界一のお父さんにします。これまでありがとうございました」

「うん……うん……」

母は泣きながら笑顔でうなずいていた。

「おうっ……えぐっ……ウッ……」

子供のように泣きじゃくる父は言葉を発せないでいた。

一方その頃あきらは仲間内で大騒ぎして遊び惚《ほう》けていた。男ってホントバカ。ちなみに数ヶ月後、とんでもなくびっくりさせられることになるのだがそれはまだ先の話。

＊

前面の窓には夕ヒチの海が一面に広がっている。

そして、音響もしっかりと計算し尽くされた式場のホールで、ベルリンフィルのフルオーケストラとウィーンの聖歌隊による荘厳な音色が響き渡る。

この世の美しいものが凝縮された世界の中にウエディングドレス姿のひとみが入場してきた。

その美しさばかりの世界の中でなお、ひとみの姿はひときわ美しかった。

ひとみが纏《まと》うドレスはマイケルシンコというドレスデザイナーが手がけたもの。

本当はオートクチュールでもよかったのだが、本人の希望から既製品を利用することになった。

「ウエディングドレスは買うと面倒」とのこと。

ひとみは着物だと親から子、孫へと代々受け継がれている素晴らしいものをすでに山と持っている。そして、今ドレスなんぞ、また新しく買ってしまうとさらに場所を取る服が増えてしまう。いつも眺めるわけでもなし、保管も面倒ということもあり、レンタル衣装を選んだ。

なにより、レンタル屋さんでたまたま見つけた、マイケルシンコのデザインに一目惚《ひとめぼ》れしたというのが一番大きな理由だ。この世の美しさを全て体現しているひとみと腕を組み、ガチガチに緊張している幸長さんが歩く。

幸長さんでも緊張することあるんだな。と、この場に不釣り合いな呑気《のんき》な感想を抱く。

やっとのことであきらのもとにやってきた2人。

幸長さんは露骨にホッとした様子だ。

幸長さんは自分にひとみを託す。周りには聞こえないように小声で私に「しっかりな」と言ってきたので、思わず苦笑いをこぼしてしまう。

「どう？　ウエディングドレス」

「最高」

「それだけ？」

「言葉が見つからないよ」

事実、この美しさを凝縮した世界の中でなお光を放つほどの美しさを持つひとみにそれ以外の言葉をかけることはできない。言葉を尽くせば尽くすだけ陳腐になってしまう。

その完成された美しさを独り占めするためにもあえて簡潔な表現を使う。

2人が牧師に向き直ったところで、会場のゲストは起立し、賛美歌を歌う。

歌う賛美歌はスクライヴェン作詞の「いつくしみふかき」。

聖歌隊の響きとゲストの心がこもった響き。そしてベルリンフィルの最高の演奏。

この3つのハーモニーが心を満たす。どうやら天使の声も混じっているようだ。

賛美歌が終わる頃には会場の誰もが涙を流していた。牧師が涙を拭うと聖書を朗読する。朗読し終わったあとに、アドリブで一言付け加えてきた。

「どうやら今日は、参列されているたくさんのゲストの中に天使も主もいらっしゃるようですね。長い神職生活の中でこんなことは初めてです」

「それは光栄ですね。しっかりとお祝いしてもらいましょう」

今自分の左手にある腕時計も祝福してくれている気がする。式前のカウンセリングの時に聞いたが、この牧師さん、どうやらすごい人のようである。偉いんですか？　と聞くと、プロテスタントに序列はありませんと言われたので定かではないが。

タヒチの島々の中で知らない人はほとんどいないらしい。

彼は結婚の誓約を2人に迫る。

病める時も健やかなる時も〜のやつである。もちろん誓約は守る。守ったら守るんだ！

そして指輪の交換だ。

互いの親戚の中で一番年少の男の子と女の子にリングボーイとリングガールを頼んでおいた。

バージンロードを2人が仲良く歩いてくる。

会場の誰しもがほっこりとした気分になった。

リングボーイから指輪を受け取り、ひとみの指にすでにはめられている婚約指輪の、数千万円のハリー・ウィンストンと重ね付けできるデザインの結婚指輪をはめ込む。

無事大役を果たしたリングボーイたちはベルリンフィルの指揮者、ペトロフの横に座っている。

指揮者が飴《あめ》をあげたりしていて仲良くしてくれている。

ペトロフは昨今のクラシック音楽界の重鎮中の重鎮。

本当ならただの結婚式くらいでは来てくれないし、ベルリンフィルも演奏なんてしてくれない。

しかし、式場のこけら落としということと、ダニエルや中村さん、エマ、ラスベガス・サンズ、その他諸々《もろもろ》の有形無形の働きかけによって実現した。

決して圧力がかかったわけではない。あくまでも働きかけだ。

リングボーイ、リングガールよ、そこは世界中の管弦打楽器奏者が座りたくても座れない席なんだぞ。

ありがとうおじちゃんとか言っちゃダメなんだぞ。

ペトロフも笑ってるからいいけど。

彼も彼女もきっと将来大物になるだろう。

そのあとは結婚の宣誓をし、結婚証明書にサインをしたところで牧師がゲストに結婚が成ったことを宣言した。

そこでひとみと腕を組み、ゲストたちから万雷の拍手を受けながら式場を出る。

後ろからリングボーイ、リングガールがフラワーボーイ、フラワーガールに役割を変えて花びらを撒《ま》きつつ付いてくる。

挙式が終わったところで、ゲストたちはひとまず退場して準備をする。

その準備が完了したところで自分たちも外に出る。

外に出るとまた、オーケストラの演奏と聖歌隊のコーラスと共にみんなから花びらのシャワーを浴びる。

ブーケトスをするはずが、なぜかリングボーイがそれを受け取り、そのままリングガールにブーケを渡す。

思わぬプロポーズの瞬間に、シャッターチャンス！　とばかりに写真が撮られまくる。顔を赤らめたリングガールが、コクンとうなずき会場のボルテージは最高潮に。余談ではあるがこの２人はのちに、この結婚式場で結婚する。

新郎新婦の2人は教会の前に停《と》まっている馬車で披露宴会場に向かう。

たくさんのゲストに見送られ、披露宴会場に一足先に着くとひとみと自分は早着替え。

そうこうしているうちにゲストたちが会場に着く。会場はガーデンウエディングに近いような海辺のレストラン。ガーデンウエディングに近いというのは、まるで自然の中にいるようではあるが、ちゃんと屋内ということだ。

しかし、小さい子たちはすでに外の砂浜で遊んでいる。

怪我《けが》しないように気をつけてもらいたいものだ。

お色直しが終わり、カラードレスを身に纏ったひとみがみんなに先駆けて自分の前に立つ。やはり美しい。

この世の美しさを全て凝縮したような美しさだ（2回目）。

みんなからの万雷の拍手に迎えられ、ひとみと腕を組んで入場する。

この結婚式の仲人《なこうど》は中村さんで、挨拶もビシッと決めてくれた。

披露宴のスタートは2人のムービーから始まり、その中には今日の映像も含まれており、どんなカラクリがあるのかは知らないが、この披露宴会場のドアを開ける瞬間まで流されていた。最近の映像技術しゅごい。

ちなみにムービーの素材協力は幸長さんで、ひとみの大学生活の大体の映像は持っていた。ひとみは恐怖におののいていたが、そのおかげで素敵なムービーができたのだから文句は言うまい。

ムービーの後は友人代表清水の挨拶。

余興を挟んで両家の両親の挨拶。

そして、ひとみからあやめさん、幸長さんへの手紙の朗読。

ひとみの手紙の朗読は素晴らしかった。

感涙にむせぶとはまさにこのこと。

会場どころか太平洋中が涙に包まれたと言っても過言ではあるまい。この辺から記憶が曖昧だ。

幸長さんや父、新造《しんぞう》おじさんなど親戚たちがこぞってやってきて、アホほど酒を飲まされた記憶はある。

清水もアホほど飲まされていた。

清水はおそらく自分より酒が強いが、やはり多勢に無勢。

早々に潰されていた。

重弘《しげひろ》おじさんが四斗樽《だる》を30樽も空輸してきたのが悪い。ダニエルもダニエルで前もってワインやブランデー、ウイスキー、シャンパン、その他諸々を酒屋でも開こうかという気合と勢いで持ってきていたのが悪い。

余興でベルリンフィルの人が一芸を披露していたのはすごかった。ゲストのリクエストに応じてなんでも即興で演奏してくれていた。

大盛り上がりの会場にはおひねりが乱れ飛んでいた。いつの間にか投げ銭入れになっていたハープのケースは米ドルやらユーロやら日本円の紙幣でぎっしりになっていた。

確かに小銭は向こうで換金できないからね……。

そんなぎっしりにしちゃったらあとでどうやってハープしまうんだろう……。

ベルリンフィルの人も楽しくなって気持ちよくやってるみたいだからいいけど、そんな簡単に余興なんかに駆り出していい人たちじゃないんだぞ。

その後の記憶はない。

気づいたらコテージでひとみの膝枕で寝ていた。

「あ、おはようあきらくん」

ひとみは二次会で着る予定だったカラードレスを着ていた。

「あれ、二次会は？」

「四次会までしっかり参加してたよ、あきらくん」

呆《あき》れ気味《ぎみ》で苦笑を漏らすひとみ。

「あぁ、そうか……」

思い出したような口調だが全く記憶にない。

これからはひとみから聞いた話の抜粋だ。

まず一次会でしこたま飲んだが、二次会でも主役はひたすら飲む必要があるなどという言い訳をかましながら男連中で隣のパーティーホールに突入。

そして三次会では美しい景色が見たいなどとほざきながら砂浜にビーチチェアなどを並べ海を見ながらしこたま飲む。

四次会では涼しいところで飲もうと、最初の大宴会場に戻り、酒を飲み尽くす。

最終的には子供を除く男性参列者の約7割と女性参列者の2割が屍《しかばね》になった。数にして約70人。

ちなみにベルリンフィルの男性奏者は軒並み撃沈。聖歌隊の男性コーラスの方は1人生存。その他たくさんの屍の後処理にはたいそう苦労したそうな。

潰れてない参列者と式場スタッフの方々には大変ご迷惑をおかけしました。

目が覚めたことにより気分もかなりスッキリした私は、コテージのバルコニーにひとみを連れて出た。そこには船から見た星空とは違う景色があった。

波の音のみが辺りを支配し、手が届くほど近くに星が見える。

海面には星が映り水平線で海と空が交わる。

部屋の冷蔵庫に備え付けられていたペリエをグラスに注ぎ、2人で乾杯する。

「今日のひとみはなによりも綺麗《きれい》だった。その記憶はこれから先ずっと忘れることはない。俺のお嫁さんになってくれてありがとう。これからもよろしくお願いします」

「うん、あきらくんのタキシード姿もすごくカッコよかった。凛々《りり》しくて、シャキッとしてて。私がこれまで見てきた人の中で一番カッコよかった。私の旦那さんになってくれてありがとう。これからもよろしくね」

2人の夜は更けていく。

＊

時は少しさかのぼる。

まだ霧島が結婚発表をしていない頃の話。

清水は霧島に内緒で、極秘ミッションを実行していた。

「あの、ご飯行かない？」

「え、うん、いいけど。いつ？」

「時間は合わせるから、いつでも大丈夫！」

「ほんと？　なんか悪いなぁ」

「いいのいいの！　気にしないで！」

やった！　なんとかしてご飯の約束を取り付けることができた。

この前の食事会では大失態しちゃったからな。なんとか挽回《ばんかい》しないと。

しかも今回は2人きり！　否《いや》が応《おう》でも気合が入るってもんよ。思えば彼女をひと目見た瞬間から、俺は恋に落ちた。あの大きなクリッとした目。しゃらしゃらの髪、天真爛漫《てんしんらんまん》な笑顔。彼女はよく笑い、よく話し、よく聞く。とにかく良い子なのだ。

博多《はかた》にはこんな子おらんかったたっちゃけど！！！

確かに博多は美人が多い。けどなんか違うっちゃん！

マミちゃんはなんか違うとよ！　美人でかわいいだけじゃないと！

俺の直感がそう言っとるとよ。俺、初恋ってやつば、知ったとです。


「と、いうことでオシャレなご飯の店教えておくれ」

「なーにがということでなんだよ。しっかり唾つけちゃってさぁ。なんかおもしろくねー」

「頼むよぉ？　霧島ぁ？」

「やめろ！　すがりつくな！　粘液生物みたいに絡みつくな!!」

「お願いしますぅ⁉」

「仕方ねぇなぁ……」

こうしてまんまと阪大一スマートな男、霧島からオススメのレストランをいくつか紹介してもらった。お店も決まったことだし、マミちゃんと日付を詰めていざお食事！　という段になった。

マミちゃんにお店の候補をいくつか送ってみると、ここがいい！　というお店があったので迷わずそこを予約した。そしてやってきた運命のお食事会の日。

この日をどれだけ楽しみにしてきたことか。

この日のために髪を切り、なんなら少しジムに通って体も絞った。

ちなみに、霧島は気づいてなかったけど、ひとみちゃんにはバレた。

「今日は飲むつもりないけど一応歩きで行くか」

いつもよりちょっとだけオシャレをして、マミちゃんのお店で買ったスニーカーを履いてお店に向かう。

途中で連絡が来た。マミちゃん、遅れるってさ。仕方ないやな、社会人だし。

俺も時間押すことあるし。マミちゃんは店長さんだし。

むしろ遅れても来てくれることに対して嬉《うれ》しく思おう。

「おっ、きたきた」

「ほんとにごめんね！」

「大丈夫大丈夫！」

こっちに駆けてくるマミちゃん、かわいかったからＯＫです。

「本当にだいぶ時間押しちゃってごめんなさい……」

「むしろ来てくれてありがとうだよ～。大丈夫だった？」

「ぜんぜん！　ちょっとトラブったけどちゃんと納めてきました！」

「さすがぁ～」

思わずでれっとしちゃう。開始の時間は少し押しちゃったけど、何はともあれ楽しもう！

今日はフレンチのお店になりました。

フレンチとは言っても、そんな格式張った高級なお店じゃなくて、もっとざっくばらんとした、大衆向けの。

「今日は飲む日？」

「ううん、明日もあるからそんなにたくさんは飲めないかな」

「そっか、じゃあ俺も乾杯だけくらいにしておこうかな。注文は任せてもらってもいい？」

「もちろん！　ワインに詳しくないから助かる！　赤でも白でもどっちでもいいよ。どっちも好き」

マミちゃんの「好き」の一言にクラッと来るが理性で踏みとどまる。

俺は酒にそこまでは詳しくないが、こういうお店で恥をかかないように、一通りの教育はされている。数少ない、実家に感謝したいことのうちの一つだ。

「すみません。今日はこれをグラスでお願いします」

「ウィ、ムッシュー」

注文したのは赤ワインのユドロ・ノエラのヴォーヌ・ロマネ プルミエ・クリュ レ・スショ 2013。

ボトルで頼んでたら5~6万円はするんじゃないかな?

グラスだと3000円って感じ。ワインとしては若いんだけど、ブドウの木が古い木だからうまみが凝縮されてすごく味が深い。ちょっと気になってて、ずっと飲んでみたかったんだよね。今日みたいな、ちょっと背伸びしたい日にはこれくらい頼んでもいいかも。さすが霧島セレクトのフレンチ。いいワイン揃《そろ》えてますね~。

「清水くんすごいね! わかるんだ!」

「たまたま知っとるのがあっただけたい。気になっとって飲んでみたかったっちゃん」

「お、出た博多弁《はかたべん》」

「何か気が緩むと出てくるっちゃんね~。マミちゃんと一緒やけん、気が緩んどるんかもわからん」

「なんそれ~」

「すぐ鎧《よろい》脱がされるけんね~」

「ほんとかなぁ~」

相変わらずマミちゃんは距離を置かない人ですごく話しやすい。

彼女の前だとなんかとりつくろえないんだよなぁ。

付き合いたいっていうよりむしろ、一緒にいたいなって思えるんだよ。どっか行くのも多分楽しいけど、家でゆっくりする時間を大切にしたいなって思える。まだまだ会話の内容は霧島に関することが多いけど、最近はそれもだいぶ減ってきたように思える。

急ぐんじゃなくて、マミちゃんとはじっくり関係性築いていきたいな。

まだまだ始まったばっかりなんだから。

＊

あれから私たちはしばらく島に滞在してから日本に帰国した。結婚式の余韻もまだ冷めぬ中、私はひとみに告げることを決意した。そう、運の件だ。

ある日の昼下がり、大阪市内を一望できる高層マンションの最上階でひとみに話す。

ひとみはリビングを見渡せるアイランドキッチンで料理をしている。

「ひとみ、俺は実はひとみに教えとかなきゃいけないことがある」

「なになに、改まっちゃって」

「俺の事業の件」

「うん？　どうしたの？」

手を洗って、アームボーテに特注したエプロンで手を拭きながらひとみがそばにやってきた。

「タヒチでも少し話したんだけどさ、俺がここまでのし上がってこれたのは、運の力っていうだけなんだ。だから俺自身にはなんの力もない。もし、運が失われたら全てを失ってしまうかもしれない」

ひとみは目をまん丸に開いてポカンとした後、大笑いして言った。

「そりゃ誰でもそうだよ!!　世の中お金持ちが運以外で成功するわけないじゃない!!　たまたま時代がそういうふうに転んだから、たまたま事業が成功したから、他にもたくさんのたまたまが重なってお金持ちが生まれるんだよ！　それを運だけだなんて!!　運が一番必要なんだよ!!」

「え、あぁ、そう、かな?」

確かに言われてみたらそうかもしれない。

「そうだよ！　運だけあればなんとかなる！」

「お、おぉん……」

「あきらくんはその一番必要な運を持ってるんだから何も心配しなくて大丈夫！　私がついてる！」

「そ、そうだな！」

「そうそう！　何にも問題ない!!」

ひとみに、運のことを話せたことで幾分気が楽になった。

「じゃあ、結婚もしたことだし、これからは積極的にいきます!!」

「よし！　それでこそよ！」

「ありがとう、ひとみ」

「こちらこそよ、あきらくん。ほら、もう料理できるから準備してね」

その後遅めの美味《おい》しいお昼ご飯を食べた。

「俺考えたんだけどね、もっともっともっとたくさん動いてみようと思う」

「うん、いいと思うよ。具体的に何するの?」

「もっと稼いで、もっと表に出て、もっと世界を回す」

「世界を回すって断言できる大学生はあきらくんだけだと思う」

「でしょ?」

「かっこいいよ」

顔が赤くなってしまった。

ご飯を食べた後は、書斎に籠もる。

「さて、何をしようかな」

とりあえず、手慰みにインターネットで気の赴くままに株を買う。買う、買う。

そして売る、売る、売る。

気づいたらトータルで数十社8億株以上売り、数十社7億株以上買っていた。買った株式はすでにグングン値を上げている。ほんの数時間でだいたい100億円以上の儲《もう》けだ。最初に投入する額がとんでもなく大きいため、リターンも大きい。

「正直、お金を稼いで満足する段階はもうとっくに過ぎちゃったんだよね。てことは、社会貢献か」

さらに投資を加速させる。

社会貢献活動を積極的に行っている企業をメインに投資しまくる。

おそらく日本円に換算して2000億円ほど投資したと思う。1日でそれだけの金が動いたのだ、社会に影響が出ないはずがない。日本の企業では社会貢献が大ブームとなり、このことが今後の日本の行く末を大きく左右することとなる。

また、あきらが積極的な株式投資を再開したという情報は瞬く間に兜町《かぶとちょう》を駆け巡った。

霧島が扱う銘柄はK銘柄と呼ばれるようになり、勝ち馬の代名詞となった。

その日から兜町はK銘柄の話題で持ちきりになったとかそうでないとか。

そして、表に出ることも厭《いと》わない方針を打ち出したため、ひとみや実家の家族たちと話し合った結果、あきらのマネジメント会社を設立することになった。ある程度仕事を選《よ》り好《ごの》みするためである。

とある日、大阪市内、某高級ホテルのスイートルームにて。

「本日は霧島さんにお話をお伺いできると聞いて、楽しみにしてやってまいりました」

「楽しみにしていただけて光栄です」

先日立ち上げたマネジメント会社の初の仕事である。

取材を受けることにしたのだ。

「事前情報でお伺いしましたが、やはりお若いですね」

「はい、まだ大学生ですから」

「そんなにお若いのに、今や世界の霧島さんですもんね」

「そんなそんな、世界にはオマハの賢人と呼ばれる投資家や他にも偉大な投資家は大勢いらっしゃいます。そんな先輩方に比べたら私なんてちっぽけなものです」

「そんなことはありません。引けを取らないと思います」

あきらは、米国の経済誌フォーブスの日本語版の記者からインタビューを受けていた。

「ところで、霧島さんはどうして弊社のインタビューを受けてくださったんですか？」

「これからはどんどん表に出て、世界に貢献できたら嬉しいなと思って」

「素晴らしいですね……！　今日はたくさんお話を聞かせていただきます！」

「どうかお手柔らかに」

「まずこれからの展望ですが、どのようなことをお考えですか？」

「はい、これからは社会貢献分野にどんどんと投資していこうと考えております。傲慢な考え方とは思いますが、絶対に必要なのに資金がなく研究を進められない分野は数多くあります。そのような分野へ投資をし、地球全体に貢献できたらと考えております」

「なるほど、お若いのに素晴らしいお考えですね。具体的には……」

　この後めちゃくちゃ取材された。

　なお、このインタビューにはもちろんひとみも同席している。

　そして記事には顔写真や大学などの具体的な個人情報は掲載されない。名前のみだ。

「ふぅー、疲れた」

「あきらくん、お疲れ様」

　取材陣が引き上げてやっとプライベートモードに戻れる。気を抜くと胸のあたりまで沈み込みそうなふかふかのソファに埋まり込んでいると、ひとみが気遣ってくれる。

「ありがとう、ひとみ」

「あきらくんの方が大変だったでしょ。あの記者さん情け容赦なかったね」

「確かに。まさかあんな詳しいとこまで聞かれるとはね」

「そのおかげでだいぶ他のメディアにも牽制《けんせい》できたんじゃない?」

「そうであることを祈ろう」

　余談ではあるが、霧島の記事を掲載した雑誌は過去一番の売り上げを記録した。ネット配信版もアクセス数は1位だったらしい。英語や中国語、韓国語、ロシア語、スペイン語、フランス語などにも翻訳されて全世界で読まれたという。恥ずかしい。

牽制できたはずが逆に取材依頼が殺到した。なんでだろう。その実際に発売された日本版フォーブスの長者番付1位は霧島、そして、なんと4位には清水がランクインしていた。幸長さんと中村さんはどういう方法で隠したのかわからないがランクインしていなかった。

最近の活動方針として、裏に引きこもることをやめた途端に、寄付金をたかる集団が湧いて出た。

「寄付金かぁ」

「甘いよね、寄付金だなんて」

「ゲロ甘だな」

「悪いことじゃないんだけどね」

「うん、悪いことじゃない。だから俺たちはすでに慈善事業団体を持っている」

「そう。そうなのよ。そういうことなのよね」

ひとみの相槌《あいづち》三段活用がさく裂した。

個人的に寄付金をお願いしに来られた場合はＫＹＳ財団を案内して終わりである。ＫＹＳ財団とは、霧島家、結城家、清水家を主な出資母体とする慈善事業団体である。

そして、一度大きく表に出たことから、営業さんが以前の4倍ほど来るようになった。特定の何かの営業というわけではない。いろんな業種の営業さんたちだ。マンション、車、土地、その他諸々《もろもろ》……。全くどこから個人情報が漏れたのだろうか。そして、それを受けて新たに窓口を作ることにした。

もともと俺たちは会社事務所というものを持っておらず、自宅を事務所兼居室としていた。しかし営業さんからのアポイントメントの電話が増え始めてから、危機感を覚えたひとみが事務所を別に作りましょうと、提案してくれたのだ。

今は事務所がグランフロント大阪の中にある。事務所の所長さんはなんとマミちゃん。

なんでも、ひとみとマミちゃんは結婚式の後、色々あって意気投合したらしい。

「こんな逸材を他社に取られるには勿体《もったい》なすぎるよ‼」とはひとみの談である。

ひとみ曰《いわ》く、マミちゃんは人のことをすごく見ているらしい。それでいてニコニコしてて聞き上手。高校を卒業してからずっと靴屋さんでアルバイトをしていたと聞いたが、その靴屋さんのアルバイトも、本人の普通のバイトという説明とは異なり、実際は心斎橋《しんさいばし》店の店長でありながら西日本統括マネージャーも務めるスーパーアルバイトさんだったらしい。

正社員になってもっと上に上がってほしいと会社からは何度もお願いされていたが、なんとなく他にもっと輝ける場所がありそうな気がして断っていたらしい。ひとみがマミちゃんを誘った時に、マミちゃんは即答で「やる！」と言ったらしい。

霧島くんの会社で働けて幸せって言ってたよってひとみからニヤニヤされた。

正式な窓口ができたことで、変な仕事やめんどくさい営業は全部そこでふるいにかけることができるようになったので楽だ。マミちゃんをとても厚遇しているひとみは、会社の営業車ということで好きな車を1台プレゼントし、家も会社の近くのマンションをマミちゃんに選んでもらい、借り上げ社宅としてプレゼントした。

マミちゃん囲い込み作戦と黒い笑顔で言っていたのは聞かなかったことにする。

ちなみに好きな車といってマミちゃんが選んだのは１９９７年式の真っ赤なミニクーパーだった。新車かと思うほどの良コンディションで、中身も相当にいじってあるらしい。

渋い……！

「あきら、地元でのお披露目《ひろめ》いつやるの？」と父に言われて、すっかり忘れていたことを思い出した。

「完全に忘れてた。どうしよっか」

「期間だけ指定してくれたらこっちでセッティングするよ」

「じゃあ６月中でお願いします」

隣にいたひとみにも了解を取って期間を伝える。

「了解」

というやりとりがあって実現した、あきらの地元で行われた結婚お披露目。地元ケーブルテレビ局で生中継されるらしい。恥ずかしすぎる。

その当日、あきらは大名行列の真ん中のひときわ立派な籠の中にいた。

服装はもちろん五つ紋付羽織袴《はかま》姿である。

前日の夜にひとみと実家に帰ったのだが、翌日、私だけ朝四時に叩《たた》き起《お》こされ、いつの間にか庭にできていた井戸の水で水垢離《みずごり》をさせられ、あれよあれよという間に袴姿にされ籠にぶち込まれたのだ。

「どうしてこうなった」

太鼓の音や、錫杖《しゃくじょう》の音に包まれて行き着いた先は正月もお世話になったあの神社。

少し見ないうちにさらに立派になっていた。あと神社の名前が変わっていた。

今は「霧島神社」というらしい。

もともとはその名前だったらしいが、色々あって名前が変わっていたらしく、今がいい機会だからということで名前を戻したとのこと。

実家が神社のネーミングライツでも買ったのかと思った。

神社の入り口にあたる、ひときわ大きな門を抜けると、真新しく、門と同じくらい大きな鳥居があり、赤い毛氈《もうせん》が一直線に境内まで伸びていた。

門から境内までのまっすぐな道のりの途中、888段の階段がある。

末広がりで気持ちがいいね！

今からこの紋付き袴姿で888段も登るのかとげんなりして籠を降りると、担ぎ手の1人から耳打ちされた。

「このまま、毛氈の上を歩いて境内まで行ってください。途中の大階段はかなり急ですが、絶対にこけないでください。進行に支障が出ます」

「はい……」

そのまま前に進み続ける。

普段みんなは神社の裏にあるアスファルト舗装された道を車に乗ってくるくせに、などとぶつくさ文句を言いながらも、階段を半分ほど登りきったところで雅楽の生演奏が聞こえてきた。

「ご立派なこと……」

やっとのことで階段を登りきると、そこには数百人ほどの参列者が真ん中に大きな通路を開けて小さな椅子に座っていた。

あきらはすでに汗だくだったが、さらに嫌な汗をかいた。

すると宮司さんの補佐をする感じの人（禰宜《ねぎ》というらしい）が普段よりかなり豪華な衣装を着て待っていた。

ついてくるように指示され、行き着く先は井戸のそば。

「またか……」

また水垢離である。

6月で初夏とはいえ真水はなかなかに冷たい。

しかも山の中腹にあるため、神社の境内は涼しく木陰もある。

しかもしかも今日は6月にしては考えられないほどひんやりしていた。

風邪ひきそうだなと思いつつ、巫女《みこ》さんに紋付を脱がされて、白装束を着せられ、真水を被《かぶ》る。

水垢離を済ませ、用意されていた真新しい五つ紋付袴に着替える。

先ほどの禰宜に付き従って、参列者の空けてくれていた真ん中の大きな通路を進む。

数百人の目にさらされながらそのまま本殿まで入る。

するとすでに霧島家、結城家の親戚一同が集まって正座して座っていた。

禰宜の指示で、すでに祝詞《のりと》をあげているよく見知った顔の宮司さんのななめ後ろに座る。

すると宮司さんがこちらに向き直り宣言する。

よく見ると耳にインカムのようなものが入っており、式の進行を確認できるようになっている。ハイテクだ……！

「ただいまより、霧島家、結城家の御婚姻披露の儀を始めます。一同、礼」

「花嫁様、お輿入《こしい》れ」

その言葉と同時に外が騒がしくなった。

太鼓の音と、錫杖の音、鈴の音色も聞こえてきて、子供たちの歌う声も聞こえる。

だんだんとそれらの音が大きくなり、立派な輿がやってきた。

輿の上の屋根付きの蓮台《れんだい》には白無垢《しろむく》姿のひとみが鎮座している。

輿の周りにはひとみのサポートをする役であろう、女官姿の人々が侍《はべ》っている。

もはや開いた口が塞がらない。

後から聞くと、ご近所の爺《じい》さん婆《ばあ》さんたちから、昔の霧島の風習を全部やってくれと言われたことが原因らしい。いわゆる全部乗せだ。

なんでも、昔世話になった霧島のじいさんとこのボンが嫁さん連れてきたのに祝わないわけにはいかない！　と大騒ぎだったとのこと。

昔の霧島の祝い事といえば、近所の人たちもみんな手伝うような一大イベントだったらしい。何百年前の話だよとは思ったが、小さい頃からかわいがってもらった近所のジジババが喜ぶならいいかと思うあきらだった。

女官の案内に従い、静々と本殿の中に入ってくるひとみ。

自分の隣に座ると、宮司さんが声を発する。

「禮拝《らいはい》」

頭を下げると、頭の上を御幣がシャンシャンやられている気がする。

「お直りくださいませぃ」

「それでは、祝詞をあげさせていただきます」

この祝詞が長かった。

じっとしているのが苦痛な自分にとって1時間にも2時間にも感じられたが、実際は30分くらいだったらしい。

祝詞が済むと、今度は榊《さかき》が1人に1本ずつ配られ、それを時計回りに半回転させてお供えして、よくわからないいろんなしきたりに振り回されて、神社での儀式を終えた。

「疲れた……」

みんなは車で帰るらしいが、花嫁と夫は同じ立派な籠で家まで帰るらしい。

2人で籠に入る。

「「お疲れ様です」」

どちらからともなく、そんな声を掛け合った。

「大丈夫だった？　ひとみ」

「なんか非日常感いっぱいですごい楽しいよ！」

「肝の据わり方がすげえ」

「なんか経験したことないことばかりだから、疲れよりも楽しいが勝つよ！」

「すごいな」

「しかも、この後は雄次《ゆうじ》さんのお料理でしょ？」

「まぁそうだね。料理の一式は雄次兄さんの担当になってる」

「今、雄次さんのお店すごいの知ってる？」

「なんか流行《はや》ってるってことだけは」

「東京の雄次さんのお店、ミシュランで五つ星獲得したみたいよ？」

「⁉⁉⁉⁉　あれ三つ星までじゃないの？」

「そうなんだけど、もう三つ星の評価に収まらなすぎる時はそういう特例があるらしいの。フランス以外では初めての五つ星で、ミシュランの出版から１５０年の歴史の中でも雄次さんのお店含めて6店舗しかないらしいよ！」

「すげぇ、雄次兄さん」

「タヒチの結婚式の料理でもみんな普通にバクバク食べてたけど、美味《おい》しすぎてほっぺた取れるかと思ったもんね」

「まぁ美味しいとは思ったけど……」

タヒチの結婚式でも、やはり雄次兄さんが料理の総指揮を執ってくれた。

美味しい美味しいと大絶賛ではあったが、お世辞もあると思っていた。

まさかそれほどとは。慣れって怖い。

「だから私は本当にそれが楽しみなんだよ！」

「俺も期待しておこう」

そんな話をしていたら、霧島本邸に着いた。

このお披露目をするに当たって実家に帰った時に知らされたが、家を増築増築に加え土地を買い増し買い増しの結果、霧島本邸という地名ができたらしい。

だから、うちに手紙を書く時は、〇〇県〇〇市霧島本邸だけで届くと親戚たちは笑っていた。

市議会なんかでは、市の名称を霧島市という名前にする案も出ているとかそうでないとか。その広さはひとみの家には及ばないまでも、それに準ずるほど大きい。庭もなんか金沢の兼六園《けんろくえん》みたいになってる。

田舎《いなか》なので土地は有り余ってるとのこと。

今日はその兼六園もどきの庭で、池に船を浮かべて写真撮影なんかするという話も聞いた。

家に着くと、二条城の唐門《からもん》のような、とても大きな門から中に入り、庭に出る。

庭には真っ赤な毛氈がたくさん敷かれており、先ほどの数百人の参列者が思い思いに酒を飲んでいる。なんか昔の園遊会みたいだ。

主役の俺たち2人はその全ての毛氈を回り、酒を注ぎ世間話をしていく。

肝心の雄次兄さんの料理だが、参加者一人一人に重箱入りのお弁当が渡されたらしい。

それに加えて、調理スペースを庭に設け、そこでたくさん出来立てを振る舞う形だ。

雄次兄さんはお弟子さんたちもたくさん連れてきていて、みんなで料理を振る舞っている。昼間から酒を飲み、みんな大騒ぎをしているが、敷地が広すぎて誰の迷惑にもならない。

地元ケーブルテレビ局やローカルテレビ局の取材も新聞社の取材もあったが、あくまでもこの催し物は近所の人々を集めてのお祭りということにして通した。

さすがに個人の結婚式っていうのも恥ずかしいからね。

主催ということでインタビューもされたが、当たり障りのないことを言って通した。めんどくさそうな人は清水に回した。

そもそもこんな面白そうな場に清水が来ないわけがない。

もちろんダニエルも中村さんもみんな来た。

有名な政治家もたくさん来たし、ここで繋《つな》がりを作っておきたいと考えた有名企業の重役連中もやってきていたが、周りの親戚や知り合いたちがシャットアウトしてくれていたので、その辺りは快適に過ごすことができた。でも、それを抜きにしてもだいぶ疲れたなぁ。


「お疲れ様でした」

「「「お疲れ様でした!!!」」」

招待客が帰った後、みんな楽な服に着替えて、本邸の中で打ち上げをした。

年配の親戚たちはビールを片手に式次第の反省会をしている。

小さい子たちはもう船を漕《こ》いでいる子も多い。

女性たちはひとみを囲んでガールズトークに花が咲いている。そういう自分は雄次兄さんと親父《おやじ》と重弘《しげひろ》おじさんで、雄次兄さんが作ったつまみを片手に日本酒を飲んでいる。

「いやぁ、あきらも立派になったなぁ」

「それタヒチの時も言ってたよ重弘おじさん」

「いや、今日の姿を見て俺もそう思ったよ」

「雄次兄さん顔ニヤついてるじゃん」

「まぁ何はともあれ！　お疲れさん！」

自分たちはもう何度目かわからない乾杯をして盃《さかずき》の中をあけた。今日はなんだか酒の回りが早い気がする。新たに縁を繋いだ者たちを迎えた、めでたい日の長い夜は始まったばかりだ。

＊

「霧島くん、そろそろ事務所が手狭だよ」

「え、本当に？」

そう切り出してきたのはマミちゃんだ。

マミちゃんは今、我々の会社の大阪本社の支社長をしている。主に人材面での功績からグループの持株会社の役員も兼任している。物はついでなので、最近株主や利害関係者に宛てて送られた文書を抜粋して紹介しよう。


この度、グループ全体を統括する持株会社はＤＡＹＳ　ＨＤに社名を変更いたしました。

それに伴う新体制での役員は以下の通りです。
＊［］内は兼職。
代表取締役 社長 霧島あきら［(株) ＤＡＹＳ代表取締役 社長］

※事業会社　株式会社ＤＡＹＳ代表取締役社長と兼職致します。
専務取締役（人材・海外事業部）霧島ひとみ
常務取締役 清水 隆一《りゅういち》［清水グループＣＥＯ］
常務取締役 Daniel Whitewood［Ｄ＆ＳグループＣＥＯ］
常務取締役 中村 義秀《よしひで》［（株）ナカムラＣＥＯ］
〜〜〜〜
〜〜〜〜
取締役執行役員 加藤《かとう》 まみ［ＤＡＹＳ大阪支社長］

この新体制への移行により、従来は別会社であった4社が統合されました。

この４社の統合により、社内構造の単純化を図り、グループ全体の活性化と迅速な行動を目指します。

なお、この統合によりＤＡＹＳ ＨＤは全世界で社員数約25万人、連結売上高は２６０兆円を超えます。

さらにもう1つ上のステップへ。

我々は新たな挑戦に立ち向かい続けます。


ということだ。

私はこれまでは色々と肩書きが長かったが、今ではＤＡＹＳ ＨＤの社長と基幹会社ＤＡＹＳの社長を兼務するのみである。

事務所が手狭だよと報告をしてくれたマミちゃんもめでたく役員になった。

自分も初めて知ったが、社員数25万人はやべえ。とはいえ、ＧＡＤＦＡＭのどれとは言わないがＡ社の方は１５０万人ほど社員数がいるのでそれほどでもないか。

連結売上高２６０兆って、財閥かよ。巷《ちまた》では超大手企業の頭文字をとってＧＡＤＦＡＭと呼ばれているらしく、６文字のうちの３文字目のＤを担当させていただいている。でも売上高だけなら世界一位なんだからね！

そりゃ全体で25万人も、日本だけで10万人弱いれば手狭にもなる。ということで本社機能を分散させて、まず東京と大阪にビルを買うことにした。

「いいビルないので作ります」

「そうしましょう」

「やったぁ！」

こうして始まった本社ビル建設計画は、いつの間にか日本を代表する一大プロジェクトになっていた。

東京と大阪だけのつもりが、札幌《さっぽろ》、仙台、横浜、名古屋、広島、福岡の６都市も加わり、さらに、その周辺の都市にもサテライトオフィス街を建設。

オフィスビルを購入するだけのつもりが、社長である私の一言で方針転換。湯水のごとく投入される資金により、オフィス都市を作る計画に早変わり。

各都市のＤＡＹＳ ＨＤ本社はビルだけで８都市合計２・２兆円を費やされ、オフィス都市全体の最終的な総工費は８都市合計で52兆円規模の工事となった。

もちろんこの金額は一度に払うわけではなく、数年から数十年をかけて徐々に支払われる。

この工事のおかげで、グループ企業内のDAYS Realestateは名実共に世界ナンバーワンの不動産デベロッパーの地位を獲得した。元請けのDAYS architectは世界最大の建設会社となった。これから数十年の時間をかけて日本全体に数十兆円の金が落とされていく。経済はさらに好転していく。

マミちゃんにビルを買おうと言ったその時にはまさかそのようなことになるとは、誰も予期していない。

「じゃあ今手狭なら、本社が完成するまでは仮の場所が必要だよね」

「あるとありがたいね」

「じゃあ用意しまーす」

ということでエマに相談だ。ちょうど明日マカオに行くのでその時に話してみよう。


「オフィスが手狭になってきたとのことなので、どこかに用意できる？」

「すでに用意してございます」

「はやっ！」

相変わらずエマさんは仕事が早い。感服するばかりだ。

「今のオフィスが手狭になることはわかっておりましたので、タイミングを見計らって用意しておりました」

いつもと表情は変わらないが、どことなくドヤ感が漏れ出ている。

声色も褒めてほしそうな感じだ。

「ありがとう、エマ。いつも助かってるよ」

「ひ、秘書として、当然のことですからッ！」

褒められたのが嬉《うれ》しいのか、鼻が伸びすぎてまるで天狗《てんぐ》のようなエマ。

「いつもありがとう。これからもよろしくね」

「もちろんです」

ちなみに、この労《ねぎら》いがのちの52兆円規模の工事発注に繋がる。そう、全てはエマが張り切りすぎたのだ。

「ちなみに用意してくれてるとこってどこなの？」

「グランフロント大阪です」

「いや、そこは今あるとこでしょ？」

「はい、引っ越しの手間を考えると近くの方が良いと思いましたので、現在のフロアから上下３フロアずつをオフィス用に改装いたしました」

「知らなかった……！」

「サプライズ成功ですね」

「いや、サプライズだけど……」

「でしたらすぐにそのように手配いたします」

「お願いします」

新オフィスの他にもいろんなことを話し合う。

また、グループの社長としていろんなことの判断を仰がれる。一心不乱に決裁事項や社長判断が必要な打ち合わせが終わりそろそろ帰る頃となったので、空港に向かう。向かう車はメルセデス・ベンツAMG GTRだ。

助手席にはエマを乗せているので、空港に乗り捨てることができる。

いつものプライベートジェットで快適な空の旅を楽しみ、日本に帰国してから新オフィスのことをマミちゃんに伝える。

「今のフロアの上下3つもオフィスとして用意してくれたよ」

「仕事早っ！」

「前々から用意していたらしい」

「気づかなかったよ……」

休憩所でマミちゃんとコーヒーを飲みながら世間話をするように会社の重要な話をする。

「俺も知らなかった」

「でも、またこれでたくさんの人が雇えるね！」

「お願いします」

「任せて！」

マミちゃんの人を見る目はすごい。今マミちゃんが動かしている通称『まみちゃんず』は彼女が連れてきたり発掘したりしてきた人材である。このメンバーを軸に数年後、コンサルティングファームが設立される。そのコンサルティングファームは依頼をすれば解決しない問題はないと言われるほどの、問題解決力は世界最高と言われる頭脳集団に成長する。このことからＤＡＹＳ大阪本社ビルは最高の頭脳が集まる場所と呼ばれることになるのはまた別の話。

マミちゃんに新オフィスのことを伝えると今日の仕事は終わりなので、グランフロント大阪の車止めに停めてあるアストンマーティンのヴァルキリーに乗り込む。見送りに来ていたマミちゃんは車を見てちょっと引いていた。

「霧島くん……。またすごい車だね……」

「この前ガムボールっていうイかれた車のイベントに出たからね。その時の車」

「なるほど。気をつけて帰るんだよ？」

「はーい」

ヴァルキリーの爆音を残しながら帰路についた。

七章

「そろそろ卒業だねぇ」

怒涛《どとう》のような日々も3年が過ぎ、気づけば卒業も目前といった時期になっていた。

阪大が誇る三賢人と言われた我々もいよいよ卒業だ。

知の霧島《きりしま》。

力の清水《しみず》。

美の結城《ゆうき》。

こんな言われ方をするようになったのもいつからだろうか。

美の結城はわかる。力の清水ってなんだ?

あいつそんな悪いことしてたのか?

まぁそんなことは置いておいて。

日々増える資産を眺めて一喜一憂していた頃が懐かしい。

資産もここまで増えると何の感慨も湧かなくなってしまう。いくらたくさんお金があってもすることがない。今していることといえば、研究チームに入って実験を手伝ったり、決裁が必要な書類に判を押したり。

正直自分が本当にやりたいことなのかどうかあいまいになってきた。

もちろん毎日楽しいのは間違いない。毎日楽しいんだけど、なんかもっとでっけぇことやりてぇな。

「よし、決めた」

「あら、何を？」

「ちょっとでっけぇことやってみるわ」

「あら楽しみ」

ここから私はひそかにある計画をスタートさせた。

そうしてしばらくの月日が流れ、いよいよやってきた卒業の日。

「以上をもって、卒業の挨拶とさせていただきます。卒業生代表、霧島あきら」

会場は万雷の拍手に包まれ、中には涙する人もいた。主に中村《なかむら》さんとダニエルとエマだけど。

「いやぁいいスピーチだった」

ダニエルはこの頃になると日本語話者と言われても違和感ないくらい日本語を話せるようになっていた。

ほぼネイティブレベルである。

最近覚えた日本語はＺＩＰＰＯライターの石ってどこにありますか？　らしい。

ライター着火に使用する石が切れて探している時に難儀したとのこと。

「そういえばあきらくん、ちょっと前に言ってたよね？」

「ん？」

「なんかでっけえことやるって」

「あぁ、あれね。ちゃんと動いてるよ」

「まだ教えてくれないの？」

「うんまだ秘密～」

「気になるなぁ～、教えてほしいなぁ～」

「俺も言いたくてうずうずしてるけどまだ秘密～」

「ちぇ～」

そんなことしていると卒業式が終わった。

「何かあっという間だったね」

「確かに」

「入学した時はさ、まさか卒業する時には外資系企業の役員やってるなんて思わなかったよ」

「俺なんか社長だぜ」

「びっくりだよねぇ」

卒業式の後はみんなで食事会をすることになっていたので、ゼミのみんなに軽く挨拶して大学を辞した。今日の車はアストンマーティンヴァルキリーだ。

最後なので、爆音をまき散らして、ガルウィングのドアを開けた状態でゆっくり車を動かして駐車場を出ていった。もちろん、公道に出る直前にドアは閉めたが。

「会場もう押さえてんの？」

「もちろん。うちのホテルだけど」

この度めでたく我々ＤＡＹＳも大阪にホテルをオープンした。

もちろん東京にはすでに開業はしている。

例に漏れずグループ最高級ブランドのホテルなので1泊４００万円からとなっております。

その大宴会場を貸し切っている。

題して『霧島あきら・ひとみ卒業記念パーティー。清水もいるよ』だ。

参列者は１５００人を予定している。

海外の政治家とかも来るらしいよ。

エマがローマ教皇からビデオメッセージもらえましたとか言ってたし。

相変わらず祝い事に関しては他の追随を許さないというか。もちろん霧島本家からもほとんど全員が参加する。

結城本家からもとんでもない数の人が参加する。完全に身内のパーティーのつもりだったのだが、全くえらい規模だ。

「じゃあ、しっかりお祝いしてきますか！」

「頑張りましょ～！」

そんなこんなで我々はパーティー会場のホテルに到着した。

アストンマーティンヴァルキリーはほぼレースカーなので爆音がすごい。道行く人はみんな振り返っていた。

ちなみに清水の車は真っ赤なフェラーリF8トリブートだ。

こういう時に映える車なのはフェラーリだと思う。

清水はやはり買い物の仕方がうまい。

「そういえば清水、誰か迎えに行くって言ってたけどどこ行くんだろうね？」

「さ、さぁ？」

どことなくひとみの目が泳いでいる気がする。

「ふぅん……」

＊

「おまたせ！」

「ううん、全然！　相変わらずすごい車だねぇ」

「普段は乗っとらんちゃけど今日は卒業式やし、霧島もわけわからん車で来るって言うとったけんさ」

「じゃあしょうがないか」

「そうそう、しょうがないっちゃん」

俺はフェラーリの助手席側のドアを開けてマミちゃんを車の中に迎え入れる。

場所はグランフロント大阪。マミちゃんはあれからしばらくして霧島の会社に就職した。

霧島の会社というか俺の会社というか。

俺たちは全ての会社を統合して新しくＤＡＹＳ　ＨＤという持ち株会社、まぁ一種の運命共同体を設立した。なので霧島の会社というか俺の会社というか、ダニエルの会社というか中村さんの会社というか、みんなの会社と言った方がしっくりくる。

マミちゃんは持ち前の明るさと要領の良さ、人当たりの良さ、仕事の早さであっという間に大阪本社の支社長になり、役員にまで上り詰めた。

「今日は忙しいのにありがとうね」

「いやもはやこれは会社の行事でしょ。社長以下役員みんないて、海外の政治家来て、日本の政治家も挨拶に来て。今日本の大企業のほとんどはＤＡＹＳの息がかかってるって言われてるんだよ?」

「確かに言われてみたらそうかも」

思えば大きくなったものだ。会社も俺たちの存在感も。

「だけん気にせんとって」

「最近博多《はかた》弁《べん》移ってきた?」

「そうかもわからん」

「あ、着いた」

「いつ見てもすごい外観だよね〜」

ホテルを見たマミちゃんがいつものようにそびえ立つビルを見て感心していた。

「霧島たち先に中の控室入ってるってさ」

「は〜い」

＊

「お、清水着いたって。車地下駐に入れてるみたい」

「よかったよかった。ちゃんと間に合ったね」

「せっかくの晴れ舞台だもんな。間に合わないと悲しいよな」

私たちも車を地下の役員専用駐車場に停めたあと、控室にちょうど入ってきたところだった。

役員駐車場は一般のホテルの駐車場のさらに地下にあり、ほぼほぼ私物化されている。公私混同良くない。なので私はちゃんと契約して自腹で区画を買いました。

「お待たせ！」

控室でひとみとお茶しながらパーティーの開始を待とうか、といったところで清水が合流した。

今日の清水はゴッドファーザーみたいな格好だ。なんかキラキラ大学生というよりギラギラ若頭といった方がしっくりくる。

「来ちゃった！」

「おぉ清水……ってまみまみ⁉」

「そうですまみです」

「まぁ～綺麗《きれい》な格好しちゃって」

「いつも綺麗だろおい、こっち見ろ。出るとこ出るか？　いつでもいったんで？　一緒に塀の向こう行くか？」

昔のマミちゃんを引き出してしまって冷や汗をかく。実はマミちゃんは曲がったことが大嫌いで、小さい頃近所のいじめっ子のガキ大将をつぶして回ってた生粋のリーダーなのだ。俺も実はそれで救われた側の一人。思春期を迎え、いつからかぎくしゃくしてしまったが最近は昔のような関係に戻れて内心嬉《うれ》しくも思っている。

「まみ」

「おっと」

あれ？

あれあれ？

「あれあれあれあれ？？？？？？」

清水がマミちゃんをたしなめたぞ？　そしてマミちゃんも素直に受けたぞ？

これはもしかして？？？？？？？

「ん？」

「どうした？」

「お二人もしかして」

2人がやべ！　という顔をした。

思わず顔がニヤつく。俺が口を開こうとしたところで、

「あ、あきらくん挨拶の人が来たみたいよ、早く行かなきゃ」

「あ、ちょっとひとみ、あの、待って、あ！　そこ持たないで、あ、いてててててて」

ちょうどいいところでひとみのカットインが入ってしまった。

これは後で問い詰めなきゃだな。その後パーティーが開始され、つつがなく式は進行していった。

ちなみにパーティーの司会進行はエマだ。

本来ならば仲間内でこぢんまりとやる予定だったので、パーティーの中身はアットホームな内容

が多い。

参加者もその内容は把握している。要所要所で笑いが起きるような和やかなパーティーだった。もちろんプライベートなパーティーなのでマスコミは全てシャットアウトしている。式の途中で、どこに感動したのかわからないがエマが号泣し始めたのには驚いた。

仕事中のエマしか知らない人たちは、普段の冷静沈着なキャリアウーマンのイメージしかないため、ぶっ壊れたエマを見たことがなく驚いていた。

「エマ泣いてんね」

と清水。

「感動してんのかな」

と私。

「「うーん」」

なんか共感できるところがあるのか複雑な表情のひとみとマミちゃん。

「あ、そうそう、2人に聞きたいことがあんだけどさ」

途端に「やべ！」という顔をする清水とマミちゃん。

「2人ｈ」

「続いては卒業生代表、霧島あきら氏の挨拶です」

エマが高らかに声を張り上げた。お前さっきまで泣いてただろ。

「あ、ちょっと待、あの」

屈強なボディガードみたいな人に囲まれて壇上に案内される。

「只今《ただいま》ご紹介にあずかりました、卒業生の霧島と申します。といっても見渡す限り知らない方はいなそうですが」

軽い一笑いとともにスピーチが始まる。

「以上、卒業生霧島改め、代表取締役社長霧島あきらでした」

万雷の拍手でもって新たな私の門出を皆さんが祝福してくれた。

この上ない喜びである。

しっかりとお辞儀をして壇上を辞する。

「お疲れ様」

「ありがと」

こういう時、ひとみはいつも近くで私を見守ってくれて、ただの霧島も社長霧島も全部まとめて愛してくれている。

いつもありがとう、ひとみ。

「いいスピーチでした。ボス」

「エマもいつもありがとう。これからもよろしく頼むな」

「ええ～、ボスがそう言うなら～やってあげないこともないですけど～」

プラチナブロンドの髪をくるくるしながらくねくねするエマ。お前ほんとに日本人みたいになってきたな。

「ほら司会進行戻れ」

「はぁーい」

司会進行に戻るエマ。

「続いては今回の卒業パーティーに際しまして、残念ながら参加ができなかった方からビデオメッセージをいただいております。皆様、壇上のスクリーンをご覧ください」

天井からスクリーンが下りてきて、ほどなくしてビデオメッセージが再生された。

「あきら、ひとみ、隆一《りゅういち》、卒業おめでとう。本来なら参加したかったんだが公務が忙しくてね。残念ながらバチカンでお祝いしているよ。今度バチカンに来る時があればぜひ訪ねてきてくれ。我々は君たちを歓迎する。また会える日を楽しみにしているよ。今日はお祝いだ。君たちの未来に主の加護があらんことを」

ローマ教皇からのメッセージだった。

「ぶふっ！！！！！」

「⁉」

「⁉⁉」

会場のざわめきも最高潮に達している。

「今回はローマ教皇からのお祝いもいただきました」

エマよ、あの時のあのセリフは冗談じゃなかったんだな……。

あまりのビッグネームの登場に会場は拍手も忘れてぽかんとしている。

そのあとも各界の著名人からのお祝いビデオメッセージをいただき、とんでもない盛り上がりになった。

「なんかすごい会になっちゃったね」

「いやほんとそれ」

パーティーはまだまだ終わらない。


世間を騒がすＤＡＹＳ ＨＤの躍進はまだまだ始まったばかりだ。

海外の大手電力会社の買収の翌年には東京の電力会社を買収した。そして遅れること数年、とうとう新本社が誕生した。

本社機能は、続々完成する予定の各都市に分散するつもりなので、グランドオープンではないのだが。

場所は川崎である。

選定場所のポイントは新幹線が近くに止まって、ある程度の場所が確保できるという点だ。完成した本社ビルは新駅ＤＡＹＳ ＨＤ前駅直結で、開発規模でいうと東京駅周辺のおよそ４倍。５年弱でよくここまで完成したものである。

とんでもない数の人口の流入が見込まれており、周辺は空前の好景気にさらに沸き立つ。

建築資材や工法はゼロエミッションの最新型で、ビルの運営自体もゼロエミッションで行われるようになっている。

耐震構造もかなりしっかりしており、昔と違ってほとんどの地震を無効化する。さらに、新たな耐震技術が開発された時はすぐに交換できるようになっているというご都合主義スタイルだ。

地震、火事、水害など様々なものを想定しており、万が一の災害の時には新本社ビルに25万人、新本社ビルエリアで150万人が半年間生活できるようになっている。今年のプリツカー賞はおそらくこのビルの設計で世界的に名を挙げた建築家が受賞するだろうとはある有力筋の情報だ。

この再開発された川崎エリアは、別名霧島村と言われている。

東京駅周りの丸の内エリアがナントカ菱《びし》村と呼ばれていることに対抗して誰かが言い始めたのだろう。確かにこの本社ビルを含め、近隣のビルは9割がＤＡＹＳ ＨＤの持ち物で、グループ関連企業がテナントの大半を占める。

しかし二番煎じではなくもう少しひねりを利かせた名前にしてほしいものだ。

そうそう、最近鉄道会社も設立した。

区間はＤＡＹＳ前～羽田空港間と、ＤＡＹＳ前～成田空港間。そして海の上を通る羽田～成田間。つまり環状線にしてみた。

停車駅の中に東京駅と千葉駅も入れているのでアクセスはばっちりだ。

最近うちで開発された浮動式リニアの試験運転も兼ねてある。この浮動式リニアに関して、計画としては、環状線の方は浮動式リニアに順次置き換えていき、最終的には海外にも繋げる予定だ。まずは羽田空港からマカオまで繋げてみたいと思っている。政治的なものもあるから難しいとは思うが。

これがうまくいけば、各都市のＤＡＹＳ本社を結ぶリニアモーターカー構想が実現する。

鉄道会社に新規参入ということで、各種の許可が下りにくかったがなんとか下ろさせた。いろんな私鉄があるんだからうちがやってもいいだろう！　と、いろんな圧力をかけたが。

あくまでも正式な手段で粛々と進めた。新駅に、企業誘致にといろんな要素が絡み、川崎の霧島村周辺の地価は開発開始前と比べて１４０倍まで跳ね上がったらしい。銀座の一等地とほぼ同じ価格である。

我がＤＡＹＳ ＨＤは計画開始前からこっそりと土地を買いあさっていたため、地価が上がる前には必要な全ての用地を取得していた。面積にして約１０００ヘクタール。関西国際空港と同じくらいの広さだ。

土地取得のしたたかさは、もとをただせば俺の実家から始まり、もはや霧島家のお家芸である。


「いよいよ完成したなあ」

「長いっちゃ長かったね」

「うん、長いっちゃ長かった」

「もう準備できた？」

「うん、完璧！」

「じゃあいきましょ」

「よし」

今日は新本社ビル完成のパーティーだ。

本社ビルの別館に入っているHOTEL DAYSの最上位ブランドホテルの大宴会場で行われる。

あきらが、ＤＡＹＳの代表として表に顔を出すのはこれが初めてとなるため、マスコミ各社から取材申し込みが殺到した。

しかしそれらは全て排除。

そして出席者に関してもカメラ類は一切持ち込み禁止という徹底ぶり。

マスコミ嫌いが徹底している。

パーティーでは、久々に全員揃《そろ》ったＤＡＹＳ取締役連中も招待した関連会社のみんなも楽しんでくれていたようだ。

自分はというと、これまでやってきたことがこのような形で世に出せたことでなんとなく感無量だった。

「あきらくんお疲れ様」

こういう時にいつもそばにいてくれるのはひとみだ。

「ひとみ」

「今どんな気持ち？　なんか感慨深そうだったけど」

「まさにそんな感じ」

「なに言ってんのよ。これからでしょ？」

「え？」

「もしかして各都市の竣工《しゅんこう》パーティーで毎回感無量ですってやるつもり？」

「あ、そうか」

「あきらくんはまだまだこんなところで止まるような人じゃないでしょ？」

「そ、そうなのか？」

「そうよ！　ほら、挨拶行くよ！」

「ついていきまーす」

センチな気分はこれくらいにして、また挨拶回りが始まった。

パーティーが終わると見知った仲間で二次会だ。

貸切でホテルのバーを押さえてある。

ちなみにこのホテルにはバーが7つあるため、一つくらい貸切にしたところで文句を言う人はいない。

「霧島、お疲れ様！」

「霧島くん、おつかれ様」

「ブラザー、ナイスだったぜ」

などなど、仲間から様々な労《ねぎら》いの言葉をかけられる。皆思い思いに交流するその中にはひとみの両親や、うちの両親もおり、気持ちよさそうに両家の親交を温めていた。

「俺もしかして引退するのかな？」

なんとなく思ったことをひとみに聞いてみる。

「なんで？」

心底不思議そうな顔で首をかしげられる。

「なんかみんなから労われてて、引退するみたいな雰囲気じゃん？」

「そんなことないよ。むしろ今からよ」

ひとみは苦笑い気味で言った。

「そうなの？」

「そうそう。むしろこれからもどんどん周りを忙しくしてあげてね」

「よし！　任せとけ！」

「ほどほどで頼むな」

清水はあんまり忙しいのは嫌らしい。

「お前には一番忙しい仕事を頼もう」

「そりゃなかろう」

久々の博多弁《はかたべん》が出るほど嫌なようだ。


ＤＡＹＳ ＨＤはそれからも順調に、順調に成長した。

世界に数々のイノベーションをもたらし、人々を幸福に導いた。

中でも宇宙開発分野での功績はめざましく、地球人の宇宙進出を１０００年早めたとも言われています。

私たちが、個人差こそあれ、飢えることなく、平和に、幸せに生きることができているのも彼らのおかげなのです。

テレビでは霧島の追悼番組みたいなことをやってる。

そう、ＤＡＹＳ ＨＤ会長、霧島あきら氏と、その妻で、同社副会長の霧島ひとみ氏は自らの会社の航空宇宙ロケットに乗り、冥王星にある別荘に向かう途中、連絡が取れなくなってしまったのだ。

「なんでだよ、霧島ぁ……」

もう霧島と連絡が取れなくなってから1ヶ月ほど経《た》つ。

すると1通のメールが届いたことをデバイスが知らせてきた。

なんだこんな時にと思いつつ、デバイスを操作すると立体ホログラムが今座っているソファの前に構成される。メールアイコンをタッチするも差出人は不明。

しかし、メールを読んでいくうちに涙が溢《あふ》れ出た。

「霧島ぁ……」


《清水へ。

きっと今俺がいない世界は大変なことになっていると思う。大変なことになっているとは思うけど、それなりに回ってるんだろうなとも思ってるからそんなに心配してなかったりもする。それはともかく、突然連絡が取れなくなって申し訳ない。

連絡が取れるデバイスをやっと開発できたので、取り急ぎ清水に連絡した。

とりあえず今は無事に生きているということを伝えておく。

ひとみとも仲良くやってます。

それとまたしばらく戻れなそうなので、ＤＡＹＳは清水が舵取《かじと》りしといてくれ。

よろしく。

p.s. こちらに呼べるようになったら連絡します。》

そのメールとともに一枚の写真が添付されていた。

そこには明らかに若返っている2人の写真とこの地球では見たことがないような雄大な自然の風景が収まっていた。

「色々とツッコミどころが多すぎる……」

手紙を読み終えて、頭を抱えた俺の口から思わず言葉がこぼれる。

「霧島の野郎、自分だけ楽しみやがって！」

「まぁまぁ、りゅーちゃん。あっくんが任せたって言えるのもりゅーちゃんだけなんだから」

まみは俺よりも霧島との関係が長い。運営している会社が大きいだけに、時にはあきらと俺の意見がぶつかることもあったが、いつも陰に日向《ひなた》に間に立ってくれた。

「そりゃあそうだけど」

まみにそう言われるとまんざらでもない顔をしてしまう。

「あっくんが帰ってくるまで、しっかり切り盛りしてこうね」

「当たり前やん！　そうと決まれば緊急人事会議だ！」

「ほいきた」

今からどんどん忙しくなるのにそれさえも楽しんで、俺の隣でニコニコ笑っている彼女の左手の薬指がキラッと光った。

俺はとりあえずこの文章をマスコミに公開した。マスコミといっても昔みたいにめちゃくちゃやってたマスコミではない。

というか今はそんなことが許されるような時代ではない。


「あきらくん送れた？」

「おう、バッチリよ」

私たちは冥王星にある自分たちの別荘に行こうとしていたら突然現れたブラックホールに飲み込まれてどこかよくわからないところに飛ばされてしまった。

ということになっている。

実は、この転移、前々から予測していた。

この日、この時間、このスピードで、ここに発生するブラックホールに突入した場合、89％ほどの確率で異世界に転移できるということを特定した。

それに向けて、確率をより100に近づけるために数年前から準備していたのだ。

大学を卒業して数年が経《た》ち、ＤＡＹＳは世界最高の頭脳が集まる会社と言われるようになって、どうやらそこそこの可能性でそれが実現可能らしいということがわかってから、ある結婚記念日にひとみに打ち明けた。

その時の一言が、

「でっけぇことってこれか！」

ほんとは国を興したいと思っていたんだけど、さすがにあの世界で新しく国を興すのは難しく、どうしたものかと考えていたのだが、まさか別の世界があるとは私も予想だにしていなかった。

「まぁそういうことです」

「行きます！」

ひとみはやっぱすごい女だよ。

そうして私たちは計算通りの軌道でブラックホールに突入し、まんまと異世界に転移を果たした。

そこの植生や気候、その他諸々《もろもろ》を航空宇宙ロケットに付けている測定キットで検査した結果、ちゃんと人間が居住可能な惑星に着陸したことがわかった。

そもそも異世界に行くのなんて初めてなので、ありとあらゆる便利グッズは持参している。さすがにどんな世界なのかまではわからなかったからだが、行ってみるとそこはいわゆるファンタジーの世界らしく、途方にくれた。

しかしそこは意外となんとかなるもんで、簡易人工衛星を飛ばして、世界中のあらゆる言語、慣習、法則、ルールを取得。

持参してきていた化け物並みの処理能力を持つＣＰＵに学習させ、即席で新世界に対応した。我々がこの世界にやってくる時に乗ってきた宇宙船（俺たちが地球を旅立った頃はすでに宇宙旅行はメジャーだったので普通にクルーザーと呼んでいた）は上空の宇宙空間で待機させており、人工衛星として運用している。

随時この世界中の情報を取得しており、地上で活動する私とひとみのデバイスに最新情報が送られてくる。進みすぎた科学技術は魔法と変わらないのだ。エセ魔法や運で異世界の荒波を乗り切っている我々は今、ウィザードカンパニーという会社を設立してやっぱり社長をやっている。

元々は自分とひとみの2人で始めた会社だが、今では社員数700万人、売上高は日本円換算で4000兆円を誇るこの世界最大の会社となった。

人は我々のことをギルドと呼んでいる。

事業も軌道に乗ってきたので、今は社員総出で地球とここを繋ぐ方法を考えている。

メールが送れるようになったのは大きな進歩だと言っていいだろう。

ひとみと話をしていると、部屋のドアをノックする音が聞こえる。ちなみにこのドア材は人工世界樹でできており、ノックするととても良い音が鳴る。その人工世界樹は我が社のヒット商品でもある。

「どうぞ」

声をかけると、失礼しますという言葉とともに入室してきたのは秘書室長の吉田《よしだ》くん。猫族だ。

「社長、チグリス王国の国王から会談の申し込みが来ていますがいかがなさいますか」

「うん？　そんなんで経済制裁やめると思ってんのかな？」

先日弊社社員がチグリス王国の役人に害される事件があったため、昨日チグリス王国への経済制裁を開始した。

幸いにして、社員には身代わり社員証を身につけさせているため、死亡しても一度だけ会社の医務室に転移できるようになっている。

流れでいうと、
害される↓医務室に転移する↓総務部へ向かう↓社員証再発行手続き↓書類の理由欄に身代わり社員証使用の理由を書く↓受理した総務部から取締役全員にその内容が転送される↓臨時取締役会

議で認可を受けて経済制裁開始
ということだ。

ちなみに身代わり社員証が使用された時点で総務部は情報をキャッチ、書類受理した段階で自動的に臨時取締役会の会議出席依頼が各役員に送信されるため、害されてからわずか2時間で経済制裁が開始される。

昔、一度役員が害されたことがあったが、その時は経済制裁をすっ飛ばして、10分後に宣戦布告。30分後には武力制裁が開始され、60分後には王族その他中枢部を制圧。

役員が害された翌週にはその国は更地になっていた。

国民の避難に4日ほどかかってしまったが、その時に我々の会社は「大規模な人数の避難方法」のノウハウを獲得した。

経済制裁の場合、内容としては輸出規制、店舗閉鎖、亡命補助が主な手段だ。

最後の亡命補助に関しては、その国の国民が国を脱出する際に補助するというものだ。

この時にウィザードカンパニーに入社したいという人が結構いる。そういう場合はどっかの国を更地にして買い取った時、その有り余る大規模な土地に教育施設群を建てたのでそちらに移送することになっている。そこは今では研修センターと呼ばれている。

その研修センターで3年の見習い期間を経て、試験を受けて、合格すれば晴れて正社員になれる。

現在我々と揉《も》めているチグリス王国はその経済制裁によって、国力を大幅に落としている。敵対する国々から食い尽くされるのも時間の問題だろう。

しかし大きな戦争が起こることはない。

世界中の物資を握っているのは我がウィザードカンパニーだからだ。

昔は頻繁に起こることもあった戦争だが、弊社が世界中の物資と物流を握ってから、戦争をするにもいちいち我が社の許可が必要になった。

出る杭《くい》は打たれると言うが、目にとまらぬ速さで飛び抜ければ、出る杭を打つ不届き者を逆に滅多打ちにすることができるようになる。


「おそらくそうかと……」

吉田君も普段と違って眉間にしわが寄っている。

「じゃ会談突っぱねていいよ」

「かしこまりました」

吉田くんは一礼をして社長室を後にした。

「許さないの？」

ひとみが尋ねる。

「社員は家族だからな。なめてもらっちゃ困るのよ」

「確かに」

それから数日して、予想通りチグリス王国は崩壊し、旧チグリス王城はウィザードカンパニーチグリス支店社屋ビルになった。

「城を手に入れたよ」

「さすがに日本でもそれは手に入れたことなかったよね」

「確かに」

手に入れたお城の最上階で眼下に広がる雄大な景色を見ながらひとみと歓談する。日本で住んでいた屋敷もなかなかのものだったし、別荘もたくさんあったが、本物の城となるとさすがに手に入れたことはない。

「これからもよろしくね」

「こちらこそ」

奇《く》しくもその日は結婚記念日だった。

豪《ごう》運《うん》

著者　**マリブコーク**
イラスト　**山里將樹《やまざとまさき》**

2025年3月1日　初版発行

発行者　山下直久

発行　株式会社KADOKAWA
〒102-8177　東京都千代田区富士見2-13-3
電話 0570-002-301（ナビダイヤル）

デザイン・装丁　bookwall

印刷・製本　大日本印刷株式会社

本書は、カクヨムに掲載された「豪運　突然金持ちになったんですけど、お金の使い方がよくわかりません。」を加筆修正した物です。

●お問い合わせ
https://www.kadokawa.co.jp/（「お問い合わせ」へお進みください）
※内容によっては、お答えできない場合があります。
※サポートは日本国内のみとさせていただきます。
※Japanese text only

ISBN 978-4-04-075772-8 C0093

Printed in japan